ヘビイチゴ・サナトリウム

ほしおさなえ

JN151262

「なんでもない透明なものになるの」「なんでもない透明なもの？」「世界に身をまかせればいいのよ。自分が自分でいられるにはどうしたらいいか考え続けていく方が、ずっとたいへんじゃない？」夏休みが明けてすぐ、次いで年が明けた二月に、少女が校舎の屋上から墜落死する。ふたりは中高一貫の女子校で同じ美術部に所属する高校三年生だった。時を置かずして、学園では三度目の墜死が。遺された未発表の小説、アルファベット・ビスケット、密室殺人、そして「ヘビイチゴ・サナトリウム」——少女期の心理のゆらぎを鮮烈に描出する長編ミステリ。

ヘビイチゴ・サナトリウム

ほしおさなえ

創元推理文庫

HEBIICHIGO SANATORIUM

by

Sanae Hoshio

2003

目次

ヘビイチゴ・サナトリウム

プロローグ

晴れた朝、いつもの長い坂道をのぼっている。

のぼりきった。目の前に急に空が広がる。坂道をのぼりきると、そこはT字路になっている。左に曲がるとすぐ学校の門がある。

門をはいってすぐのところにある白い南校舎。高等部の校舎だ。わたしは校舎の角を曲がり、花壇を見ながら中庭をゆっくり歩く。

ここに倒れていたのだ。芽が出たばかりのチューリップたちの横に。わたしは花壇を見ながら思い出す。花壇を囲むブロックは水で洗われてなんのあともなくなっているが、今でも血がにじんでくるような気がしてしまう。

わたしは校舎を見上げた。空気が澄んで、建物がいつもよりくっきりと見える。建物に中身があることを忘れてしまいそうになる。光る大きな面が、ただ青い空にのび上がっていくように見えた。

第一章　幽　霊

二月十五日(金)

＊

「おはよっ」

西山海生《にしやまみお》が教室にはいると、となりの席の新木双葉《あらきふたば》が元気な声で話しかけてきた。

海生は特別小柄で、身長は一四八センチ、体重は四〇キロもない。肩までの髪をふたつに分けて結んでいて、ちょっと見ると小学生のようだ。双葉はすらっとしていて髪はショート、活発そうな感じだ。

海生と双葉はこの学校の中学三年生だ。私立白鳩《しろはと》学園。中高一貫教育の女子校である。中等部と高等部で教室のある校舎は別々だが、特別教室は共通で、教師は兼任、行事やクラブ活動もほとんど合同で行う。

「おはよ」

海生と双葉は、中三になって同じクラスになった。双葉はそれまでクラブにはいっていなかったのに、二学期になって海生と親しくなると、海生のいる美術部に入部してきた。ふたりともこのまま白鳩学園の高等部に進学することが決まっている。

「ウミオ、どうしたの。朝からぼうっとしちゃって」

海生は、ほんとうは「みお」と読むのだが、双葉はいつも「ウミオ」と呼ぶ。海生もはじめは海坊主みたいでそう呼ばれることに抵抗していたが、最近ではもう慣れっこになってしまった。

「そう?」

「そんなじゃ轢《ひ》かれて死ぬよ」

「なにそれ」

海生はうんざりしたような声でそう答えた。

「双葉って……。なんで朝からそんなに元気なの?」

海生はひとりごとのようにそうつぶやいた。

「それがさ、ウミオ、また出たらしいよ」

海生のつぶやきは無視され、双葉は勝手にしゃべりはじめた。

「え、また、って?」

「だから、幽霊だって。きのうの夜、また屋上に立ってたんだって」

またか、と海生は思った。江崎《えざき》ハルナが死んでから、校舎のあちこちにハルナそっくりの幽霊が出る、という噂が広まっていた。

「あのさ……。だいたい、幽霊幽霊って言うけど、だれが見たの？」

「今回は……、たしかバスケ部の部員だって。あ、バレー部だったかな？」

「ふうん」

海生は冷たく答えた。

ベルが鳴る。

「んじゃ、またあとで」

担任の高柳《たかやなぎ》が教室にはいってくる。生徒たちは席に着き、ホームルームがはじまる。

海生が窓の外を眺めると、風のなかに、ひらひらっと、花びらのようなものが流れた。

梅かなあ。でも、梅なんて、学校の校庭にあったっけ？

もうすぐ春なんだな。海生はあまり春が好きではなかった。春が近くなると、ふわふわして、自分がどこにいるのかわからなくなる。

落ちそうで落ちない花びらの動きを見ていると、海生の頭のなかに、階段をのぼっていくハルナのうしろ姿がよぎった。

＊

二月八日、昼休みの終わりに、海生が教室にはいったとき、教室のなかは大騒ぎになっていた。生徒たちはみんな窓にはりついて、奇声をあげながら窓の下を見ている。

「嘘ー」

「またー？」

「なんかあったの？」

海生もあわてて窓際に行って、双葉に訊ねた。

「南校舎からだれか落ちたのよ。すごかったよ。血がうわーっと出て。ほら、あそこの花壇のところ」

見ると、下には人だかりができて、大騒ぎになっていた。人だかりのなかに、倒れている人の姿があった。

高校生の制服だ。白鳩学園の制服は、中学と高校で上着の色と形がちがう。高校は普通のブレザーでエンジ色だが、中学は裾がやや広がったボレロで紺色だ。

校医が駆け寄っていく。教師たちが走り回って、生徒たちを校舎に入れようとしている。

教室に生徒がひとり駆け込んできた。

「落ちたのは、高三Aの江崎っていう人らしいよ」

「えっ？」

海生は思わず声をあげた。

「ウミオ、知ってるの？」

「美術部の、先輩だよ」

「え？」

双葉がぽかんとした。そうか、と海生は思った。受験の準備もあって、たいていの部員は高三になると引退する。それでもときどき部活に顔を出したりするものだが、ハルナはぱたりと部に出てこなくなった。だから今年度の二学期から入部した双葉はハルナとまったく会ったことがないのだった。

「えっ？　嘘。じゃあ、また美術部の三年ってこと？」

双葉はそう言ったが、海生はそれには答えなかった。

「わたし、さっき、会ったんだよ、江崎先輩に」

海生は呆然とそう言った。

「え、どこで？」

「南校舎の階段で。階段おりてたら、下から江崎先輩がのぼってきた。わたし、部の送別会のことを訊こうと思って、声をかけて……」

ハルナを見るのは久しぶりだった。中等部と高等部では校舎が別だし、クラブに出てこなければ顔を合わせる機会はあまりない。

「で？　どんな感じだったの？」

「別に……。なにも、変わったことなかったよ。いつもとおんなじ。わたしがクラブの送別会に出られますか、って訊いたら、行けたら行く、って」

自分の頬に手をあてる。

「ついさっきだよ。昼休みがはじまってすぐ……」

身体がぶるぶるふるえて止まらない。

「ウミオ、高柳が来たよ」

いつのまにか、教壇に担任の高柳がいる。双葉に手を引かれ、席に戻った。

＊

江崎ハルナは即死だった。

屋上は工事中で、数メートル、柵がないところがあり、そこから落ちたのだ。教師たちは、直るまで屋上には出ないように、としつこく注意していたし、柵のない箇所には、一メートルほど手前に、近づかないようにロープがちゃんと張ってあった。ふつうなら、まちがって落ちるようなことはない。

だが、ふつうではなかった。

ハルナは、目が見えなかったのだ。

事故だった。去年の年末、街を歩いていたとき、近くで割れたガラスが飛んできて、目を傷つけたという話だった。失明の危険もあり、すぐに手術することになった。手術はいちおう成功したらしいが、包帯をとっても目はぼんやりとしか見えなかった。

光は感じる。だが、しっかり像を結ばない。医者の話では、手術直後にはよくある症状だということだった。外科的にきちんと処置されていても、神経の問題でこういうことが起こるのだという。

その事故が起こるまではハルナはまちがいなく現役で芸大に合格できるだろう、と言われていた。だが、今年の受験はもう無理だった。

それどころか、美大への進学は永遠に無理かもしれない。時間をかければ回復する可能性はあるらしいが、完全に元通りになるかどうかはわからない。元通りになるにしても、いつになるかはわからない。

ハルナは高三で、すでに授業はなく、登校する必要はほとんどなかった。ただ家で、じっと卒業式が来るのを待っている状態だった。どうしても必要があるときだけ、家族が車で送り迎えをしていた。

その日、なぜ彼女が学校に来ていたのかは謎だった。家族の留守中に家を出たらしい。目のせいで誤《あやま》って落ちたのではないか、とも考えられたが、なんのために屋上に出ていたのかはわからなかった。

遺書はなかったが、警察は事故か自殺と判断したらしい。事件のあとすぐ屋上に駆け上がったがだれもいなかった、という証言もあったし、ハルナにはほかの外傷はなかった。立入禁止のロープはポールごと倒れていたが、これはハルナ自身が引っかかって倒したもの、と推測されたようだ。

その日の放課後、海生が屋上に行ってみると、思いがけず簡単に出ることができた。

屋上は、いつもとなにも変わらないように見えた。

海生はおそるおそる、ハルナが落ちたと言われている場所に近づいてみた。ところどころチヨークで印がつけられている。

　印を目で追っていくと、柵からはみだした、屋上のいちばん縁の部分にも印がついているのが見えた。囲まれたなかをのぞくと、うっすらと模様が残っていた。

　なんだろう、これ。

　海生はしゃがんで、できるだけ顔を近づけてみた。

「あ、足跡だ」

　海生は思わず声を出した。いちばん縁の部分に、上履きの跡らしいものがひとつ、前半分だけ残っている。爪先が縁ぎりぎりについていて、うしろ半分は消えている。

　その部分はコンクリートが新しく、ほかに足跡もなかったので、少しの汚れでもくっきり残ったようだ。ほかの部分にも靴跡らしいものはあったが、入り乱れていてひとつひとつを判別できない。

　これって、江崎先輩の……？

　海生は緊張した。ここから落ちたのか。下をのぞく。花壇のブロックが小さく見える。落ちていく感覚を想像して、鳥肌が立った。

＊

　美術部の生徒は、全部で八人。高三の江崎ハルナ、桑元《くわもと》さら、高一の有坂紫乃《ありさかしの》、藤川絢《ふじかわあや》。そして中三の海生と双葉。中学一年の浅野《あさの》悠名《ゆうな》、橋口《はしぐち》野枝《のえ》。でも、実は今年度のはじめはもうひとりいたのだ。
杉村梨花子《すぎむらりかこ》という高校三年生で、部長をつとめていた。だが、夏休みが明けてすぐ、梨花子は自殺した。ハルナと同じように、屋上から飛び下りたのだ。梨花子が死んで、部長はさらになった。

ふたりも死ぬなんて……。美術部は呪われてるのかもしれない、と海生は思った。

海生がハルナの目の事故の話を最初に聞いたのは、桑元さらからだった。さらは担任からその話を聞いたらしかった。

まさか。話を聞いて、海生の頭は真っ白になった。

あの目が？　江崎先輩のあの目が？　じゃあ、これからどうなるんだ？　もう江崎先輩は絵を描くことができないの？

海生の頭のなかに、ハルナの横顔が浮かんだ。絵を描いているときの、真剣な目。

部に出てきても、ハルナはあまりムダなおしゃべりをしなかった。ほかの部員と馴れ合うこともなく、ただ黙々と絵を描いている。

「かわいそうよね」

さらはそう言った。なんとなく冷ややかな口ぶりだった。

さらはハルナを嫌っていた。去年、ハルナがまだ部活に出ていたころはそれほどでもなかったのに、三年になってから、さらはハルナのことを悪く言うようになった。

いや、ひどくなったのは、夏休みが終わってから だ。梨花子が死んでから……。

「でも、それって、ものすごくたいへんなことじゃないですかあ？　だって、江崎先輩って、あんなに絵うまかったし、美術やりたがってたし」

話を聞いて、紫乃が遠慮しながら言った。

「え、でも、別に治るらしいよ。死んだわけじゃないんだし。それに一生見えないってわけでもないんでしょ」

さらはあっさりとそう言った。

「でも、あそこまで準備してきて……。悲惨ですよ。えー、江崎先輩めちゃめちゃかわいそうですよ」

「まあねえ。でも、あの人ってちょっと絵のことばっか考えすぎだし。そりゃ、目が見えないのは気の毒だと思うけど」

ひどい、と海生は思った。目が見えなくなるかもしれないっていうのに。でも、なにも言えなかった。ハルナの目のことで頭がいっぱいだった。さらと紫乃の会話がずっと遠いところの出来事のようだ。

「江崎さんて、なんかバカにしてない？　あたしたちのこと」

さらは言った。

「そんなの、思ったことないですよ」

紫乃が言った。

「あたしたちなんか眼中にないみたい。自分だけが特別だと思ってんだよ」

「そうですか？　たしかにそんなにしゃべる人じゃないけど。あんなに絵がうまいのに、控えめっていうか、威張らないし」

「絵がうまい？　たしかにデッサンがすごいことは認めるけど。でも、デッサンがどうのこうのって言われるのなんて、大学入試まででしょう？　美術ってそれだけじゃないでしょ。はっきり言って、現代美術にデッサンなんか必要ないんじゃないの」

「でもやっぱ受験には必要だし」

「だいたい美術なんてやってどうすんの。今は大学行って美術を習う時代じゃないじゃない？　そんなの絶対カッコ悪い」

「でも、江崎先輩、あの実力だったら、絶対芸大行けましたよね。やっぱりそれって才能ですよね。だれにでもできることじゃないですもん」

もうひとりの高一の絢が、横からいかにも真剣な口調でそう言った。あれは絢なりの攻撃なのだ、と海生は思った。絢は、さらが苦手なのだ。さらがいないと、桑元先輩ってほんとちゃらちゃらしてるだけって感じ、とイヤそうな顔でよく言っている。

案の定、さらはぷいっと横を向いてしまい、場の雰囲気が固まった。

しばらくすると、さらは、来週からクラスのほかのメンバーといっしょに旅行に行くという話をはじめた。特別授業や補習はないし、もう推薦入学が決まっている生徒にとって、二月の入試期間は単なる休みだったのだ。

江崎ハルナが死んだ前の日にさらは旅行に出かけた。帰ってきたのはきのうらしく、葬式もなにもかもすべて終わっていた。

＊

放課後の美術室。中央にはアフロディーテの石膏像。美術部の部活の時間だ。事件があってから、海生はなにをやっても集中できない日が続いていた。きょうも、さっきから木炭を持ってデッサンしているが、身がはいらない。

顧問の中津《なかつ》は会議でいない。双葉と悠名が、いつもと変わらない様子で、うしろの方でひそひそ話をし続けている。暖房の音が大きく聞こえるなか、ふたりの話し声だけが妙に呑気な感じで、からからと空気のなかを回っている。

双葉と悠名と野枝は、ハルナを知らないいんだ、と海生は思った。ハルナは高三になってから部にまったく顔を出さなくなっていた。だから、双葉と同じように中一のふたりもハルナに会ったことがない。

「ねえ、ねえ、野枝。あのさ、幽霊の話って知ってる？」

双葉が、野枝に話しかけた。

「幽霊、ですか？　さあ」

野枝は戸惑ったようにそう答えた。

「亡くなった江崎先輩のね、幽霊が校内に出るらしいんだよ」

幽霊……。

またか、と海生は思った。幽霊の噂……。すらっとした体形に、黒くて長いストレートの髪。顔をはっきり見た人はいないが、ハルナと同じクラスの生徒は、体形も髪型もハルナとそっくりだったと言っていたらしい、と双葉は言う。

「ねえ、どう思う？　それって、本物だと思う？」

「さあ。よくわかんないですけど」

野枝はそう答えた。

「でもさあ、けっこういろんな人が見てるらしいんだよ」

双葉がそう言うと、野枝は困ったような表情になった。

「ねえ、じゃあさあ、野枝は幽霊って信じる？」

今度は悠名が言う。野枝が首をひねった。

そのとき、さらが戸からはいってくるのが見えた。二週間ぶりだった。ハルナが死んでからさらと顔を合わせるのははじめてだ。

さらはロッカーの方に行き、自分の荷物を整理しはじめた。

「これは重大な問題なんだよ。だいたい、おかしいよ。美術部のなかで一年にふたりも自殺するなんてさ」

双葉は真剣な口調で言った。

自分の荷物を調べていたさらが、その言葉にびくっとしてこっちを見た。まずい、と海生は思った。

「もう、やめなよ、悠名も、双葉も。橋口さん、困ってるよ」

小声でふたりに言った。

「なんで困るの？」

双葉が言う。

「そうですよー、ただ質問してただけじゃないですかー」

悠名が言った。

「なんで、って言われても……。ふつー困るでしょ？　だいたい、幽霊、幽霊って言うけど、美術部の先輩の話なんだよ」

海生は言った。

「まあ、そうだけどさ……。それにしてもおかしいよね、ふたりも自殺するなんて」

双葉が言う。

「江崎先輩はまだ自殺って決まったわけじゃないよ」

海生は逆らってそう言った。

「そうですけどー。でも、杉村先輩は自殺ですよね？　自分で飛び下りるとこ見たって言う人が何人もいたんでしょう？」

悠名が言った。

「ねえ、もしかして、なんだけどさ、江崎先輩も、杉村先輩も同じ屋上から飛び下りたわけじゃん？　ふたつの自殺には関係があるんじゃないかな？」

突然、思いついたように双葉が言った。さらの目が双葉の方に向く。表情が強ばっている。

「どういう意味ですか？」

海生の心配をよそに、悠名は無邪気な口調で双葉にそう訊いた。

「だからさ、江崎先輩の死の理由は杉村先輩にある、ってことだよ。たとえばさあ、杉村先輩と江崎先輩って仲よくなかったんでしょ？　だから、杉村先輩が死んだのは江崎先輩のせいで、江崎先輩はその罪悪感で自殺した、とかさ。それとも、杉村先輩を慕ってただれかが、復讐したとか」

双葉は得意そうにそう言った。ますますまずい。海生は双葉を黙らせたかった。

「ひゃー。じゃあ殺人ってことですか？」

悠名が高い声を出した。

「だから、単なる推理だって」

双葉も調子よく答えている。さらに睨まれていることには全然気づいていないようだ。

「もー、いい加減にしてよー。ふたりともちょっとうるさすぎるって」

ふたりをさえぎって、海生は言った。

「どこがうるさいのよ」

「どこが、って、その存在すべてがうるさい。わたしたちはまじめにデッサンしてるんだから、騒ぐんだったら外でやってよ」

「わかったよ。まったくデッサンなんてどこがおもしろいの？」

「つまんないんだったら、部、やめれば」

「きびしいなあ」

双葉と悠名が黙ると、さらはこっそり美術室を出ていった。

双葉と悠名はしぶしぶ席に座ってしばらく木炭を動かしていたが、やがて飽きてしまったのか、またふたりでひそひそ話をはじめた。

＊

ハルナ……。思わずつぶやきそうになった。帰ろうとして、ハルナが死んでいた花壇の近くを通りかかったときのことだった。一瞬はっとしてよく見ると、似ていると思ったそのうしろ姿は、ハルナとはまったくちがっていた。

僕は、ハルナが死んだことを信じられないでいることに気づく。制服というのはおそろしい。学校のなかに何百人もハルナの幽霊がうろうろしているのだ。

坂をのぼりきったところに正門があるので、朝はいつも遅刻ぎりぎりの時間に息を切らして駆け上がってくる生徒がいる。そのかわり、帰りは下り坂だ。とぼとぼと駅に向かって歩いていると、うしろから自転車が何台も追い越していく。

「先生、さようならー」

中等部の生徒たちが口々にそう叫び、あとは振り向きもしないで一直線に坂を下っていく。ずいぶん遠くまで離れても、笑い声だけが響いている。

ハルナは無邪気な子だった。ずっと中学生や高校生を相手にしているが、あそこまで屈託のない笑顔は見たことがない。あれは、もっと幼い、そう、小学校にあがる以前の子どものような、まだ疑うことを知らない子どもの目だった。

僕が話し出すと、驚くほど真剣なその目で僕の顔を見つめ、話をじっと聞いていた。だいたい、男でも女でも、高校生くらいになると人の話なんか聞かなくなるものだ。でもハルナはちがった。

表情も豊かだった。素直すぎる反応がおもしろくて、ついついからかったり騙したりしたくなる。騙されたと知ると、ハルナは泣きそうな顔になる。信じられないような話でも、本気で信じてしまうのだ。

いまでも毎日のようにハルナの夢を見る。もう二度とハルナには会えない。記憶のなかの像がどんどん薄れてゆく。もう一度はっきり、生きたハルナの顔が見たい。でもそれはもう無理だ。

ハルナには会えない。一瞬、身体がしめつけられるような気がした。だが、苦しさはすぐにほぐれて、ゆるんだ憂鬱のなかにときはなたれていった。

電車で二駅の自宅に戻ると、荷物を置いてソファにぐったりと横たわった。2LDKだが、LDKが十二畳あるので、ひとり暮らしには広すぎる。妻が亡くなったとき、さすがにふたりで住んでいたマンションに住み続ける気にはなれず引っ越すことにしたが、それまで使っていた荷物が全部はいる部屋を探すと、結局同じような広さの部屋になってしまった。

ひとりで住むのに、こんな大きなタンスもソファもいらない。あのときも、最初のうちは心のどこかで、緑《みどり》がいなくなったことを認められないでいたのかもしれない。

ハルナの事件については、結局、警察の捜査も打ち切りになったようだ。自殺にしても事故にしても、犯人はいないのだから、あとは調べることがない。中学生が同級生や教師を殺したりする昨今、高校生の自殺など珍しくもなかった。学校の管理責任という問題が残っただけだった。

一瞬、頭のなかに、ハルナの声とこちらをじっと見つめる目がよみがえり、消えた。

＊

「さっきのは、まずかったよ」

帰り道、双葉とふたりになると、海生はそう言った。

「え？」

双葉は低い声で答えた。

「杉村先輩の話。桑元先輩のいる前であの話をしちゃダメなんだよ」

「え、なんで？」

「まあ、いろいろあるんだよ、杉村先輩と桑元先輩と江崎先輩のあいだには」

「杉村先輩ってどういう人だったの？　悠名とか紫乃先輩の話聞くと、けっこうやばい人だったみたいだけど？」

「そうだなあ。ちょっとわがままっていうか」

「で、その、いろいろあった、っていうのは？」

「うーん。どっから話したらいいのかなあ？　江崎先輩は、杉村先輩のことなんとも思ってなかったんだけど、杉村先輩の方は勝手にライバル視してたみたいなんだよね。で、桑元先輩は、杉村先輩の子分みたいなもんだったわけ、杉村先輩が死ぬまでは」

「うん、知ってるよ」

「で、それまではそれほどでもなかったんだけど、杉村先輩が死んでから、桑元先輩、やたらと江崎先輩のことを悪く言うようになったんだ」

「へえ」

　梨花子は、美人で目立つタイプだが、自分が中心にいないと機嫌が悪くなるようなところがあった。さらは、おしゃれで小奇麗なタイプで、梨花子にいつもくっついていて、学校の外でもよくいっしょに遊びに行っているみたいだった。

　ハルナだけが浮いていた。ハルナはほかの二人とは、ちがうタイプだった。梨花子は私立の美大のデザイン科、さらは服飾関係の短大志望だったが、ハルナは芸大の絵画を志望していた。

　梨花子は、ことあるごとにハルナに嫌味を言っていたが、ハルナの方は我関せずで相手にしなかった。さらもそういう梨花子をやりすぎだと思っていたのか、いっしょになってハルナを非難したりはしていなかった。

　それが、梨花子の死後、急に、さらはハルナのことを悪く言うようになったのだ。

「なるほどねえ。たしかに江崎先輩の目の話をしたときも、桑元先輩、なんか、ざまあ見ろ、みたいな感じだったもんなあ」

「まあねえ。でも桑元先輩もやな感じだけど、杉村先輩ってもっとひどかったんだよ」

「へえ?」

「わたしたちもずいぶんいやな目にあったんだ。橋口さんなんて……。橋口さんがはじめて描いたデッサン見て、杉村先輩、なにこの悲惨なデッサン、ここまでひどいの見たことないよ、って笑ったの、橋口さん、そばにいるのに」

「それが橋口さんの絵だって知ってて?」

「もちろんだよー。橋口さん、我慢してたけど、顔、真っ青になっちゃって。絵のことだけじゃなくて、性格が暗いとか、いろいろ。あとは絢先輩のことも、ダサいとか、暗いとか。あのふたりに関してはもう言いたい放題だったんだ」

「なるほどねー。だから今でも絢先輩は桑元先輩のこと嫌ってるのか……。絢先輩って、おとなしいのに桑元先輩にはいつも攻撃態勢だよね。そうか、そういうことだったのか」

「絢先輩、杉村先輩のことはもっとヤだったみたいだよ」

「それだったら嫌いな方がふつーっていうか。むしろあたしには、紫乃先輩が桑元先輩全然平気、って方がよくわかんない」

「紫乃先輩は特別。細かいとこは気にしないっていうか、見えてないっていうか。でも、ああじゃなきゃ神経質な絢先輩とはつきあえないよ」

「まあ、そういう人たちと合わなかったんだったら、江崎先輩って逆にけっこういい人だったんじゃないか、とも思うけど」

「いい人かあ……。いい人、っていうのはどうかなあ？　なんかちがう気がする」

「どういうこと？」

「江崎先輩は江崎先輩で、クセがないわけじゃなかったから。桑元先輩、江崎さんはわたしたちのこと見下してる、とか言ってたじゃない？　それもわかるっていえばわかるんだ」

「物事はっきり言うタイプ？」

「口には出さないんだよ。でも、なんとなく態度がね。だからよけいムカついてたんじゃない？　江崎先輩、夏休み中の部活に一度だけちらっと顔出したんだけど、いきなり杉村先輩ともめて、それですぐ帰っちゃったらしいんだよね」

「もめたってなんで？」

「それはよくわかんないんだけど……。でもすごくはげしいケンカだったみたい」

「ウミオはけっこう好きだったんでしょ、江崎先輩のこと」

「うん……。正直言って打撃だった……。江崎先輩が死んじゃったのって」

「……悲しい？」

「悲しい……。ちょっとちがうかなあ。なにが起こったのか、ぴんとこないんだ。なんか、身体の一部をとられたみたいな」

「身体の一部？」

「なんか、完全に暗黒、って感じなんだ。だれかがどこか遠くに行った、とかいうのとは全然ちがう。真っ暗な穴がこのへんにあいたみたいで」

海生はそう言って、自分の胸の下あたりを指さした。

「なんでそこなの？」

「だから、別に場所には意味ないんだって。変なとこで突っ込み入れないでよ。とにかく、なんか完璧になにかがなくなった、って感じ。江崎先輩が死んでから、わたしもいつか死ぬんだな、って思ったりもするし」

「ええーっ」

「ああ、別に、死にたい、とか、そういうんじゃないんだよ。ただ、人間って、なにかの拍子にすぐ死んじゃうんだな、って。こうやってても、あしたの朝、交通事故で死んだりするかもしれない。そういう意味」

「なにわけのわからないことを」

「あのときたしかに階段でしゃべったのに、今はもう絶対に、完璧に、なにがあってもしゃべることができない。死ぬ、なんて、ふだんは関係ないっていうか、絵空事っていうかさ、全然現実味ないのに。でも、もう江崎先輩はほんとにいない。なんか変、そういうの。そう、思わない？」

「わかるけど」

「それがほんと、怖いんだ。なんていうか、地面が海の上に乗った板みたいで。ぺらぺらの頼りない板。それで、その下には、死んだ人たちの世界があって、そこに落ちちゃうのなんて、すごい簡単なことなんじゃないか、って」

「そんなこと考えてたらやばいよ」

「うん」

「ほんとはあたしだってわかってるって。あたしだって怖いよ。そりゃ先輩たちのこと直接は知らないけどさ。同じ学校のしかも同じ部のなかで生徒が死んだんだし。しかも一年のうちにふたり。ほんとは、この学校の生徒、みんなどっかで怖がってると思うよ。だから幽霊騒ぎとか起こるんだよ、きっと」

「そうなのかもしれないね……。そうだ、ねえ、双葉って、江崎先輩の絵って、見たことある?」

「え、ああ、うん。ないよ?」

「うまかったんだ、すごく。わたし、中一のとき、あれ見て、これが美しいってことなんだな、ってはじめて思ったんだ」

「なに? 油?」

「ううん、デッサン」

「デッサン?」

双葉は不思議そうな顔をした。

「そう。なんていうか、きれいだった。はじめて見たとき、ああ、すごいなあ、って思って。

きれいなだけじゃなくて、すごく広い世界が向こうに広がってるみたいな感じがしたんだ」

「へえ」

「なんかですごいへこんでるとき、偶然江崎先輩のデッサン見て。わたし、泣きそうになったんだ。今はなんだったか忘れちゃったけど、そんときは死ぬほど落ち込んでて。でも、その絵を見たら、なんか心が、ぱあーっと広がって、とにかく、ほんと、今まで感じたことないくらい感動したんだ、うまく言えないけど」

「でも、それってただのデッサンなんでしょ？」

「もちろん、そういうときだったから、過剰に感動しちゃったのかもしれないけど、とにかく、今まで行ったこともないすばらしい場所が自分の心のなかにある、そんな感じがした」

「ウミオの興奮はわかったけど。でもさ、じゃあ、なんでそんな絵が描ける人が死んだりしたんだろ」

「だって目が見えなくなるんだよ。そういう人が。見える世界を失うんだよ。それってさ、やっぱすごく辛いことなんじゃない？」

＊

こんなことばかり考えてちゃだめだ。

なにをしてるんだろう、僕は。こんなことをしてる場合じゃない。せっかくチャンスをつかんだんだ。次の作品を書きはじめなければ。そう思ってワープロの前に座る。だが、書けない。

一行も。

とりあえず夕食にして、気分をいれかえよう。僕はしぶしぶ立ち上がった。家でひとりで食事をするのは気が進まない。もう一度上着を着て、外に出た。

「いらっしゃいませ、こんばんは。お客様は何名様ですか」

遠くに行く気にはなれず、結局いつもの街道沿いのファミリーレストランにはいる。

案内された席に座ると、右隣に四、五歳くらいの女児と母親らしい女性のふたり連れが座っている。子どもは自分用の食べものとは別に、母親のパスタを分け与えられていたが、足りないと文句を言っている。

「これ以上あげたら、お母さんの分がなくなっちゃうでしょう」

母親は笑うことなく、冷めた表情で言った。娘の方も、不満そうに曲げた口の端をゆるめることはなかった。しばらく黙って手を動かしていたが、食べているのともてあそんでいるのとが半々で、途中でそれにも飽きたのか、ぐちゃぐちゃになったパスタを母親の皿に戻そうとして、直前で落としたりしている。

僕は、歯ごたえがなくどれも同じような味になってしまっている野菜の煮物と、乾きかかった張りのないサラダを流し込むように食べて店を出た。

適当に仕事を片づけて、ベッドにはいったが、なかなか眠れない。廃墟にひとりでいるような気分だ。きょうもハルナの夢を見るのだろうか。もう夢のなかでしかハルナには会えない。

なんとかしてくれよ、ハルナ。

暗い天井を見上げていると、細長い部屋が閉ざされた檻のように思えた。

*

夜中、海生は喉が渇いて台所に行った。

台所の電気は消えていた。母親の由里子《ゆりこ》は、もう眠っているようだ。由里子は、小学校の教師をしながら、海生をひとりで育てた。

海生の父親は写真家だった。カメラマンとしてお金は得ていたが、家にはほとんど入れない。それだけならともかく、自分がやりたいのは、雇われカメラマンなんかじゃなくて芸術だ、とか言って、海生が小学校のころ、出ていってしまったのだ。

父親のことを、海生はほとんど人にしゃべったことがない。母ともその話はしないし、友だちにもだれにも話したことがない。ときどき、話したくなって、言葉が喉の奥の方までのぼってくるときがある。でも、口から出る前に呑み込んでしまう。

「どうして、写真って写るの？」

どこかから子どものころの自分の声が聞こえてきた。

「フィルムの上にはね、光を受け取って反応する小さい粒々がたくさんあるんだ」

答えがかえってくる。父親の声だ。父とはあまり話をしたことがなかった。学校や友だちの話など聞いてもらったことはなかった。父は写真の話ならした。だからわかりもしないのに、写真のことを訊いたのだ。

「光は、ものに当たって跳ね返ってフィルムに当たる。フィルムの上には特殊な薬が塗られていて、光が当たった部分は反応して、当たらなかった部分は反応しない。そうやって、外からやってきた光を写し取る。フィルムの上の粒々のひとつひとつは、景色のことも知らないし、自分たちがどういう像を描き出してるかなんて知らないんだ。でも光をその通りに受けとめれば、しぜんと像が再生されるんだよ」

よくわからない、と海生は思った。海生がぼんやりした顔になると、父親はいらいらして話すのをやめてしまった。

父が出ていったとき、機材が運び出され、暗室だった部屋は空っぽになった。床や壁の黄色いシミと、酢の匂いだけを残してなにもなくなった部屋に、ぼんやり座っていたことを思い出した。

時計の音がよく聞こえた。時計の音だけじゃない。窓の外から風の音も聞こえてくる。どこかからかすかに犬の声が流れてくる。

冷蔵庫をあけると、なかの電気が床を照らした。その光のなかで、海生は麦茶をグラスに注いだ。麦茶といっしょに、ときどき、きらっとした光がグラスのなかに流れ込んでいく。

グラスに唇をつけると、ひんやりした感触が喉を通っていった。海生は、手に持ったグラスをじっと見た。くもって、外側が濡れている。指に水滴がついて、光がにじんだ。

きれいだなあ、と思った。水滴など見慣れたもののはずなのに、丸くふくらんだ表面のなめらかさも、なかでふるえている光も、はじめてきちんと見たような気がした。

なんで死んだんだろうなあ。

海生はぼんやりそう思った。江崎先輩、なぜ死んだんだろう？

桑元先輩は悪く言うけど、江崎先輩はそういう人じゃなかった。たしかに絵のことしか考えてないっていうのは当たってるし、ほかの人と距離をおいて接している感じはしたけど、お高くとまってるとか、ほかの人をバカにしてるとか、絶対そういうんじゃなかったんだ。

「あなたはね、自分が大事すぎるのよ」

あるとき江崎先輩が言ったことを思い出した。あれはたしか、わたしが江崎先輩のデッサンを見て、自分もこんなふうに書けるようになりたい、と言ったときだ。

「ふうん」

そう言って江崎先輩は笑った。

「わたしにとってはね。こう描けるのはふつうのことなの。みんなが数字の一を書くのと同じくらい、わたしにはこういうふうにしか描けない。デッサンはたしかにおもしろいけど、できるに決まってるからつまらない。わたしにとってはそういうものなの。わたしからしたらなぜみんなができないのかの方が不思議」

あのとき、美術室には、わたしと江崎先輩のふたりしかいなかった。いつもとちがってしずかで、ものすごく赤い夕日が窓から射し込んで、床を赤く染めていた。

「でも、できないんです。できない方がふつうですよ」

「あなたはね、自分が大事すぎるのよ」

「自分が大事？」

「そうね。あなたのデッサンは、いつもどことなくあなたに似てる。気づかない？　無意識にあなたはその顔を追いかけてる。石膏像を正確に見ているつもりで、手はいつもちがう顔を求めてるのね。あなたというか、あなたによく似ただれか」

海生ははっとした。わたしと似ただれか？

「あなたはね、描くとき、あなた自身になろうとしてる」

「わたし自身に？」

ハルナの言った言葉のなかに、重要な意味があるような気がした。でも、それがなにかわからない。

「あなた、描きながら、描くってどういうことなんだろう、っていつも考えてるでしょう？それはね、自分自身ってなんなんだろう、って考えてるってことなのよ。でも、絵を描くってそういうことじゃない。絵を描くっていうのは、なんでもない透明なものになるってことよ」

「なんでもない透明なもの？」

「ただなにも考えないで、そこにあるものを身体に受け入れてしまう、ってこと。もっと別の、外の世界の流れに身をまかせてしまえばいい。自分が世界の一部になることを認めればいいの」

「どういう意味ですか？」

「あなたはたったひとりの自分になろうとしてる。なんの一部でもない自分自身であろうとしてる。そうじゃないと存在できないみたいに。わたしの絵がいいって言ったでしょう？　あんなの簡単よ。自分が存在し続けたいっていう気持ちを捨てさえすれば、なんでもできるようになる。でも、つまらない。絵がうまくなるなんてどうでもいいことでしょう?」

「そんなこと……」

「そんなの、だれだっていつかできるようになる。絵じゃないかもしれないけど、生きていくために、中身を空っぽにできるようになる。世界に身をまかせればいいのよ。自分が自分でいるにはどうしたらいいか考え続けていく方が、ずっとたいへんじゃない?」

「どうしてですか?」

「そうやってたら結局だれも受け入れられないから。だから、だれだっていつかは外を受け入れて、開かれてしまう。でもそんなのつまんないじゃない? かたくなにひとりでいたらいいのよ、できるうちは」

あれ、どういう意味だったんだろう? あのときからずっと気にかかっている。江崎先輩の言ったこと。あれって自分にとってすごく重要なことだった気がする。でも、なぜそれが大事だったのか、話のどの部分が重要だったのか、未だにわからないけれども。

＊

デッサンをしてたら、すぐ近くにハルナ先輩がいる感じになった。ハルナ先輩の手のひらが近づいてきて、わたしの手を導いてくれる感じ。

ハルナ先輩がすぐ近くにいる。身体がぴったりとくっつくくらい。身体のなかにはいってくるんじゃないかと思うくらい。

ハルナ先輩の絵を思い出して、わたしは泣きそうになる。あんなふうに描いてみたい。いつもそう思うのに、うまくいかない。

わたしはうれしくなって、思わず、

「ハルナ先輩」

って呼んでしまった。そのとたん、ハルナ先輩は、消えてしまった。

なにも見えない。どこまで手をのばしても、なにもない。

絵を描くのは、もうやめたい。どうやって、なにを描いたらいいのかわからない。

でも、どうしてもやめられない。絵を描くときだけ、ハルナ先輩とつながってる感じがする。

僕は着ていた上着を脱いで、自分の椅子にかけた。

ほんとうなら職員室で仕事の残りをやってしまわなければならないところだが、そんな気になれない。最近、職員室にいるのも息が詰まる。

旧校舎の方に足が向く。この春休みに取り壊されることになっている古い校舎。二階はこれまで演劇部、文芸部など文化部の部室として使われていたが、もうほとんど片づけられて、人は来ない。

ぼんやり渡り廊下を歩いていると、コンクリートの床の上に柱の影が浮かび上がり、もやもやと空気が揺れている。きょうは春みたいな陽気だ。ハルナが死んだ日は、まだ冬そのものだったのに。

あの前日、家に帰るとすぐに電話がかかってきた。「海音」新人文学賞の受賞の知らせだった。電話を切ったあと、僕はすぐにハルナに電話をかけた。

「へえ、おめでとう」

ハルナの声は無感動だった。どうしたんだろう？　もっと喜んでくれると思っていたのに。

二月十八日（月）

＊

僕はがっかりすると同時に、少しいらいらした。

「よかったじゃない」

そう言うハルナの声が冷ややかに聞こえる。なんだ、どうしたんだ、なにを拗ねているんだ?

「ハルナ」

どうしたんだ、と言いかけたとたん、電話は切れた。つーっという音だけが耳に残る。そのあとは何度かけても留守電だった。

ふふふ。

どこかからハルナの笑い声が聞こえてきたような気がして、僕は振り返った。だれもいない。あたりまえだ。ハルナがいるはずはない。

僕は旧校舎の階段をのぼりはじめる。建物はずいぶん古い。階段の手すりも壁も傷だらけだ。いつも黴《かび》臭く、しめっている。

窓もきっちり閉まらず、窓を閉じていても風が流れている。冬は寒いが、きょうみたいな日にはかえって気持ちがいい。

あけっぱなしになっていた戸から部屋のなかにはいる。ここはたしか生徒会室だった部屋だ。窓際に光が揺れている。

残されていた木の長椅子に腰をおろし、壁にもたれる。しぜんとため息が漏れた。

目を閉じると、窓の下の校庭からだろう、生徒たちの声が聞こえる。体育の授業かもしれない。

そのとき、がたがた、っと廊下から音がした。

なんだろう。授業中だから旧校舎に生徒がやってくるはずがない。教員か清掃員だろうか。話しかけられるのも鬱陶《うっとう》しい。僕は立ち上がり、戸を少しあけ、首だけ出して廊下を見回す。だれもいない。おかしい。たしかに音がしたのに。

僕は廊下に出た。見回していると、遠くでまた音がした。音楽室の方だ。

だれだろう。気になってそちらを見ると、音楽室の戸があいた。だれか出てくる。

生徒だ。出てきた生徒を見たとき、僕はぎょっとした。

ハルナだ。

一瞬、そう思った。そんなはずはない、と言い聞かせる。生徒は戸を閉めて、背中を向けて、向こうへ歩きはじめた。

うしろ姿がハルナそっくりだ。髪型も感じも、背格好も。そんなはずはない。ハルナはもういないんだ。

はっと気がつくと、僕はその生徒を速足で追いかけはじめていた。生徒は階段のところまでさしかかり、左に曲がった。

「ちょっと、君」

その瞬間、彼女は階段を駆けおりていった。

「ちょっと」

僕はうわずってもう一度呼んだ。階段を駆けていく音がする。僕もあわてて走り出した。なぜハルナが今ここにいるんだ。そうじゃない、見間違いに決まっている。遠かったし、一瞬しか見えなかったし、同じ制服を着て、髪型が同じだったから、似たように見えただけだ。

そうだ、いるはずがない。ハルナは死んだんだから。

頭から血を流して倒れているハルナの姿が、ぱっと目の前に広がった。

僕は足をとめた。階段の上だった。そこにはもうだれもいなかった。

幽霊?

まさか……。でも……。

同じ制服で同じ髪型だったから……。おかしい。何日か前にも同じことを思った気がする。あれはいつだったっけ。

踊り場までおりたが、足音もしない。一階の廊下にも、だれもいなかった。

＊

海生が遅れて美術室にはいってきたとき、美術室のなかはざわざわしていた。

「適当なこと言わない方がいいよ」

「別にあたしがそう思ってるわけじゃなくて……。ただ、そういうもんがあった、って言ってるだけですよ」

部屋の真ん中で、悠名と絢が言い合っている。双葉は悠名を、紫乃は絢をなだめ、さらがちょっと離れたところからそれを見ていた。前に石膏像は置かれているが、木炭紙はみんな真っ白なままだ。

絢の口調はきついというほどではないが、切羽詰まっている。こういうとき、絢は突然泣き出したりする癖があった。

「どうしたの？」

海生は、端の方でひとりで自分のイーゼルの前にいる野枝に話しかけた。

「なんか、変な噂が流れてるらしいですよ」

野枝はデッサンを続けながら、ひそひそ声でそう言った。

「噂？　なんの？」

「亡くなった江崎先輩のことみたいです」

「なに、それ？」

海生は言い争いの中心に向かった。

「あ、海生」

悠名のそばに立っていた双葉が海生の方を向いた。

「どうしたの？　なにがあったの？」

海生は言った。

「国語の宮坂《みやさか》っていますよね？　あいつが江崎先輩とつきあってた、っていうんですよ。西山先輩、知ってました？」

悠名が早口で言った。

「そんなの……？　聞いたことないけど」

海生は双葉を見た。双葉も首を横に振っている。

「その噂、どこから聞いたの？」

「さっき第一視聴覚室の机のなかにメモがはいってたんですよ。あたしたち、六時間目、大前《おおまえ》の授業で……。すごい退屈なスライド見せられてて。それで、うえーってなってるときに、うしろからメモが回ってきたんです」

悠名が答える。

「メモ？」

「そのメモに、江崎先輩が死んだのは宮坂のせいだ、って書いてあったんです」

「え？」

「江崎ハルナは宮坂とつきあってたらしい、江崎ハルナは宮坂のせいで死んだ、って」

「ええーっ？」

「わたし、帰る」

突然、絢がそう言って、イーゼルを放ったらかしにしたまま、カバンだけ持って帰ってしまった。紫乃がそれを追って美術室を出た。

なに？　どうなってるんだ？　メモ？　宮坂？　それに、絢先輩はどうしちゃったんだろう？

海生はわけがわからず、ただぼうっとそれを見ているだけだった。

「でもさあ、そんな噂、今まで聞いたことないよ？」

双葉の声がした。海生の頭もその話に引き戻された。

「嘘じゃないですよ。あたしだってちゃんと見たんですから」

悠名が必死にそう答える。

「メモがあったのは嘘じゃないいんだろうけど」

「ねえ、野枝はその噂、知ってる？」

双葉は振り返って、うしろにいる橋口に訊いた。悠名はA組だが、野枝はC組だ。

「知りません」

野枝はそう答えた。

「じゃあ、中一Aのなかだけの噂ってこと？」

双葉はそう言って、悠名を見た。

「ちがうんです。そのメモを書いたのは、うちのクラスの子じゃないんです。だれかが授業中に机のなかから偶然見つけただけで……授業のあと大騒ぎになって、メモは全員見たけど、書いた人はいなかった」

悠名が勢い込んで言った。

「じゃあ、ほかのクラスの人っていうこと？」

「たぶん……。前に視聴覚室で授業があったクラスの子がメモを書いて回して、それがそのまま置き忘れられたんだと思うんですけど」

悠名は考えながらそう言った。

「江崎先輩はそういう人じゃないと思うけど……」

海生は言った。

「なんでですか。そういう人じゃないって、どうしてわかるんですか」

悠名が海生に言った。

「別に根拠はないけど、なんか、イメージに合わないっていうか。そういうことで悩んで死ぬ感じに見えないし」

「ありえるんじゃないの？　ああいう人って、ほんとはなにしてるかわからないから」

それまでなにも言わなかったさらが急にそう言って、くすっと笑った。

「でも」

海生は言い返そうとしたが、うまく言葉にならなかった。

「でもさ、あたしたちだって初耳ですよ。そんな噂、今まで聞いたことなかったし」

双葉が口をはさんだ。

「でも、知らないだけかもしれないいじゃない？　今まで聞いたことないから嘘とは言い切れないでしょ？」

さらが言った。

「それはそうですけど」

海生は力なくそう言った。

「うーん、でもたしかに相手が宮坂っていうのが……」

双葉がまた口をはさんだ。

「なに？」

「だから、嘘にしては変じゃない？　宮坂ってそんなに目立つ先生じゃないし。芹沢《せりざわ》先生とか高柳先生とかだったら、わかるような気がするけど。なんで宮坂なんだろう？」

双葉が言った。

「それなんですよ、そこがあたしたちにも謎なんです。うちのクラスは宮坂先生って習ってないし、クラスの半分くらいは、宮坂ってだれだっけって感じで……」

悠名も首をかしげた。

「そうそう、嘘だったらもっとそれらしい嘘にしない？　やっぱほんとなんじゃないの？　宮坂ってとこが逆にリアルじゃん？」

双葉が無責任にそう言う。

「それで、そのメモ、実物は今どこにあるの？」

少しして、さらが訊いた。

「それが……。どっか行っちゃったみたいなんです。だれかがクラスの外の子に見せたらしくて、どっか行ったまま帰ってこなくなっちゃったらしくて……。でも、ほんとにあったんですよ！　うちのクラスの人はみんな見たんですから」

「ふうん」

さらは冷めた声でそう言った。

＊

海生が家に帰ると、由里子がこたつにうつ伏せになって眠っている。こたつの上を見ると、テストの答案や、生徒たちの作文が散らばっている。由里子は六年生の担任で、三学期の学期末に向かう今、卒業式も控えて忙しさもピークなのだ。

海生は台所に行き、冷蔵庫をあけた。冷凍庫に鶏肉のパックがある。あと野菜のカゴに玉葱、人参《にんじん》、じゃがいも……。まあ、カレーでいいか。海生はそう決めて、包丁を握った。

材料を切って鍋を火にかけ、海生はこたつに戻った。あたりに散乱した生徒たちの作文を集めていたが、その手がふととまった。

「将来は、西山先生のような先生になりたい」

そう書いた作文が目にとまったからだ。西山先生のような先生……。由里子はけっこう生徒に人気があり、父母からも信頼されているらしい。

娘の自分から見ても立派だ、と海生は思う。学校を休んだことはないし、疲れていても弱音を吐かない。わたしがきちんと家事ができるのも、お母さんのしつけのおかげだ。

でも……。海生はときどきさびしく思うときがある。お母さんはいつもしっかりしてるけど、悩みとかないんだろうか？　だれがお母さんの悩みを聞いているんだろうか？　お母さんがふだんなにを考えているのか、自分はまったく知らない。

「あれ、海生、いつ帰ったの」

由里子が目を覚まし、寝ぼけ顔で言った。

「さっき」

「ご飯は?」

「今、カレー作った。あと二十分くらいでご飯も炊けるよ」

「やったー。お腹すいてたんだ。やっぱりわたしに似て気が利くね」

「でしょ?」

「じゃあ、ご飯炊けるまでのあいだ、もう少しがんばるぞー」

「あんまりがんばりすぎちゃダメだよ」

「そんなのんびりしたこと言ってたら、教師なんか勤まらないって」

そう言うと、由里子は急に真剣な顔になり、作文を読みはじめた。

二月十九日(火)

＊

あかるい廊下。音もなく、光だけが揺れている。

遠くからだれかがやってくる。下を向いた女子生徒。僕の前に立って、顔をあげる。

ハルナが笑っている。

僕は全身に冷や汗をかいている。どうしてだろう、ハルナがここにいるということが、わけもなく怖い。

ハルナがこちらに手を突き出す。僕の服を引き裂こうとする。

やめろ、やめてくれ。僕は怒鳴る。ハルナの手はすばやくのびて、僕の服を引き剝がす。

殺したのは、あなたでしょう。ハルナが言う。いつのまにか建物の外にいて、建物が泣いているように見える。

ハルナは、紙のように薄べったくなり、しわくちゃにまるまって、広げるとちがう顔になっている。しわしわで、人の顔に見えない。でも、急に、それが緑の顔だとわかる。

緑。

落ちるような感覚があって、僕は目を覚ました。

緑が夢に出てきたのは久しぶりだった。といっても、あのしわくちゃなものをどうして緑だと思ったのか、起きてみるとよくわからなかった。

結婚する前から、緑には不安定なところがあった。たしかに感性は豊かだ。それは大学のサークル時代から感じていた。

日常生活でも、どこか浮き世離れしていた。はじめはそういうところがいいと思ったのだ。僕は内面がない女とはつきあえない。その点、緑は、少なくとも自分の世界を持っていた。

だが、結婚してみると、うまくいかなかった。緑はあまりにも自己完結していて、まったくコミュニケーションの能力がなかったのだ。

自分のしたいことを口に出して主張しない。だから、いつもなにをしたいかわからなかった。彼女が喜ぶことを期待してなにかしても、うまくいった例《ためし》がなかった。

いつも無理に笑顔を作っているように見え、その笑顔を向けられるたびに、ほんとうは楽しくないことを訴えられているように感じた。ときおり、とってつけたようにやさしくなるときもあったが、僕に関心がないことを償《つぐな》おうとしているだけにしか見えなかった。

そして、僕に責められたと思うと、気持ちを高ぶらせてすぐに泣いた。僕はだんだん緑と話すことが面倒になっていった。会話はほとんどなくなった。いっしょにいてもほとんどなにもしゃべらない。帰りもだんだん遅くなり、ただすれちがいの日々が続いた。

でも、正直言って、あんなことになるとは思っていなかった。

緑は死んだ。自殺だった。

今から二年前のことだ。

なぜ死んだんだろう。どうして僕になにも言わなかったんだろう。いくら考えてもわからなかった。

緑は、自分がどうして死ぬのか、自分でもわからなかったのかもしれない。いつだって、緑は自分の心に蓋をして、見えないようにしていた。そうやって蓋をしているうちに、外に出されないまま、なにかが心のなかに積もって、押しつぶされてしまった。そうにちがいなかった。

僕は……。緑のためになにもしてやることができなかった。もしかしたら、緑は僕になにか言おうとしていたかもしれないのに。ちょっとすれちがっただけだ。僕たちはおたがいに自分の気持ちを表現するのが下手だったんだ。

もう世界のどこにも緑はいない。それまでのアルバムの写真や緑の残していったものを全部引っ張り出し、ただ呆然とそのなかに座っていた。なんのために、僕は緑と出会ったのだろう。なにもかも無意味に思えた。

ハルナと出会ったのは、その半年後だった。

ハルナは緑とはちがった。僕に心を開いて、僕を理解しようとしてくれた。

あの作品は、ハルナからのプレゼントだったのだ。あれを無駄にしちゃいけない。

僕は起き上がった。もうすぐ、僕には別の人生がはじまる。教師みたいな、金だけのためにやる仕事じゃない、僕の、ほんとうの、命をかけた仕事をはじめるんだ。

僕はベッドを出て、コーヒーをいれた。急に頭がすっきりした。きょうこそは書ける気がした。なにもかも、あたらしい人生を生み出すために必要な、神から与えられた試練だったんだ、という気がした。

だが、そのすがすがしい気分は、長くは続かなかった。

＊

「宮坂って、死んだ先輩の幽霊にとりつかれてるんだって」

「知ってる、知ってるー。旧校舎でひとりでぶつぶつしゃべってるとこ、一年のだれかが見たんだって」

廊下を歩いていると、どこかからそんな声が聞こえた。僕は思わずはっとしてあたりを見回した。壁際に立っている生徒たちがこちらをちらっと見て、笑いながら走り去っていった。

幽霊？　旧校舎？　この前の……。まさか。なぜそんな噂が広まっているんだろう。だれかが見ていたのだろうか。背筋がざわざわした。

二月二十二日(金)

*

朝早く、わたしはひとりで学校の屋上にいた。

「あなたがわたしになりたいんじゃない。あなたは、わたしに、自分の思う通りに、ううん、あなたになってほしいのよ」

思い出したくなかったハルナ先輩の言葉が急にどこかから聞こえてきた。

あれは、年が明けてすぐだった。

「あの、どうしても……。わたしが言っていることをわかってもらいたくて」

「それはわかったわよ。でも、わたしにはどうしてそうなったかなんてわからない。こうしようと思ったからこうなった、とか言えるものじゃないでしょう」

ハルナ先輩は面倒くさそうにそう言った。

「そういうことじゃなくて」

わたしは黙った。ハルナ先輩もなにも言わない。胸が痛くなってくる。どうして、こんなことになっちゃったんだろう？　どうして？　先輩、もう一度、こっちを向いて。

ずっと沈黙が続いている。わたしは、さようなら、と言って、うしろを向こうとした。もう耐えられない。でも、身体が思うように動かない。

わたしがじっと下を向いているうちに、ハルナ先輩の方がくるっとうしろを向いて去っていこうとした。わたしはあわててあとについていった。

ハルナ先輩はこんなふうに簡単に背中を向ける。それなのに……。わたしは、どんなに拒絶されても、こうやってハルナ先輩のあとをついていってる。バカみたい。涙がこぼれてくる。

わたしがハルナ先輩を思う気持ちより、ハルナ先輩がわたしを思う気持ちの方がずっと小さいんだ。

「結局あなたはわかってもらいたいんじゃなくて、わたしに言うことをきいてもらいたいのよ」

どうしてしまったんだろう。どうしてこんなふうに苦しい気持ちになったんだろう。はじめはただ話ができれば楽しかったのに。

わたしたちの関係ってなんだったんだろう。はじめのときに感じた、受けとめてもらえるかもしれない、という予感はなんだったのだろう。

「わたし、ほんとうに……。ハルナ先輩になりたかったんです」

「そんなの無理に決まってるでしょう」

ハルナ先輩は、そう言って、あきれたように笑った。

「わたしはわたし、あなたはあなた。そんなこともわからないの」

ハルナ先輩は、どうしてわたしをひとりぼっちにするようなことばかり言うんだろう。

わたしがハルナ先輩を欲するようには、ハルナ先輩はわたしを欲していない。ハルナ先輩は、そんなもの欲しくなかったのだろうか。それとも、わたしではダメだということなんだろうか。もしかしたら、わたしは、いままでずっとハルナ先輩を憎んでいたのかもしれない。

憎む理由は……。

そう、ハルナ先輩がわたしではない他人だ、ということ。そのことが許せなかった。

「あなたがわたしになりたいんじゃない。あなたは、わたしに、自分の思う通りに、ううん、あなたになってほしいのよ」

「そんな……」

「ほんとにわたしになりたいの？　あんたになにがわかるのよ」

ハルナ先輩はわたしの手を振り払った。

あのときのハルナ先輩のうしろ姿……。いまでもよく覚えている。

「そんなに死にたいの。死ぬなんて簡単よ。高いところから飛び下りちゃえばいいんだから。今ここでやってみせてあげようか」

屋上の端に向かって歩いていくハルナ先輩の姿が見える。

なんで、どうしてそんなこと言うんですか。そう言おうとしても声が出ない。

ハルナ先輩。

いつのまにか、わたしはハルナ先輩の首をしめようとしている。やだよ、わたしこんなことしたくない。

「やめてーっ」

わたしはその場に座り込んだ。ハルナ先輩の顔が頭のなかをぐるぐる回る。やさしかったハルナ先輩。わたしといっしょにいてくれた。わたしの絵を見てくれた。わたしのことを見てくれた。

すうっと身体の感覚が遠のいていった。ほっぺたをさわる。あったかくて、生きてるみたい。でも、わたしじゃないみたい。

ハルナ先輩……。胸がしめつけられる。

気がつくと、涙で顔がぐしゃぐしゃになっていた。

「大丈夫よ」

どこかからハルナ先輩の声がした。

「わたしはここにいるから」

「ハルナ先輩」

「あなたといっしょにいるから」

「どこですか。どこにいるんですか」

わたしはあわててあたりを見回した。屋上にはだれもいない。

「わかってるでしょう?」

その瞬間、わたしはわかった。ハルナ先輩は、わたしのなかにいるんだ。あのときからずっと……。

「ハルナ先輩。ここにいたんですね」

立ち上がって、柵の方に近づく。あのときなかった柵が、いまは修理されてペンキの色もあたらしい。

あのとき、わたしとハルナ先輩は一体になった。

ハルナ先輩の顔がすっとうすらいで、葉っぱのない木々が目の前に揺れている。

下を見下ろすと、生徒たちが歩いていた。みんなマボロシみたいだ。

生きてることに意味なんてない。毎日、腐った巨大な肉の上を、ずぶずぶ足をもぐらせながら歩いているだけだ。どこまで行っても景色は変わらない。ずぶずぶという感触だけがいつまでも続いている。

わたしにとっては、ハルナ先輩だけが人間に見えた。ほかの人には現実味がない。ただ映像のように漂っている。わたしと同じように中身を持っているなんて、とても信じられない。

生徒たちのなかにふたりの男が見えて、わたしははっとした。片方はあいつだ。

「あいつは、わたしのことなんでもわかってる、って言ってた。あの小説も、わたしと自分との記憶を残しておくために書いたんだって」

ハルナ先輩の声が聞こえた。

頭のなかに、あのとき見てしまった文章が響く。

やめて。わたしは両手で耳を覆った。

許せない。先輩が冷たくなったのも、先輩が死んだのも、なにもかもあいつのせいなんだ。

＊

校門を通り抜けたところで、急にうしろから、肩を叩かれた。

「宮坂先生」

振り返ると、数学の高柳だった。屈託のない笑顔は、いつもと変わらないように見える。

「おはようございます。きょうは天気よさそうですね。この季節は困りますよね、急にあたたかくなったと思ったら、雪が降ったりすることもあるでしょう？」

高柳がにこにこ話しかけてくるが、答えなかった。くだらない、どうでもいい、ただ会話をするためだけの話題だ。

「宮坂先生、最近体調悪いって聞いたけど、大丈夫ですか」

「ちょっと疲れてるだけです」

お前はオバサンか？　高柳には、にこにこ笑いながら人の領域に遠慮なく立ち入ってくるような雰囲気がある。しかもそれを善意だと思っているような。

「まあ、こういう季節ですからね。でも、なにかあったら相談してくださいよ」

なにかあったら、だって？　親切そうに言っているが、要するに野次馬だ。ほんとうは噂のことも疑っているにちがいない。それでいて、自分はなんとも思っていませんよ、と言いたいわけだ。

「どうもありがとう。あ、ちょっと用事があるんで」

僕は面倒になり、そう言って、北校舎の方を指さした。

「じゃ、あとでまた。そのうち一回飲みましょうよ。ここのところずっとゆっくり話してなかったじゃないですか」

「そうですね、そのうち」

僕は目も合わせないでそう言って、北校舎の方に向かった。振り返ると、高柳が職員室のある南校舎の方に歩いていくのが見え、なんとなく安心した。

親身になって人の相談にのるのが好きなんだろうが、お前に相談する気なんかない、と高柳のうしろ姿に向かってつぶやいた。だいたい、相談なんかしてどうなるっていうんだ。

生徒たちのあいだで、変な噂が立ちはじめていた。僕とハルナとのことだ。なぜそんな噂が広まったのかわからない。

こっちを見ながらひそひそ話をする声が聞こえてきたり、さっと走って逃げられたり、授業中指名しても無視されたり。廊下を歩いていても、いつも変な目で見られているような気がする。

この状態が続いたら、そのうち僕がハルナを殺したという噂だって立ちかねない。殺したことにはならなくても、生徒とつきあっていて、その生徒が自殺したということになれば、学校だって黙っていないかもしれない。

ほかの教師たちも、最近、僕を憐《あわ》れむような目で見ることがある。僕と話すとき、なんとなく緊張しているのがわかる。みんな陰で噂しているにちがいない。それならいっそ、直接訊いてくれればいいのに。

警察だって僕のことを疑い出しているのかもしれない。まだだれも僕のところには来ていないが、僕のことを嗅ぎ回っているのかもしれない。

空が曇ってきていた。むっとなまあたたかい空気が流れてくる。通り雨があるかもしれない。北校舎の前の植え込みに腰をおろして、顔を手で覆った。

それに……。そんなことより問題は……。

たしかにいるのだ。ハルナが。一日に何度も校内でハルナの姿を見る。そのたびに追いかけようとして、見失ってしまう。

遠く、廊下の曲がっているあたりに立っているハルナ。階段をあがっていくハルナ。ハルナを追いかけなければ。ハルナをつかまえなければ。つかまえなければ、とんでもないことになる。わけのわからない焦りにしめつけられて、必死に追いかける。

だが、その場所にたどりついたときは、もうそこには姿がない。曲がった先をのぞいても、どこにも見あたらない。そのたびに、そんなはずはない、ハルナは死んだんだ、と言い聞かせる。

あれは、僕の心のなかの幻なのだろうか。それとも、ほんとうに幽霊……？　まさか。

僕はどこかおかしくなっているんだろうか。

＊

三時間目、海生たちのクラスの体育は体育館でバレーボールだった。休んでいる生徒たちが口々に宮坂の噂をしているのが、いやでも耳にはいってくる。

「なんでこんな噂が広がったんだろう」

体育館の壁に寄りかかって座った双葉が、つぶやくように言った。はじめて噂を耳にした日から、まだ何日もたっていない。いつのまにか、幽霊の噂と宮坂の噂はセットになっている。

「さあ……」

海生はぼんやり答えた。

「それに、なんで宮坂？　あの、家でこっそり暗い小説とか書いてそうな……」

双葉はぶつぶつつぶやいた。

「さあ……」

海生はまたぼんやり答えた。

「もしかして、あの事件のせい？」

ちょっと黙ったあと、双葉は急に思いついたように言った。

「あの事件って？」

「ほら、あったじゃん、あたしたちが一年のときだったかなあ、宮坂の奥さんがさ」

「あ、ああ……」

思い出した。

事件というのは二年ほど前のことだ。宮坂の妻が亡くなった。しかも、ただ死んだだけではなく、飛び下り自殺だった。海生も双葉もまだ中一だったし、宮坂には一度も習ったことがなかった。

葬式はひっそり行われ、生徒たちには死んだということしか知らされなかった。だが、そのあとで、あれは自殺だった、という噂がどこからともなく流れてきたのだ。

「じゃあ、単に前の事件とかぶって、噂ができたってことなんじゃない?」

「ああ、まあ、たしかにそういうこともありえる。でもさ、ウミオってなんでそこまで江崎先輩のことかばうわけ?」

「別に、かばってるわけじゃないよ。ただどう考えてもイメージと合わないんだよ、だって」

海生がそう言いかけたとき、遠くから、

「海生、双葉、行くよー」

という声がした。海生たちの班がプレイする番になっていたらしい。

「あ、ごめーん」

海生の言葉を途中までしか聞かないで、双葉は元気よく答えた。

「今行くー」

「ちょっと、聞いてるの?」

海生はぶつぶつ言ったが、双葉はもうコートに向かって走り出していた。

＊

昼休みになっても頭痛は治らなかった。午後は授業がないから早退しようか。本気でそう考えた。頭のなかに靄《もや》がかかっているようだ。それに気分も悪い。風邪かもしれない。

ハルナ……。

僕はぎょっとした。ふと窓から外を見たとき、体育館に通じる渡り廊下の遠くの方に、ハルナが見えたのだ。僕がそちらを見たとたん、くるっとうしろを向いて、速足で去っていく。

待ってくれ。どこに行くんだ。僕は……。

気がつくと、僕は廊下を走りはじめていた。

痛い。頭が割れそうに痛い。振動が頭に伝わってくる。

ハルナ？　ほんとうにハルナなのか？　もしそうなら、僕の気持ちをわかってくれ。君はわかってくれたじゃないか、僕という人間の本質を。君だけだったんだ、僕のことをわかってくれたのは……。

僕は全力で走りはじめた。頭のなかに血がどくどく脈打っている。いまにも吐きそうだ。

何人か生徒とぶつかりそうになったが、かまってはいられなかった。

走ったかいがあって、校舎の外に出ると彼女の姿が見えた。彼女の方も少し焦っているようだ。

ここから先は、ただ渡り廊下が続いているだけだ。ほかにそれる道はない。もうこっちのものだと僕は思った。

だが、思いのほか、彼女の足は速かった。というより、僕の足が、もつれて思うように走れない。追いつくどころか、引きはなされていく。

廊下が歪んでいる。上下左右に揺れたり、中央が盛り上がってきたりして、僕は何度も倒れそうになった。

ハルナが体育館に走り込んでゆく。

待て。

ふらふら歩きながら、僕も体育館にはいった。がらんとした体育館。見回してみても、だれもいない。

「なにしてるの？」

そのとき、声がした。

はっと見ると、正面の舞台の上に彼女は立っていた。僕は体育館の真ん中くらいまで行って、倒れ込んだ。

「君はだれだ？」

「だれって、だれだかわかるから追いかけてきたんでしょ」

彼女の姿は、舞台のうすい幕で隠されていた。幕が揺れるたびに、影がゆらゆら動く。

「そんなはずはない」

「どうして」

「どうしてって……。江崎ハルナは……。ハルナは死んだからだ」

「ふうん。じゃあわたしは、だれ？」

「君は……」

「言ってごらんなさいよ、わたしはだれなの」

笑い声が体育館じゅうに響いて、幕が揺れた。すっと人影が動いて、舞台の下手に消えた。ようやく舞台までたどりつき、正面からそこによじのぼると、下手側の袖を見回した。だれもいない。どこに行ったんだろう。頭が割れそうだ。僕はその場に座り込んだ。

そのとき、遠くに足音が響いた。ハルナらしい生徒のうしろ姿が、体育館から走り出ていくところだった。

「ハルナ」

僕はできるかぎり大きな声を出して呼んでみた。彼女は振り返らず、体育館から出ていった。もう追いかける気力はなかった。舞台の上にしゃがみ、彼女が見えなくなると、倒れ込んだ。眠くて眠くてたまらなかった。

＊

双葉が教室に帰ってきたとき、五時間目はもうはじまってずいぶんたっていた。教壇の高柳に遅れた理由を話してから、席に戻ってくる。

「ウミオ」

「双葉、どうしたの？」

海生は双葉の顔色が悪いことに気づいた。何も答えず、いつになく切羽詰まった顔をしている。

「双葉、どしたの？」

「宮坂のことなんだけど」

「また噂？」

「噂じゃないの！　あたし、ほんとうに見ちゃったんだ。宮坂、ほんとうに変だよ」

「なに、なに、どうしたの」

「さっき、体育館の舞台に、宮坂が倒れてた」

「ええっ？」

五時間目がはじまる直前、双葉は、更衣室に忘れ物をしたことに気づいた。それで体育館に取りに行ったらしい。忘れ物が見つかって、体育館を出ようとしたとき、舞台の方がちょっとおかしい気がした。だれかが倒れていた。それで近づいてみると宮坂だったというのだ。

「いったん体育館を出て、保健室の先生に知らせて、いっしょに体育館に戻った。なんか身体を調べて、内線でほかの先生を何人か呼んで、保健室に運んでったみたい」

「ええーっ」

「大事なのはそれよりね、最初、舞台の上の宮坂に近づいたとき、宮坂、うわごとで、ハルナ、ハルナ、って言ってたのよ」

「え」

そう言ったきり、海生は言葉を失った。

「聞きまちがいなんかじゃない。たしかにそう言ったんだよ」

「新木、西山、なにしゃべってるんだ、うるさいぞ」

前から高柳の声がした。

*

「宮坂の話、聞いた？」

美術室の水道の前で、水彩の道具を洗いながら、紫乃と悠名が話している。海生は絵を描きながら、ふたりの話にぼんやりと耳を傾けた。

「聞きましたよー。ほんとなんですか、あれ」

「あれ、あたしも見たんだよ。あれは絶対本物だって。走る幽霊を追いかけてたんだ」

「走る幽霊？　えーなんですか、それ」

悠名が訊くと、紫乃は大きくうなずいた。水道はずっと出しっ放しだが、ふたりとも気にしないで話を続けていた。

「ねえ」

突然、双葉が立ち上がって、うしろからふたりに話しかけた。

「うわっ、なんだ、双葉先輩。びっくりしたー」

悠名は一瞬びくっとして、振り返った。

「さっきの、走る幽霊って、紫乃先輩、見たんですか？」

「う、うん、そうそう。廊下歩いてるとき、向こうからすごい勢いで宮坂が走ってきて……」

「走る幽霊って?」

「うん、実は、あたしが見たのは宮坂だけなんだけどさ」

「幽霊の方は見てないのかあ」

「でも、いっしょにいた子が見たんだよ。で、その子に、どんな感じだったか訊いたら、高等部の制服着て、髪は黒くて長い、って。それって江崎先輩と同じじゃない? それで、こりゃやっぱ幽霊かも、って」

「高等部の制服に黒くて長い髪? そんだけ?」

「すごい速さだったらしいんだよね」

「うーん、でもなあ……。黒くて長い髪の高校の生徒なんてほかにもいるし……」

「でも、宮坂は切羽詰まった顔だったし、走りながら江崎先輩の名前、呼んでたみたいだし」

紫乃ははっきりと答えた。

「嘘」

「ほんとだって。それはまちがいない。それはちゃんとこの耳で聞いたもん」

「実は、あたしも、体育館で宮坂が倒れてるところ、見たんですよ」

双葉は言った。

「え、ウソ?」

「うそ、うそー」

「そのときも、ハルナ、ハルナ、ってうわごと言ってて……」

「えーっ？」

紫乃も悠名も目を大きく見開いた。

「なに、どうしたの？」

そのとき突然うしろから声がした。絢だった。さっきまでいなかったのに、いつのまにか美術室にはいってきたらしい。

「あ、絢。なんでもないよ」

紫乃は絢の顔を見ると、急に表情を変えた。双葉もすうっと黙って、今までの騒ぎが急に消えた。

「ちょっと、トイレ行ってくるねー」

紫乃はそう言って去っていくと、悠名も自分のイーゼルのところに戻った。

「あ、そうだ、絢先輩、この前の、読みましたよ」

一瞬間があいた後、双葉が妙にあかるい口調で、絢にそう言った。

「え、ほんと？　どうだった？」

絢は戸惑ったように答える。なんの話だろう、と海生は思った。読んだ、って、なにを？

「うん、よかったですよ。今までよりぐっと深くなった感じで」

「そう……かな？」

絢はか細い声でそう言って、考えごとをするときの気むずかしい顔になった。絢は神経質で、声も小さく頼りなげな感じだが、意外と強情でプライドが高い。へたに機嫌を損ねるとたいへんなことになるのだ。

「で、あれ、続きどうなるんですか？」

双葉が絢に訊いた。

「うーん、まあ……。その話はまた……」

絢はあたりを見回す。絵を描いていた海生と目が合うと、言葉を濁し、話は終わってしまった。

＊

「さっきの、なんの話？　絢先輩の、読んだとか読まないとか」

帰り道、海生は双葉にそう訊いた。

「ああ、うん……。クラスでもクラブでもないしょにしてるらしいんで。だから、一応、だれにも言わないでくれる？」

海生はうなずいた。

「絢先輩って、サイト作ってるんだよね」

「サイトって、ウェブサイト？」

「そうそう。そこでね、小説書いてるのよ。でも学校では隠してて……知ってるのは紫乃先輩だけ」

「じゃあ、双葉はどうして？」

「最初は、偶然見つけたんだよ。絢先輩はサイトではＡＹＡってペンネーム使ってるし、まさかあの絢先輩のサイトだなんて思いもしなかった。で、読んで感想書き込んだのね、本名で。そしたら、次に会ったとき、訊かれたのよ、『蒼《あお》く暝《くら》い水の底』っていうサイト知ってるか、って」

「『蒼く暝い水の底』？」

「ああ、それが絢先輩のサイトの名前」

「ふうん。どんな内容なの？」

「うーん、なんて言ったらいいのかなあ、ちょっと文学的っていうか、耽美的っていうか……。けっこう人気あるらしいんだよね。あたしもそういう系の人から教えてもらったんだもん、おもしろいサイトがある、って」

「そういう系の人？」

「うん、お兄ちゃんの知り合いで」

双葉の話にはよく五歳年上の兄が出てくる。今は東大生らしい。ああ、でも、いくら頭よくてもありゃあダメよ、人間としては。ガサツだし自己中だし、あれじゃあ彼女なんてできないね、絶対。双葉は兄の話になるといつもそう言った。

「それとさ、紫乃先輩、さっき、おかしくなかった？　絢先輩が来たら、急に黙ったりして」

海生はさっきから気になっていたことを訊いた。

「ん、ああ。あのね、これも、いちおうないしょにしといて。紫乃先輩が言うにはさ、絢先輩って、宮坂のことが好きだったみたいなんだよね」

「え?」

「好きっていっても、完全な憧れで、実際にはほとんど話したこともないらしいんだけどね」

「じゃあ、悠名からあの噂を聞いたとき……」

「そうそう。あたしもあのときはなんで絢先輩が突然帰っちゃったのかよくわかんなくて。それで、あとで紫乃先輩に訊いたんだよ」

「そうだったんだ」

海生は大きくため息をついた。

「絶対だれにも言わないでよ。とくに本人にばれるのはまずいから」

「わかった」

「まあそれはそれとして、問題は走る幽霊だよ。どう思う?」

双葉は話を打ち切るようにそう言った。

「どう、って……。実際には黒い髪の高等部の生徒が走ってただけでしょ?」

「でも、宮坂が体育館で倒れていたのはほんとだよ。やっぱ、なんかあるような気がする」

「なんかって?」

「それがわかれば苦労しないって」

双葉はため息をついて黙り込む。

「でもやっぱり、ピンとこないなあ。あの噂、江崎先輩のイメージと全然合わないし……」

「海生はいつもそう言うけどさ、どこが合わないのよ、具体的に」

「だから、宮坂のことを悩んでた、っていうのが。目のことを悩んでたっていうならわかるけど」

ほかの人なら恋愛で悩んで死ぬこともあるのかもしれないが、江崎先輩にかぎっては、人間関係なんかより目のことの方がずっと大切だったような気がする。

「でも、あたしは実際に見ちゃったからね、倒れてるとこを。ほんとにうわごとでハルナハルナ、ってぶつぶつ言ってたんだよ？　やっぱりなんにもなかったとは思えないんだけどなあ」

＊

気がつくと、どこかに寝かされていた。真っ白な場所だ。時計の音がする。

上に見えるぼんやりした白い光が、しだいにはっきり形をとりはじめ、蛍光灯だとわかる。

消毒薬の臭いがする。まわりを見回すと、真っ白だと思っていたのは、壁と白い布の仕切りだった。

保健室……？　どうしてこんなところにいるんだろう。

かさかさした違和感と、身のまわりのものに対する遠近感。自分がひどく小さく、無機質なものに思えてくる。なにもかもから切り離された、自分という情けない存在。なぜかそれが心地よく、安心に思える。

起き上がろうとすると、頭がずきんと痛んだ。

ハルナ……。頭の痛みで、さっきの体育館でのできごとを思い出す。廊下で見かけたハルナを追って体育館に行き、そこで倒れた。ハルナ……。

「そんなはずはない」

「どうして」

「どうしてって……。江崎ハルナは……。ハルナは死んだからだ」

「ふうん。じゃあわたしは、だれ？」

「君は……」

「言ってごらんなさいよ、わたしはだれなの」

さっきの会話が頭のなかによみがえった。それともあれも夢だったのだろうか。

わたしはだれなの……。ハルナ？　でも、そんなはずはない。ハルナは死んだんだ。

体育館から走り出ていったときの足音……。あれは幻なんかじゃない。幻だったら、痕跡を残さずに消えるはずだ。

もしかして……。だれかがわざと僕の前にあらわれて、ハルナのふりをしてるんじゃないか？　だれなんだ。いったいだれがあんなことを……。

頭はまだ痛かったが、僕は起き上がった。

きょうのことも、もう噂で広まっているんだろう、と僕は思った。廊下で何人か生徒にもぶつかったような気がする。

すでに六時近かった。きょうはもう帰ろう。

「大丈夫ですか」

出ていこうとすると、校医が声をかけてきた。

「え、ええ……」

「吐き気やめまいはないですか」

「ええ、今は大丈夫です」

「救急車を呼ぼうかと思ったのですが、脳貧血だからとおっしゃっていましたし、実際そのようでしたので……。でも一度病院で検査を受けられた方がいいですよ」

たしかにそう言われてみればそんなことを言った覚えがある。その後眠り込んでしまったらしい。あいまいに返事をして、職員室にも戻らず、そそくさと学校を出た。

ぱらぱらと雨が降っている。傘は持っていない。職員室に戻ればだれかの置き傘を借りられるかもしれなかったが、それも鬱陶しい。

晴れた日は春らしくてあたたかいけれど、雨が降ると急に寒くなる。外に出てみると身体がすっと冷えた。頭や顔に降りかかってくる雨が冷たい。

雨が服にしみ込んできたら、身体も冷えきってしまいそうだ。頭痛もまたひどくなってきて、僕は足早になった。

正門が見えるところまで来たとき、花壇の近くに薄紫色の傘が見えた。薄紫の無地の傘だ。ハルナも、たしかあんな傘を持っていた。

傘の下から手が出てくる。雨のしずくを手で受けている。ぼんやり見つめていると、傘があがった。真っ黒で長い髪のうしろ姿。

ハルナ……！　僕はぎょっとした。いや、そうじゃない。

僕はゆっくり彼女に近づいた。逃げるかと思っていた彼女は、動かなかった。近づくことが怖くなって、僕の方が途中でとまった。

「わたしはだれでしょう？」

声が聞こえたような気がした。

僕は花壇に目をやる。花壇の縁の白いブロック塀……。あの日ここに倒れていたハルナ。あの日、ハルナはどうしてあんなことを言ったんだろう。僕にとってあの小説は大切なものだった。そのことを知っていたはずなのに、どうしてそれを台無しにしようとしたんだろう。

「ハルナ……」

ずきん、と頭が痛んだ。立っていられない。僕は花壇の横にひざまずく。雨で濡れた地面に強く顔を押しつけた。しばらくその姿勢のまま動けなかった。

「宮坂先生、どうしたんですか」

だれかに声をかけられて、はっとして顔をあげた。ふたりの生徒が、不思議そうな顔でこちらを見ている。僕が授業を受け持っているクラスの生徒だった。

「あ、いや、別に」

あたりを見回しても、彼女の姿はなかった。薄紫色の傘だけが足元に転がっている。

「これ、先生の傘ですか」

生徒たちが傘を拾い上げる。

「あ、そう。そうなんだ」

僕はとってつけたように言って立ち上がり、傘を受け取った。

生徒たちは、顔を見合わせた。僕は、そのときはじめて自分が泥だらけなことに気づいた。

「いや、ちょっと今、ものを落としてしまって」

「なにを落としたんですか」

「見つかったんですか」

生徒が口々に言う。その顔が笑っているように見える。

「いや。でも別にもういいんだ」

ふたりは僕を気味悪そうに見た。やっぱり、とか、ちょっとやばいよ、とかいう囁きが聞こえた。

「じゃあ、さようなら」

ふたりは早口でそう言って、走り去っていった。遠くから笑い声が聞こえた。薄紫色の傘に、雨粒が次から次へとあたっている。

ちがう、ちがう、ちがう。ちがうんだ。君たちは勘違いしてるんだ。僕とハルナのあいだには、君たちなんかにはわからないような……。

僕はもう一度花壇の方を見た。

「別に、もういいんだ」

さっきの言葉を繰り返す。空虚な声が響いた。突然、抑えられない怒りが腹からこみ上げてきた。

「勝手なことばかり言いやがって」

僕は地面に唾を吐き、立ち上がった。

二月二十五日(月)

＊

美術室の真ん中に置かれた机の上の花瓶に、スイートピーとチューリップが活けられている。だが、海生の手はちっとも動いていない。ぼんやりモチーフを眺めているばかりだ。

「ウミオ」

肩を叩かれて、海生ははっとした。双葉だ。きょうは進路面接のはずだった。いつのまにか面接を終えて、美術室にはいってきていたらしい。

「実はさ、宮坂のことなんだけど」

「あ、ああ」

「宮坂って今はえらく暗い感じだけど、奥さんが死ぬ前までは、性格全然ちがってたらしいよ」

「だれから聞いたの?」

「高柳。さっき高柳に訊いたらさ、高柳と宮坂って、むかしはけっこう仲よかったらしいんだよ。で、ちょうどいいからいろいろ宮坂のむかしの話とか聞いたわけ」

「進路面接で?」

「進路ったって、別に高等部に行くって決まってるし。別に話すことないじゃん」

「進路面接って高等部に行ってから、理系にするか文系にするかの話なんじゃないの?」

「まあねえ。でももう希望も書いて出してるし。形骸化してるよ、なにもかも。そんなことより、今はこっちの方が百パーセント大事じゃん」

「うーん……」

双葉が高柳から聞いた話によると、高柳と宮坂は同じ大学の出身だったらしい。赴任したのは高柳の方が早かったが、宮坂は大学院に行っているので、年は宮坂の方がひとつ上だ。

高柳は理系、宮坂は文学部の国文科だった。大学時代直接の交流はなかったが、ここに勤めはじめてから、同じ大学出身ということで意気投合したという話だった。そのころの宮坂は、今とちがって、教員のなかでもよくしゃべる方だった。

「で、高柳は、宮坂の家に行ったことあるし、奥さんともいっしょに食事したこともあるんだって」

「ふうん」

「宮坂の奥さんは、同じ大学の英文科だったんだって」

「どうやって知り合ったのかな?」

「サークルらしいよ。それが、文芸サークルなんだって」

「文芸サークル?」

「そうそう、小説とか評論とか書いて、同人誌とか作ってたらしいのよ。つまり、宮坂はまじで小説とか書いてた、ってわけ」

「じゃあ、宮坂も奥さんもおんなじ趣味だったんだ……。どんなもの書いてたんだろ?」

「それがね、奥さんは一度も作品発表したことがなかったんだって。高柳、奥さんのお葬式のときに、そのサークルの友だちから聞いたらしいんだけど、宮坂はかなり熱心に小説を発表してたのに、奥さんは一度も同人誌に作品載せたことなかったんだって。その人、不思議そうに言ってたらしいよ、書く力はいちばんあったはずなのに、って」

「へえ……。なんでだろ?」

「さあ……?」

「どんな人だったのかな?」

「やさしそうな感じの人だった、って高柳は言ってたけど」

「ふうん」

「とにかく、あの事件があってから宮坂先生は変わった、って高柳は言ってた。別人みたいだってさ。つきあいが悪くなって、飲みにも行かないし、俺のことも避けてるみたいだって」

「で、奥さんの自殺の原因は?」

「よくわかんないらしい。宮坂自身、よくわからない、って言ってたみたいなんだよね」

「遺書とかは?」

「なかったらしいよ」

「うーん、なんか余計わかんなくなった……」

「そうなんだよねえ」

双葉はそう言ってため息をついた。

二月二十六日(火)

＊

「宮坂先生、電話ですよ」

「あ、すみません」

僕はあわてて電話の近くまで行って、受話器を取った。

「宮坂先生ですか」

「はい、わたくしです」

「小説のことで訊きたいことがあります。今晩十時、学校の図書室で」

そう言うと、電話はすぐに切れた。

なんだ、今の電話は……。だれなんだ？　抑えた声色で、女の声ということしかわからない。

小説？　僕ははっとした。小説というのは、僕が書いたあの小説のことに決まっている。電話の相手は、あのことを知っているというのだろうか。でもなぜ？　あのことはハルナしか知らない。じゃあ、ハルナがしゃべったということだろうか。

なにを知っているのだろう。まさか……。いや、だとしてもそれがなんだというんだ？　あれは僕の作品だ。まちがいなく……。

それに……。だれなんだ、いったい。

＊

僕は、緑が死んでからずっと、緑に関する手記のような小説を書いてきた。ハルナと知り合って、僕は自分の書いていたものをハルナに見せた。緑のことは、生徒たちには単なる事故として伝えられていた。だが、ハルナだけには事実を知ってほしかった。

教師たちはみな事情を知っていたが、心情を打ち明けられる相手などいない。彼らは僕を憐れんで同情しているふりはするだろう。だが、内心、僕に責任があると思っているにちがいない。

だから、ひとりで、どこに発表するというあてもなく、緑についての記憶を日々書き綴ってきた。だれかにこれを読んでもらって重荷をおろしたい、そのとき僕が考えていたのはそれだけだった。

次に会ったとき、ハルナは小説のことを一言も口にしなかった。どうしてハルナはなにも言わないのだろう。僕は、ハルナが小説を読んでどう思ったかを知りたくて、いらいらした。

だが、そのことを訊こうとしたとたん、急に気がついた。

もしハルナが僕のことを好きなら、僕が以前だれかといっしょに暮らしていたころのことを快く受けとめられるわけがない。僕は、自分のすべてをハルナに受けとめてもらいたかった。だが、ハルナはまだ若いんだ。

僕は、自分が無神経なことをしてしまった、と後悔した。

「あの、この前見せてくれた作品のこと……」

その瞬間、ハルナの方がその話を切り出した。

「え、ああ、ごめん、読むのが辛かったら、読まなくてもいいんだよ」

僕はさりげなくそう言った。

「ううん、読んだ。それで、感想を口で言うのは苦手だから、わたしなりに思ったことを書いてみたんだけど」

僕は驚いて目を見開いた。

「いや、僕もまだ、あれが作品としてうまく書けているとは思ってないんだ。でも、人と人との関係っていうのは、そんなに簡単なものじゃない、自分以外の人間は、自分とはまったくちがうことを考えている、そういうことを書きたくて……」

「なんとなくわかる。作品の出来とか、むずかしいことはわからないけど、そういう気持ちで書かれたんだ、ってことは、なんとなくわかるよ」

ハルナはそう言った。救われたような気がした。自分の求めていたものがここにある。緑とはちがう。わかりあえる、と僕は思った。

「わたしなりに、その、相手の人の気持ちになってみたんだ。想像だけどね。こういうふうに考えてたんじゃないかな、って思うことを書いてみた」

ハルナはそう言って、自分が書いた、というワープロの文書の束を僕に渡した。

正直言って、僕はハルナの書いたものにはそれほど期待していなかった。高校生の書くものだし、内容なんてどうでもいい。それより、ハルナがそこまで僕のことを受け入れてくれた、ということに感激していた。

だが、家に帰ってそれを読みはじめて、僕は驚いた。

うまいのだ。高校生とは思えない。文章に女性特有のなまなましさがあるところは気になったが、心の襞《ひだ》がすばらしく克明に描かれていた。天真爛漫だと思っていたハルナにこういう一面があったことにも衝撃を受けた。

ハルナの書いた女は、緑本人とはちがう。でも、僕にはそこに描かれた緑がまるでほんとうに生きている人間のように感じられた。

ハルナの文章は、他人が読むということをちゃんと自覚した文章だった。こういう能力というのは、もしかしたら生まれつきそなわっているものなのかもしれない。

次に会ったとき、僕はそのことを素直にハルナに伝えた。

「ほんと？　よかった。もしかして、すごく怒られるんじゃないかと思って」

ハルナはおびえたようにそう言った。

「怒られるってどうして？」

「だって、本人を知らない人の勝手な妄想だし」

「そんなことないよ。もちろん、君は緑のことを知らない。でも、これはドキュメンタリーじゃない。僕は文学作品のつもりで書いたんだ。フィクションなんだから、なにもかもすべて現実じゃなくてもいいんだよ。それに……」

　僕は少しのあいだ言い淀んだ。

「それに？」

「いや、君の書いた緑は、実際の緑とはちがう。でも、どこか真実のような気がするんだ。小説っていうのは、そうじゃなくちゃいけないだろう？　ほんとうにあったことをそのまま書いても、人を納得させられるとはかぎらない。逆に、それ自体が作り物でも、真実に近づいてしまうことはある」

　僕は興奮していた。そして、急に思い立って、ハルナに続きを書いてみないか、と言ったのだ。

「続き、っていっても、そんなに長いものは書けないよ。今回みたいな短いのだったら思いつくかもしれないけど」

「それでいいよ。うん、その方がいい。君は思いついたことをそのまま書いてくれればいい。僕は僕でこちらのエピソードを書いて、君の書いたエピソードとのあいだをつなぐ。そうやってひとつの作品を作ってみたいんだ」

「別に……かまわないけど……」

「そうしたら、今までよりずっといい作品になるような気がするんだ」

「そうしたら、本になるの？」

　ハルナは無邪気にそう言った。

「本……」

「だって、ふつう小説って本になったりするもんでしょ」

「それはそうだけど、むずかしいんだよ、それは」

「どうして?」

「どうして、って言われてもね。だれでも書けば作家になれるってわけじゃない。ほんとうを言うと、僕はむかしから作家になれたらいいな、と思ってた。学生時代に短編を書いて賞に応募したこともあったけど、箸にも棒にもかからなかったんだ」

「賞?」

「ああ、出版社がやってる新人賞っていうのがあるんだよ」

「その賞を取れば、本になるの?」

「まあ、全部じゃないかもしれないけど」

「じゃあ、賞を取ればいいじゃない。そしたら学校の教師なんかやめちゃえば? ふうん、作家かあ」

ハルナは笑ってそう言った。

その日から、僕は小説を書き直しはじめた。今回は書ける、という自信のようなものがあった。

はじめは、自殺した妻の手記をつないで、夫が小説を書く、という話にしようと思ったが、それだけではおさまらなくなった。

ひとつは、ハルナの書いてくる断片の内容が多様で、ひとつの作品にまとめることが困難だったからだ。断片をつなぎあわせ、二編の短編を組み立てることができ、さらに断片がいくつも残った。

それに、短編をいくつか並べただけではおもしろみがない。それで、僕は、全体にもう少し仕掛けを作ろうと思った。

そのとき頭に浮かんだのが、そのころ読んだばかりのポール・オースターというアメリカの作家が書いた『鍵のかかった部屋』という小説だった。

友人の遺した原稿を遺著管理人として出版する男の話だ。小説の構造として、ハルナの文章を小説内小説として組み入れるという目的にぴったりだった。

僕は全体の構成を練り直した。主人公の男は、もう長いこと作品を書けなくなっている作家だ。その妻が亡くなり、彼女の書いた二編の小説と手記が遺される。物語は、男が妻の書いた小説を若い女性編集者ユミに語り聞かせるところからはじまる。ユミは男に、それを彼の名前で発表することを勧める。発表された小説は評判になり、次の作品も、という話になる。

その作品もヒットし、もう一作出しましょう、と言われ、男はうなずいてしまう。だが、妻の作品で完成しているのは、そのふたつしかない。男は妻が遺した断片をつなぎあわせて、あたらしい小説を作らなければならないはめになる。

これならいける、と僕は思った。久しぶりに興奮した。夜ひとりでワープロに向かい、ふと手を休めたときに、実際の生活を思い浮かべると、現在も過去もすべて嘘のように実感がなかった。自分が書いている世界だけがリアルだった。

小説は、「海音」新人賞の締めきりぎりぎりに書き上がった。応募するとき、僕は、これに賭けよう、と思った。中途半端な遊びじゃない。これに作家としてのデビューを賭けるのだ。

そのためには、作者は「僕」でなければならなかった。「僕」ひとりでなければ。

小説のかなりの部分をハルナの文章が占めていたとはいえ、それはもちろん文章の問題だ。小説の作者は僕だ。だが、そう言い切ることはできなかった。あれは僕とハルナの合作と言ってもいい。

ハルナにその話をすると、ハルナは、僕ひとりの名前で応募した方がいい、と言ってくれた。もちろん小説の作者は僕ひとりだ、と。

僕は礼を言った。君がいなかったら作品を書き上げられなかっただろう、と。ハルナは笑って、よかった、と言った。受賞するといいね、そしたらいちばんに教えてね、と。

＊

クラブが終わってから、海生はあわてて図書室に行った。

図書室の引き戸をあけると、司書の岩田《いわた》塔子《とうこ》がいた。

「あら、西山さん」

海生も双葉も、昼休みや空き時間に用もなく図書室に来ているので、岩田とはすっかり顔なじみだった。

「すみません、借りたい本があるんですけど」

海生は頭をさげた。

「もう時間すぎてるけど？」

岩田は入口に立ったまま笑った。

「明日提出のレポートに必要で……どうしてもきょう必要なんです。お願いします」

「そんなに頼み込まなくても大丈夫よ。ちょっと待って」

岩田は笑いながらカウンターの引き出しをあけた。

海生は急いで必要な本を探し出した。岩田は、ふふっと笑って、貸し出しの手続きをしてくれた。

「よかったー。もう閉まってるかと思って」

「いま帰ろうとしてたところだったのよ」

貸し出し手続きを終えると、岩田は机の上に置いた本と筆記用具を持って戸をあけた。海生も岩田のあとについて図書室を出た。

「あれ、鍵かけなくていいんですか」

「あ、まだ宮坂先生がなかに残ってらっしゃるから。もう、鍵は任せてきたの」

宮坂が……。図書室にいたのか。

「宮坂先生って、よく図書室にいらっしゃるんですか」

「ええ、そうね。よく遅くまで調べものをしてるみたい。図書室のこと、わたしよりよく知ってるかもね」

岩田は笑った。

「宮坂先生と江崎さんのこと、なんだか変な噂が流れてるみたいだけど、西山さん、知ってる？」

海生ははっと黙った。

「いえ、あんまり……。でも、気になってはいるんです」

「正直に言うと、わたしもあの噂のことが気になってるの」

「岩田先生、実は、」

海生は、少し声を小さくして訊ねようとした。

「いえ、すみません。なんでもないんです。それじゃ、失礼します」

海生はそう言って、走って玄関に向かった。

＊

外はひどい雨だった。海生が家に帰ったとき、由里子はまだ帰っていなかった。

海生はすぐに台所に立った。冷蔵庫をあけ、昨日の残りのひじきの煮物を出す。慣れた手つきでボウルに卵を割り入れ、ひじきの煮物と混ぜ合わせた。フライパンに油を引き、ボウルの中身をあける。卵が焼けるあいだに、若布《わかめ》で味噌汁を作った。

トマトを切り、サラダ菜とアンディーブ、ルッコラなど早めに使ってしまわなければならない葉ものを次々にサラダボールに入れ、クレソンを上にのせた。

「ただいま」

海生は驚いて、びくん、とした。由里子が帰ってきたのだ。

「いやー、ひどい雨だった。もう荷物がびしょぬれだわ」

「あ、おかえりなさい」

「あら、これ、おいしそう」

「お母さん、はやく着替えてきなよ。もうじきご飯だから」

「はいはい。あー、疲れた疲れた」

由里子はばたばたと寝室にはいっていった。

しばらくして、由里子は自分で自分の肩をもみながら、居間に戻ってきた。こたつにはいって身体をのばしている。海生はこたつに作ったものを並べた。

「きょうね、卒業文集まとめてたの。六年生くらいになると、人間の感情の基本的なものは全部そろっているのよね。人を憎んだり、嫉妬したりもするし、人にやさしくしようっていう気持ちもある。大人よりずっとシンプルだけど、基本は全部そろってるのよ」

由里子は言った。

「わたしもそうだったな、と思うし、海生もそうだった。こうやってまわりに子どもがいると、子どものころの自分がいつも近くにいるみたい。不思議よね。教師じゃなかったら、子どもを産んでなかったら、そういうことってないのかもしれないけど」

「わたしも変わるのかな」

「変わる?」

「今わたしが思ってることって……。大人になると、どうなるんだろう?」

「どんなことでも、理屈はけっこう早い時期からわかってるような気がする。むかし書いたものを読むと、ああ、もう、このときすでにわたしはわかってた、って思うのよ。でも、なんかあると、また新しく、より深く理解した気になる。人間って、繰り返し同じことを理解する。でも、ちがうかもしれない。ほんとは最初にわかったとき、全部わかっていたのかもしれない。でも忘れてしまう。だから繰り返し理解する」

「じゃあ、今大切なものがあとでどうでもいいものに変わったり、今……辛くてたまらないことが、あとで気にならなくなったりは、しないのかな」

「見方の幅が広がれば、その感情をどう扱うか、少し変わるかもしれないけど」

「ふうん」

食事を終え、片づけをすませると、由里子はお茶をいれ、こたつに運んだ。ひとつを海生の前に置き、ひとつを自分ですする。しばらく新聞を読んでいたが、やがてうたたねをはじめた。

*

なんていうことだ。どうしてこれが。この文章がここにあるんだ?

図書室で電話の相手を待つあいだ、小説誌をめくっていた。オースター特集が組まれているものだった。その号が出たのはもうけっこう前らしいが、僕は最近人から貸してもらうまで知らなかった。

オースター特集を読み終えて、ほかに掲載されている小説をぱらぱらと読むともなく眺めていた。

そこで、この文章を見つけたのだ。

ぎょっとした。はじめはなにが起こったのかわからなかった。

連載小説のなかの一節。そこに、あったのだ。僕の小説のなかに出てくるのと、そっくり同じ文章が。しかもかなり長い。一ページ以上にわたって、まったく同じ文章が並んでいる。

なんていうことだ。僕はあわてて雑誌の発行年月日を見た。二年以上前の日付。僕があの小説を書く、ずっと以前。

すっと血の気が引いた。なぜ、僕が書くのよりずっと前に、僕の小説とそっくり同じ文章がここに存在しているのか。

答えはひとつだ。僕の小説のもとになっている文章が、そもそも盗作だったということだ。僕の小説のもとになっている文章。つまり、江崎ハルナが書いた文章だ。どういうことだ？

頭のなかがぐるぐる回った。

あの日の昼休みの記憶がよみがえってくる。学校でハルナの姿を見た僕は、ハルナを図書室に連れていった。あの日は図書室は休みだった。僕は前日の電話のことで苛立って、ハルナにもう一度受賞のことを告げた。

「よかったわね。これで作家になれるかもしれないじゃない。たいしてお金にはならないかもしれないけど、とりあえずみんなに尊敬されるし」

ハルナは僕のことをバカにするようにそう言った。

「なんでそんな言い方をする？」

僕はハルナの肩をぐっとつかんだ。

「だって、わたしがいなかったら、書けなかったでしょ、あの小説」

ハルナにそう言われて僕は一瞬言葉に詰まった。

「まさか、そのことで拗ねてるのか？」

ハルナは黙っていた。

「あのとき、君だって言ったじゃないか。小説は僕ひとりのものだ、って。もちろん、君が書いてくれた文章に触発されたことは認めるよ。そのまま使わせてもらった部分もけっこうある」

僕は慎重に言葉を選びながら言った。

「だけど、君の書いたものは、そのままでは断片にすぎなかった。そうだろう？　小説の形にしていったのは僕だし、そもそもそういう人からの手紙なんかを引用した部分を含んだ小説っていうのはむかしからあるんだ」

「でも、ユミっていうキャラクターを提案したのもわたしじゃない？」

ハルナは鼻で笑うようにそう言った。

たしかに……。ユミという女性編集者の設定を思いついたのはハルナだ。それまで僕が書いていたのは単に男が過去の記憶をたどるというだけの話だったのに、ユミという人物が登場したことで、現在進行形の部分ができ、構造が複雑になったことはたしかだった。

「いいかい？　僕だって、ほんとうは君の名前を出したい気持ちもあるんだ。でも、教師と生徒が合作、っていうのがちょっとまずい、っていうことはわかるだろう？　少なくても今はね。たとえば、君はもうじき卒業する。純文学の新人賞の小説なんて、すぐに本になるわけじゃないんだ。はいってくるお金だってたいしたことはない。本になるのは、そうだな、もう一作書いてから、ってことになるかもしれない。そうしたら、半年か、いや一年くらいたってしまうかもしれない。そのときに君の名前を出すなら問題ないと思うんだ」

僕はそう言って、ハルナの顔をのぞき込んだ。

「でも、たとえば、わたしが出版社の人に、ここはわたしが書いたんです、って言ったら？」

ハルナは冷ややかな口調でそう言った。

「まさか。君はそんなことはしないだろう？　小説家になるのは、むかしからの僕の夢だったんだよ。ささやかな夢じゃないか。ベストセラー作家になって豪邸を建てたいとか言うんじゃない。働きながらでも、お金になるかどうかわからない、でも質の高い作品を書き続けていけたら。僕はずっとそう思ってきたんだ」

「質の高い作品ね」

「君は小説とか文芸のことがわかってないんだよ。たしかに君の文章にはいいところがある。でも、それだけで作家になれるわけじゃない。じゃあ、最初から最後までひとりで書いてごらん、って言われたら、なにも書けないだろう?」

「わたし、別に作家になりたいとも、小説を書きたいとも思ってない。わたしの名前を出してもらいたいとも思ってないよ。ただ」

「ただ?」

僕はハルナの態度にいらいらしながら訊き返した。

「ただ、そんなことがそんなにうれしいんだ、と思っただけ」

「なんだって?」

「いいじゃない、そのまま発表すれば。でも、まあ……」

ハルナは言葉を切って、くすっと笑った。

「なにがおかしいんだ」

「ううん、別に。気をつけた方がいい、って思っただけ」

「気をつけるってなにを?」

「なんでもない」

ハルナは笑い続けていた。

「いい加減にしろ」

僕は思わずかっとして、怒鳴った。

気をつけた方がいい……。まさか、ハルナがあのとき言っていた、気をつけた方がいい、というのはこのことだったのか？

でもなぜだ？

ハルナはなぜそんな真似をしたんだ？

たぶん……。ハルナはよくわかっていなかったのだ。悪気なく既存の文章からよさそうなものを拝借してきたんだろう。僕に誉められるような文章を書こうとして。むしろ、おかしいと思うべきだったんだ。高校生の書く文章にしてはうまくできすぎていると。

ここだけではないかもしれない。引用元もこの作品だけではないかもしれない。なにがどこから引かれているか、ハルナのいなくなった今、さっぱりわからない。今から、盗用の箇所をすべてピックアップして取り除くことなんて不可能だ。

小説が発表されれば、だれかが盗用に気づく。ハルナはもう死んでいていないが、印刷されて発表された文章はいつまでも存在し続ける。

僕はむかむかした。ハルナの無知とくだらないわがままのせいで、僕の夢は台無しになってしまう。

*

もう十時になろうとしている。あいかわらず、外はひどい雨だ。わたしは、暗い学校の廊下を歩いていた。

宮坂……。頭のなかに、またあのときの文章がよみがえった。やめて。わたしは耳をおさえた。あんなのはハルナ先輩じゃない。

あの日、いつものようにハルナ先輩は美術室にやってきた。途中で、ハルナ先輩はちょっと出てくる、と言って、外に出ていった。突然うしろで音がして振り返ると、椅子の上のハルナ先輩のクロッキー帳から、プリントみたいな紙が数枚落ちていた。

わたしは紙を拾い上げた。そこに打ち出されていた文章を見て、わたしは凍りついた。文章のなかには「ハルナ」という文字がいくつも見え、口にできないような内容が書き連ねられていたのだ。

この文章、だれが書いたんだろう？　ハルナ先輩自身が？　まさか。じゃあ、だれか別の人？　別の人っていったいだれなんだろう。その人は、ハルナ先輩と、ほんとうにこんなことをしたんだろうか。

信じられない。信じたくない。頭のなかが真っ白になった。

そして、その文章を書いたのが宮坂だとわかったとき……。

見てしまったんだ。帰り支度をして美術室から出たハルナ先輩が、図書室に行って、宮坂と会っているのを。

ざあっと身体のなかから暗いものが流れ出していった。

ハルナ先輩と宮坂が……。何度もあの文章が浮かび上がった。ひどい。放課後、学校のなかなんかで。みんなが帰るまで待って。そう、わたしとの美術室での時間は……。あれは、その時間になるまでの暇つぶしだったんだ……。

そう気づいたとき、なにかが爆発した。ハルナ先輩はそんなことする人じゃない。ハルナ先輩は……。ハルナ先輩があんな人のはずない。わたしは知ってる。悪いのは宮坂だ。全部、あいつのせいなんだ。

だけど……。ハルナ先輩は、笑った。

文章のことを問いつめると、ハルナ先輩は、笑ったんだ。

「そんなにおもしろかったんだったら、本人は喜ぶわね。どっかの賞に応募したとか言ってたし」

「これ、嘘ですよね」

「さあ」

「だって、これじゃあまるで……。これは作り物ですよね？　こんなことほんとにしたわけじゃないですよね」

「宮坂の想像力で、してないことなんて書けるわけないじゃない」

「どうして……？」

「だって、ちょっとおもしろそうじゃない。どんなものを書くか興味があったし」

ハルナ先輩は笑った。

「別にたいしたことじゃないでしょう。だれだってしてることじゃない」

ハルナ先輩の目が、わたしの目をのぞき込むように見た。ほかのくだらない女だったら別にかまわない。だがハルナ先輩だけは特別でなければいけない。

「でも、ハルナ先輩はそんなこと望んだわけじゃないんでしょう」

「そうかもしれないし、そうじゃないかもしれない。でもあなたにはそんな立ち入ったことを聞く権利なんてないでしょう。他人なんだから」

　ハルナ先輩はそう言って、去っていこうとした。

「待ってください」

「なんで」

「ごめんなさい。もう変なこと訊きませんから」

「訊かないから、どうだっていうの」

「行かないでほしいんです。だって、わたしハルナ先輩に見はなされたら……」

「見はなされたらなんなの」

　息が詰まりそうだった。

　ハルナ先輩は出ていき、わたしはひとり取り残された。泣くのを抑えられなかった。でもいくら泣いてもどうにもならなかった。

　その次の週から、ハルナ先輩は美術室に来なくなった。

＊

　どうしたらいいのだろう？

僕は焦った。あのままあの小説が発表されてしまってはまずい。せっかく賞を取ったというのに、最初からケチがついてしまう。

なんとかしなければ……。

今回の受賞で、編集部には名前を覚えてもらえたはずだ。それだったら、今回は賞を辞退して、全部やり直した方がいいかもしれない。出てしまったらもうやり直しはきかない。今ここでリセットしなければ、なにもかも終わりだ。

もう時間がない。直しはきょうまでだと言われていた。

僕はあわてて編集部に電話をかけた。だれも出ない。

十時が迫っていた。

とにかく早く連絡しなければ。編集部は遅くまで仕事をしているはずだ。たぶん食事かなにかに出ているだけだろう。

十時からの一件が片づいてからもう一回連絡するとして、一刻も早く……。僕は掲載を取りやめてもらうための手紙を書き、ファックスで送るために職員室に戻った。職員室にはだれもいなかった。

ファックスを送信し終わったときには、もう十時五分前だった。僕は急いで図書室に戻った。図書室にはまだだれもいなかった。

電話の相手……。だれなんだ？　どこまで知っているのだろうか。

もしかして……。僕は急にあることに気がついて青ざめた。電話の相手は、小説のことでもめて、僕がハルナを屋上から突き落とした、と思ってるんじゃ……。あの幽霊も、噂も、もしかして……。

そのとき、外で音がした。

*

引き戸に手をかけると、鍵はあいていた。宮坂がいる。

「あの小説、発表するのをやめてください」

「君はどういうつもりなんだ。なんでこんなことをする？　ハルナのふりをして僕の前に何度もあらわれたのは君だろう？」

ハルナ？　先輩のことを呼び捨てにするなんて。

「あの小説、発表するのをやめてください」

「なぜ？」

「先輩のためです」

わたしははっきりと言い切った。

「君は考え違いをしているみたいだけど、あの小説を発表したがっていたのは、むしろハルナの方なんだ」

宮坂は言い訳がましくそう言った。そんなはずがない。言い訳にしてもバカげている。いい加減にして、とわたしは思った。

「ハルナ先輩を汚すようなことはやめてください」

＊

「あんな小説発表するなんて。狂ってる」

「ハルナからなにか聞いていたのか」

「そんなこと説明する必要ないでしょう。とにかく、やめてもらいたいんです」

「なに言ってるんだ？」

「わたしはハルナ先輩のことなら、なんでも知ってる。ハルナ先輩は、わたしにはなんでも話してくれたから。わたしのことだけを信用していたの。わたしの前でだけ、素直になれたんだと思うの。ほんとうのハルナ先輩はあんなんじゃない」

「ほんとうのハルナ先輩？」

「いい加減にして。わたし、見たんだから」

「見たって？」

「ハルナ先輩、きっとわたしに相談したかったのよ。でもわたし、うまく答えられなくて、逆にハルナ先輩を傷つけてしまって……」

「わかった。でも、あの原稿はもう……」

掲載されないんだ、と心のなかでつぶやいた。他人にどうこう言われるようなことじゃない。

「まあいい、今ここに原稿のコピーがある。どの部分がハルナを汚しているのか教えてほしい」

僕は書庫の奥の古い戸棚にある原稿を取りに行った。この戸棚の引き出しは、古くてなんだかわからなくなってしまった書類しかはいっていないので、ふだんはだれもあけない。原稿を隠しておくのにはうってつけだったのだ。

学校で時間ができたとき、よくここで原稿に手を入れていた。仕事のために学校にワープロを持ってきているときは、いちいち家にワープロを持ち帰るのも面倒だった。職員室では書けないが、ここだったら人に邪魔される心配はない。

原稿も、最初のうちはいちいち持ってきたり持って帰ったりしていたが、この引き出しを見つけて、ときどき原稿を置いたまま帰るようになった。

どうせ大掃除のときくらいしかあけない引き出しだ。岩田先生にわざわざ断るまでもない。それにその方がかえって、のぞき見されるおそれがない。そう思っているうちに、茶封筒にはいった原稿がだんだんたまっていった。

「ほとんど完全な原稿だ」

彼女の手が原稿を握りしめたとき、僕はその手首をつかんだ。

「やめてっ」

彼女は身体をふるわせながら、僕の手を振り切ろうとした。原稿がばらばら床に散らばった。

あれ？　この子、どこかで……。どこかで見たことがある。ふっとそんな疑問が頭をよぎった。

＊

　ひどい。宮坂はどういうつもりなんだろう。原稿が床に散らばるのを見ていると、またあの文章が頭のなかによみがえってくる。頭のなかに焼きついてしまったあの文章。

「もっと読みたかったんじゃないの？」

　ハルナ先輩の笑ったような声が聞こえた。わたしは身体がかっと熱くなって、原稿を足で踏みつけ、びりびりにした。

「なにをするんだ」

　宮坂の手がわたしの手首をつかんだ。

「やめて」

　わたしは宮坂の手を振り払った。手首に残っている宮坂の指の感触が気持ち悪い。皮膚を捨ててしまいたい。

「君、あの日ハルナと……」

「ハルナ先輩のこと、呼び捨てにしないでよ」

　汚らしい。あんたなんかに……。ハルナ先輩はわたしだけのものだ。

「なにをそんなに怒ってるの？　宮坂が死ねばいいと思ってるんじゃないの？」

　ハルナ先輩の声がした。

「まさか、そんな」

宮坂の文章……。あんなハルナ先輩は、存在してはならない。

＊

「君、あの日ハルナといっしょに屋上にいたんじゃないのか」

そう言おうとして、途中で遮られた。

あのとき、屋上にあがってみると、なにもなかった。だれもいなかった。屋上から見下ろすと人垣がまるで絵に描いたようにまあるくできていた。

あとのことは覚えていない。どうやってあの日一日過ごし、家にたどりついたのか。変なことを口走ったりしなかったのは幸運だった。

もちろん、ショックで五階の廊下にいた生徒のことはすっかり忘れてしまっていた。あのときの生徒はこの子だった気がする。

だが、この子は、あそこでなにをしていたのだろう。最上階である五階には特別教室と、あの日休みだった図書室しかない。昼休みに生徒がそこにいるのはよく考えてみればおかしい。

騒ぎを聞いて駆け上がってきたのだとしたら、僕が屋上にあがったあと来なかったのはなぜだろう。僕より前に屋上にのぼってからおりてきたところだったというのも、時間的にみて考えにくい。それに、もしそうだったとしたら、なぜ僕に話しかけてこなかったのだろう。

もしかして。この子はハルナが飛び下りたとき、いっしょに屋上にいたのではないか。死ぬ直前のハルナとなにか話したのでは？

「もしかして死ぬ直前のハルナに、君は……」

彼女の肩に手をかける。ぐっと力がこもり、指が肩に食い込む。

「やめて」

彼女は暴れた。僕の手を振り切り、頬を引っ掻いた。

「やめてよ」

彼女がそう叫んだとき、頭にかっと血がのぼった。彼女の顔がぶれて、ゆらゆら揺らいだ。

ハルナ……。

緑……。

目の前の女がだれだかわからなくなった。

「なんでだよ」

苦い声が口からほとばしった。

「なぜ邪魔するんだ。なぜ君は僕の邪魔ばっかりするんだ。いつだって。いつだって君はそうだ。僕のことなんてこれっぽっちも考えてない。いい加減にしろよ。僕がどんなに……。言いたいことがあるなら言えよ。僕は君のために生きてるんじゃない。君がなにをしたいのかなんて、知ったこっちゃない。なんなんだ、君は。なんのつもりなんだ」

彼女の肩に手をかける。ぐっと力がこもり、指が肩に食い込む。

「卑怯なんだよ。いつだってそうやって人任せで」

「やめて」

彼女が力任せに僕の胸を押した。バランスが崩れる。

「お前なんかなにもできないだろう」

僕の手が彼女の頭を殴っていた。

「さわらないで」

彼女の悲鳴が聞こえた。

第二章　鍵のかかった部屋

二月二十七日(水)

＊

「な、なんだ……」

　朝六時半。高柳は電話の音で起こされた。半分眠ったまま受話器を取る。

「おはようございます。高柳先生ですか」

「ん、あ、ああ。そう……」

「たいへんですよ。緊急連絡網なんですが」

　高柳が言い終わらないうちに相手は言った。連絡網？　高柳はぼんやり思った。ああ、連絡網か。あれ、なんかおかしいな。

「宮坂先生が亡くなったんです」

「え？」

一瞬、なにを言われたのかわからなかった。宮坂先生が？　亡くなった？　ああ、だから変だと思ったのか。連絡網はいつも宮坂さんから回ってくる。そうか、宮坂さんが亡くなったから、石井《いしい》先生からなんだ。え、ええっ？

「宮坂さんが亡くなった？」

思わず声が大きくなる。急に頭がはっきりした。

「どういうことなんだ？」

「電話で聞いただけですから僕にもよくわからないんですよ。とにかく、宮坂先生は亡くなったんです。しかも学校で」

「学校？」

「ええ、そうなんです。朝六時ごろ、簗島《つきしま》先生が登校したら、玄関の脇に宮坂先生が……。もう亡くなっていて、あわてて校長先生と、警察の方に連絡したみたいです。飛び下り自殺かもしれない、って」

「飛び下り自殺だって？」

「くわしいことはよくわからないんです。とにかく、教員は全員集まるように、って」

「嘘だろ？　なんで宮坂さんが……。わかった、とにかくすぐ行く」

「ええ。僕も信じられないですよ。じゃあ、とにかく学校で」

＊

朝七時すぎ。高柳が学校に着いたころには、緊急連絡網で呼び出された教員たちがほとんど集まっていた。

六時ごろ、日直の簗島教諭が登校して、死体を発見。調べてみると、死体は国語教諭の宮坂だった。あわてて校長と警察に連絡。状況から、屋上から落ちたと推定された。まわりの話からはその程度のことしかわからない。

「生徒たちは……?」

高柳は近くにいた石井に訊ねた。

「とりあえず登校させるようです。もう七時すぎてますから、今から連絡網を回しても出てしまっている子も多いですので」

「ええ、皆さん。今までわかっていることを報告しますので、どうか席の方に」

校長が大声で言うと、職員室のなかはしんとした。

「こちらは警察の田辺《たなべ》さんと遠山《とおやま》さん」

男たちはひとりずつ頭をさげた。

「今までわかったことを簡単に申し上げます。宮坂先生は、屋上から落ちて亡くなったようです。屋上に宮坂先生のサンダルが置いてありました。遺書のようなものは見つかっていませんが、屋上の柵は自分の意志でまたぎ越さないかぎり越えることはできそうにありませんので、自殺の可能性が高いと思います。屋上のそのほかの様子については、きのうの晩は雨がひどかったので、痕跡のようなものはありません」

田辺と呼ばれた方の刑事が、メモを見ながら話しはじめた。

「宮坂先生の遺体は、職員用玄関のすぐ横、校舎と貯水槽の細い隙間に、うつぶせになっていました。動いたり、動かしたりしたような形跡はなく、遺体は落ちたときそのままの状態と考えられます。宮坂先生のことについてなにか気がついたことがある方は、お話をうかがいたいので、申し出てください」

校長が横から言った。

「きのうの日直は……」

「わたしです」

「えー、あなたは」

「失礼しました。芹沢です」

「きのうの帰り、鍵はどうなってたんですか」

「七時半ごろ職員室にいたら、宮坂先生から内線がかかって、まだ用事があるから、施錠は自分がするので先に帰ってください、って言われて……」

「どこからだったかわかりますか」

田辺が訊く。

「それは聞きませんでした。それで、八時ごろまでいたんですけど、宮坂先生は戻ってこないし、カバンは置いたままだったんで、ほかの先生方と学校を出ました」

「そのとき、いっしょだった方は……」

田辺の質問に、数人が手をあげて立ち上がった。遠山が順番に名前を控える。

「あの」

どこかから女性の声がした。

「なんですか、岩田先生」

校長が答えた。振り返ると、声を出したのは司書の岩田だった。

「あの、きのうのことなんですが、わたしが帰るとき、宮坂先生は図書室にいらっしゃったんですけど」

岩田がそう言うと、田辺は岩田をじっと見た。

「あ、司書の岩田です。わたしが帰ろうとしたとき、宮坂先生はまだ図書室でなにか作業をなさっていて、鍵をお任せして、わたしは先に帰ったんです」

「それは、何時くらいですか」

「五時半くらいです」

「図書室にはほかにだれか？」

「そのときはだれもいませんでした」

「これまでにも宮坂先生が遅くまで図書室にいらっしゃったことはありましたか」

「そうですね、週に二、三度は……。めずらしいことではないので、とくに気にもとめないで鍵をお任せしたんですが」

「なるほど。それじゃ、ちょっと図書室の方を見せてもらいましょう。遠山君」

遠山は、岩田のそばに行って、図書室に案内してほしいと言った。

「きのうの日直だった方と、いっしょに帰った方、お話を聞きたいので……」

田辺はうしろに下がって、芹沢教諭たちに質問をはじめた。

岩田は自分の引き出しから鍵を出した。

「きょうのスケジュールのことですが、生徒たちを早く下校させるのも問題があるので、授業は平常通り行ってください。ただし、放課後の活動はすべて休みにしてください。生徒たちには、今わかっていることだけを伝えて、騒ぎにならないよう、考慮してください」

校長が教師たちに指示を与えているのを背に、岩田と遠山は職員室を出ていった。しばらくすると田辺に携帯電話がかかってきた。それを聞くと、田辺は校長に向かってなにか言い、ふたりで職員室を出ていった。

数分して、刑事たちはまた職員室に戻ってきて、宮坂の筆跡のわかるものを見せてほしい、と言った。どうやら、遺書らしいものが見つかったらしい。刑事は白い紙を見せながら、そこに書かれた文字が宮坂のものかどうかを確かめていた。

『長いあいだありがとうございました　宮坂』

高柳が横からのぞき込むと、紙には横書きでそう書かれていた。

遺書か……。高柳はぼんやりその文字を見つめた。いやにあっさりしてるな。こんなんだったら、なんのために書いたんだかよくわからないな。

あれ？

そのとき、高柳は違和感をおぼえた。なんだろう？　なにかおかしいぞ。

＊

登校したとたん、双葉は学校のなかの異様な雰囲気に気づいた。パトカーが数台とまっていて、警察官らしい人がうろうろしている。

廊下には生徒たちの姿はない。みんな教室に入れられているらしいが、教室のなかもしん、として、ほとんど声が聞こえてこない。

なにがあったんだろう。江崎先輩の事件の調査？　でも今になってこんなにたくさん警官が来るなんて、と思いながら教室にはいった。

「なにかあったの？」

双葉は海生に訊ねた。

「宮坂が死んだらしい。しかも学校のなかで」

「ええっ」

思わず小さく叫んだ。

＊

「見せてもらってもいいですか？」

高柳はそう言って、紙を手に取った。

なんだ？　この文面のなにがおかしいんだ？

違和感の正体がわからないまま、高柳は紙をじっと見た。

そうか、文章がおかしいんじゃない。おかしいのは紙の方だ。紙の形がおかしい。

その紙は、コピーなどに使う、ふつうのＰＰＣ用紙だった。でも、Ｂ５でもＡ４でもない。縦が短いのだ。

高柳は、紙を自分のノートに当ててみた。たしかに横はＡ４だが、縦はかなり短い。

なんでだ？

もう一度紙をよく見ると、上の端の切り口が少し曲がっている。

これって、カッターかなにかで切ったんじゃないか？

なぜだろう？　あの部屋には、図書室にもコピー機はある。新しい紙なんていくらでもあったはずだ。まさか遺書のときだけ急に節約精神を発揮したとも思えないし。

もしかして。ここにはなにかほかのことが書いてあったんじゃ？

これ、ほんとに遺書なんだろうか。

だいたい、自殺？　あの宮坂さんが？

緑さんが亡くなったときならわかる。緑さんが亡くなって、宮坂さんは変わった。でも、あのとき死ななかった宮坂さんが、なぜ今死ななければならないんだ？

江崎？　自殺した江崎ハルナか。あの、変な噂……。でもそんな噂くらいで死ぬとも思えないし。

いや？　でも、もし噂がほんとだったら？　ほんとに宮坂さんが、あの江崎という生徒とつきあってたとしたら？

ほんとなんだろうか？　宮坂さんが江崎とつきあっていたっていうのは。

いや、待てよ。『長いあいだありがとうございました』って、遺書じゃなくても、ありえる文章なんじゃないか？　もしこの前になにかが書かれていれば……。そしてだれかがそれを切り取ったとすれば？

＊

激しい雨の音。きのう家に戻ったとき、家の電気は消えていた。そうっとなかにはいる。部屋にはいって、カバンをあけた。ぐちゃぐちゃに丸まった宮坂の小説が出てくる。雨でぐしゃぐしゃになっていた。

「なかを見たいんじゃないの」

絶対読まない、って決めていたのに、あわてて紙をのばした。

どの紙も、雨で字が流れて、ほとんど読むことができない。端から端まで、読めるところをたどった。

でも、わたしが読んだあの文章は、いくら探しても出てこない。

やっぱり、嘘をついてたんだ。

汚いよ。もしあの書庫のなかに原稿が残っていて、だれかに見つかったら。そんなことはあっちゃいけない。はやく書庫のなかを探さなければ。

すごく眠い。でも眠るわけにはいかない。

わたしは乾いた服に着替えて、パソコンの電源を入れた。ワープロを立ち上げ、文字を打ち込みはじめる。

「私の個人的な事情で、どうしても小説の発表を取りやめていただきたいと思います」

そう打ってみて、消した。これでは大人の男の人の書いた文に見えないかもしれない。

眠くてたまらない。でも、今晩のうちに出さなければ。

二十分ほど歩けば、学校があるのと同じ市に行ける。そこのポストに投函すれば、学校の近くのポストに投函したのと同じ消印がつくはずだ。明日の朝一番の消印がつけば、前日ポストの集配が終わってから投函されたものだとみなされる。

でもそれ以降ではまずいのだ。もう宮坂は生きていないのだから。

二月二十八日(木)

＊

「生徒だってもっと知る権利があると思うけどな」

体育館の裏で、双葉はぼそっとそう言った。

朝、講堂に全校生徒が集められた。前に立った校長は、書かれたものを読むような調子で、宮坂は南校舎の屋上から飛び下りたらしいということ、図書室に簡単な遺書が残っていたが、自殺の理由ははっきりとは記されていなかったこと、などを述べた。

校長の話が終わっても、生徒たちは、みんな黙ったままだった。噂のことについては、校長はなにも言わなかった。そんな噂があった、ということさえ、知らないふりをしているように双葉には思えた。

宮坂の名誉のためなのかもしれない。生徒がひとり死に、その生徒と噂のあった教師にあとを追うように死なれたら、学校としても困るのだろう。

今は掃除の時間。今週の海生と双葉は、いちばん気楽な校庭掃除だった。

海生も双葉も、竹箒を足元に置き、ブロック塀に寄りかかっていた。

「校長も、どうせ噂のこと知ってるんでしょ。先生たちだってほんとは後追い自殺だと思ってるくせに、全然言わないし。遺書があったらしいけど、いったいなにが書いてあったんだろう」

双葉はいらいらした声でそう言った。

「まあ、自殺の場合、犯人はいないし、捜査って言っても、簡単に片づけられちゃうんだろうけど。江崎先輩のときもそうだったし」

海生の声はいつもと変わらずのんびりしたものだった。

「それは困るよ」

「なんで双葉が困るの？」

「だから、それは、真実を追求する身としてはねえ。っていうか、ウミオだって思うでしょ、こんなことで片づけられたら困る、って」

「じゃあ、どうするの？」

「わかんないから困ってるんじゃん」

海生がちらっと時計を見た。もうじき掃除の時間が終わる。

「とにかく、こんなんじゃ納得いかない」

双葉はいらいらしていた。

「警察も教師なんかに話を聞いたってしょうがないと思わない？　事なかれ主義のあいつらはなにも見てないし、見てもなにも言わないに決まってる」

「じゃあ、双葉、なんか言ってみたら？」

「って言われてもなあ。あたしたちがいくら噂のことを訴えたって、女子中学生のたわごとだとしか思われないに決まってるよ」

双葉はそう言ってため息をついた。

「双葉ー、もう行くよ」

竹箒を持った海生にうながされ、双葉はしぶしぶ校舎に向かって歩き出した。

「そうだ、岩田先生に訊いてみよう！」

双葉は突然そう言った。

「岩田先生？」

「うん。だって、遺書って図書室から見つかったんでしょう？　それに岩田先生ならなんか教えてくれるかもしんないし」

「どーかなー？　岩田先生だっていちおう先生だよ。そう簡単に話してくれるかな？」

「いや、きっと大丈夫だ。大丈夫な気がする」

双葉は、ひとりで嚙み締めるようにそう言った。

体育館の裏から北校舎の横を通り、南校舎の前に出たとき、双葉は校舎をぼんやり見上げた。

あそこからふたりとも落ちたんだよね……。やっぱ後追い自殺なのかな……。

突然、双葉の足が止まる。

「おかしいな」

疑問がはっきりした形にならないうちに、口が開いていた。

「なに？」

海生が振り返る。

「ううん……」

なんだろう？　なに、この変な感じ。あ、そうか。

双葉の頭のなかで、急に歯車が嚙みあった。

「おかしくない？　後追いしたんだったら、どうして同じところに飛び下りないの？　たしかに同じ南校舎からだけど、江崎先輩は中庭側、宮坂は外に面した方。全然逆じゃない」

「ほんとだ……」

呆然とした声で海生が言う。

「ねえ、ウミオ、江崎先輩が亡くなって、警察に質問されたとき、いろいろ訊いたんでしょう？　そのときのこと、覚えてる？」

「なにを？」

「あのとき、なにがどういう順番でどうなったか」

「それは、覚えてるけど……。ええ、と」

「屋上、つきあってくれる？」

海生が目をきょろきょろさせているあいだに、双葉は言った。

「え、いいけど？　でも、もうなにも残ってないんじゃない？」

「いいから、いいから」

双葉は海生を連れて、屋上にあがった。

「江崎先輩は、こっちから落ちたんだよね」

双葉は柵に近寄ってそう言った。修理も終わって、柵も以前の通り直っている。

「そう。あのときは修理中で、こっち側は柵が一部なくて、その柵がないところから落ちたんだって、警察の人は言ってた」

海生は一言一言たしかめるような口調でそう答えた。

「なるほど。事故とも自殺とも考えられるわけだ。それに……。突き落とされた、っていう可能性だってあるよね」

「でも、警察の人が、先輩の身体にはもみあった跡もないし、先輩が飛び下りたあとすぐ屋上に駆け上がったけど、屋上にはだれもいなかった、ってだれかが言ってたって……」

海生の声がふっととまる。

「そのだれかって、だれ？」

双葉がそう訊くと、海生は視線を宙にさまよわせた。

「宮坂だ」

しばらくして、放心したように海生がつぶやいた。

「え？」

「そう、あのとき証言したの、宮坂だ」

海生がそう言うのを聞いて、双葉は言葉を失ってしまった。

宮坂が……。屋上に駆け上がって……？

「もしかして」

双葉はゆっくり言った。

「もしかして、って。まさか……」

海生は引きつった笑いを浮かべた。

「その可能性はあるでしょ」

「いくらなんでもありえないよー」

「なんで」

「だって……。宮坂はいちおう教師だし」

「いまどきそんなの別にめずらしくないでしょ」

「まー、それはそーだけど」

「あたしだって、宮坂のうわごと聞いてるんだよ。ねえ、ウミオ、あのときのメモの文面、覚えてる？」

「え？」

「江崎先輩は、宮坂のせいで死んだ。この文、みんな、宮坂のせいで自殺した、っていう意味だと思ったけど、もしかしたら、もっと直接的に取るべきだったんじゃない？」

「直接的……？」

「つまり、江崎先輩は、宮坂に……」

「双葉、それ、暴走してるよ……。それに、そのメモの文章だって、まったくのデマかもしれないじゃない」

「デマ？　いい？　最初にメモが見つかったとき、だれも江崎先輩と宮坂の関係を知らなかった。でもメモを書いた人は知ってた。そして、そのあとで宮坂は死んだ」

「うーん……、でも宮坂が死んだのは、全然ちがう理由かもしれないし……」

「じゃあ、なんで死んだわけ？　宮坂は江崎先輩を殺した罪悪感で自殺、と考えれば……」

「でもさ、そしたら、宮坂の飛び下りた場所のことは？　同じ屋上から飛び下りれば、後追いと思われるに決まっている。それがいやなら、死に方なんてほかにいくらでもある。さっき双葉、そう言ってたよね」

双葉はぐっと黙った。

「まあ、とにかく部活に行こっか」

海生がうながす。

「あー、頭がこんがらがってきた」

扉の方に向かって歩いていく海生を追って、双葉も腕組みしながらついていった。

＊

部活に行く海生と別れて双葉はひとりで図書室に行った。

図書室のカウンターには、岩田が座っていた。見回してみると、めずらしく生徒が何人もうろうろしている。だが、みんなうろうろしながらしゃべっているだけで、本を真面目に見ている気配はない。宮坂の遺書が図書室にあった、というのを知って様子を見に来たのだろう。

「あ、新木さん」

岩田は読んでいた本から目をあげて、双葉を見た。

「岩田先生、ちょっと訊きたいことがあるんですけど……」

双葉がおずおずと話し出す。

「宮坂先生のこと?」

岩田は声をひそめて言った。まわりの生徒たちには聞こえていないようで、だれも振り返らない。

「そうです」

双葉はそう答えた。

「そうだろうと思った」

岩田が、やっぱり、という顔をした。

「事件の日、最後に宮坂先生と話したのはどうやらわたしみたいで……。わたしがここを出たとき、宮坂先生、まだ図書室に残るっておっしゃってて。そのあとはだれも宮坂先生を見てないみたい。そうだ、あのとき、西山さんもいっしょだったんだっけ」

「ウミオ?」

「そうそう、下校時間間際に、本を借りに来たの。で、その本の貸し出し手続きをして、いっしょに図書室を出たのよ」

海生も、そういうことだったら、教えてくれればいいのに、と双葉は思った。まあ、海生のことだから忘れちゃってたんだろうし、別に宮坂と話したっていうわけでもないみたいだし、いいんだけど……。

「あの、宮坂先生って、どうして亡くなったんですか。遺書って、ここにあったんでしょう? なんて書いてあったんですか」

「『長いあいだありがとうございました　宮坂』って、それだけ。細かいことはなにも書いてなかった」

なにかを隠しているような感じじゃない、と双葉は思った。

「岩田先生も遺書、見たんですか」

「ええ。きのうの朝、前日に、宮坂先生が図書室に残ってたのを思い出して、刑事さんといっしょに来てみたら、書庫の机に……。机の上はほかのものは整理されて、本だけが何冊か重ねてあった。その上に遺書が載ってたの」

「遺書って手書きだったんですか?」

「ええ。筆跡は宮坂先生のものだったし……。とにかく、遺書にはそれしか書かれてなかったから、どうして亡くなったのか、教師たちも警察も結局はなにもわかってないのよ」

「わかってて教えてくれないわけじゃないんだ」

「わかってるのは、屋上から飛び下りたんだろう、ってことだけ。遺書をここに残して、屋上にあがって、そこから飛び下りたのね」

「どうして屋上からだってわかったんですか」

「屋上に宮坂先生のサンダルが置いてあったらしいし」

「じゃあ、噂のこと、警察の人はどう思ってるんですか」

「噂？　ああ、例の、江崎さんとの噂ね。実は、警察の人はまだ……。その、江崎さんの事件と関連があるって、わかってないのかも……」

「だれもそのこと話してないんですか」

「それはよくわからないの。警察との話は校長がほとんどしてるし、わたしも個人でどこまでしゃべっていいのかよくわからないし」

「そうなんですか」

「でも、あれは噂だから。あまり無責任に言うわけにもいかないし……」

岩田は声をひそめて言った。

仕方がないかもしれない、と双葉は思った。大人の世界にはいろいろ効率の悪い取り決めがあるのだろう。なにもかも包み隠さず警察に話すというわけにはいかないのだ。

「あの、岩田先生。宮坂先生が飛び下りた場所、先輩が飛び下りたところとちがうでしょう？」

「そういえば……。そうね。でも、それが？」

岩田がはっとした顔になったので、双葉は少し優越感に浸った。

「これはただの思いつきなんですけど……。場所がちがうっていうのはおかしいと思いませんか？　噂がほんとだったとしたら、後追いってことで、それだったらまったく同じ場所から飛び下りるんじゃないかって」

「噂が嘘で、全然別の理由だっていうことだってあるんじゃない？」

岩田が諭すように言う。

「でも、あたし、宮坂先生が体育館で倒れたとき、先輩の名前を呼んでるの、聞いたんです。それに、もし関係なかったんだとしたら、屋上から飛び下りるなんて、わざわざ後追い自殺だと思われるようなことしなくてもいいと思いませんか」

双葉ははきはきと答えた。

「それはそうだけど……」

岩田はそう言って、考え込むように黙った。

「じゃあ、新木さんは今回の宮坂先生の死はどういうことだと思ってるの？」

「それは……。まだよくわからないんですけど」

双葉はそう言って黙った。

＊

高柳が図書室を訪ねると、岩田はカウンターのところで生徒と話し込んでいた。

新木だ。

「あ、高柳先生」

「岩田先生、いいですか？　ちょっとお訊きしたいことがあって」

高柳は双葉の方をちらっと見ながら、岩田に小声で言った。

「え、ええ、なんですか？」

岩田が答える。

「あ、あの、じゃあ、岩田先生、あたしはこれで……」

双葉がそう言って、頭をさげた。

「あ、じゃあ、またね」

岩田は図書室を出てゆく双葉のうしろ姿を見送った。

「新木はなにしに来てたんです？」

高柳はそう言いながら、カウンターの椅子に手をついた。

「うわっ」

椅子ががたっと揺れて、高柳は一瞬バランスを失いそうになった。

「大丈夫ですか？」

岩田があわてて高柳の方に手をさしのべた。

「すみません、この椅子、もう寿命なんです」

「大丈夫ですよ」

椅子はたしかに古く、もう寿命という感じだった。岩田がさっとかがみ、慣れた手つきでキャスターを直している。グリーンの丈の短いセーターの下からむき出しの背中が見えて、高柳はどぎまぎした。

「彼女、宮坂先生のことが気になってるみたいで」

岩田は身体を起こしてそう言い、なんでもないようにその椅子に座って、笑った。細いフレームの眼鏡をかけているが、よく見ると顔だちは整っている。岩田先生って、けっこう美人だよな。

「宮坂さんのこと？」

岩田は中途でほかの学校からやってきた。そのせいだろうか。大学出の新任とちがって最初から落ち着いた感じで、ほかの教員と少し雰囲気がちがった。高柳は岩田のそういうところに少しだけ憧れを感じていた。

「ええ。変な噂が流れてたでしょう？　宮坂先生が亡くなる前から。あの噂がどうとか」

そういや、新木、面接のとき、俺にもなんだかんだと訊いてたな。探偵ごっこか。困ったもんだな……。噂。高柳ははっとして我にかえった。そうだ、俺は宮坂さんのことを訊きに来たんじゃないか。

「でも、まさか宮坂さんがね」

高柳は、ため息をつきながらそう言った。

「そうですよね、学校のなかでこんなことが起こるなんて、まだ信じられないですよ」

「いや、まあ、そういうんじゃなくて。俺、宮坂さんとは前けっこう親しかったから」

「ああ、同じ大学だったんですよね」

「ええ。西桜《せいおう》大です。大学では接触なかったけど、同じ大学ってわかって意気投合して。最初のうちはよく飲みに行ったりしたんです。最近じゃ、なんとなく避けられてるみたいだったけど。この前の朝も、声をかけただけで睨まれちゃって」

「そうなんですか」

「宮坂さん、むかしはあんなじゃなかったんだけどな。もっとあかるかったんですよ。なんていうか、楽天的で。あの事件があってからですよね、変わったのは」

「あの事件、って、奥さんの……」

「そうそう。岩田先生はまだいらっしゃらなかったんですよね。彼女も自宅のマンションの屋上から飛び下りたんですよ。あんなことが起こる前は、宮坂さんもどっちかっていうと、あかるい、よくしゃべる人だったんですよ」

「そうだったんですか」

「いや、実は、俺、宮坂さんが自殺するって、なんかピンとこなくて」

「どうしてですか?」

「いや、なんていうか、宮坂さんってそういう人じゃない気がするんだな」

「でも、よくそう言うじゃないですか、事件とかがあったあとって、あの人がそんなことするとは思ってなかった、って。人間って、意外とほかの人の中身まではわかってないものなんじゃないですか?」

「それはまあ、そうなんでしょうけど。なんていうのかな、宮坂さんって、意外と図太い感じがするんですよね。変な話ですけど、俺、極端な話、宮坂さんが人を殺した、っていうんなら、まだちょっとはわかる気がするんです。いや、ひどい話ですけど。自分が死ぬタイプじゃない、っていうか」

「なんでですか?」

「いや、とくに理由はないんですけど……。勘ですよ。奥さんが亡くなったときだって、すごく悩んでたけど、死のうとしたことはないと思うんです。まあ、印象ですけどね」

「でも、それはずいぶん前のことですし……。積もり積もって、っていうこともあるんじゃないですか? 人って、状況によって全然変わりますしね」

「まあ、そうなんですけどね……。ところで、宮坂さんの遺書って、書庫にあったんでしたよね?」

高柳は思い立ったように言った。

「ええ」

「遺書を見つけたときって、どんな感じだったんですか?」

「どんな、って……。ええと、あの朝、刑事さんといっしょに図書室に行って」

「ええ、岩田先生、たしかあのとき、机の引き出しから鍵を出して、職員室を出ていかれましたよね」

「え、ええ。それで、図書室に行って鍵をあけて」

「鍵はかかってたんですね？」

「ええ」

「たしか、図書室の鍵は宮坂さんの胸のポケットにはいってたんでしたよね」

「ええ、そう聞きましたけど。それがなにか？」

「じゃあ、宮坂さんは図書室を出て、鍵をかけてから、屋上に行って、飛び下りた、ってわけだ。これから死ぬっていうのに、ずいぶん几帳面だな」

「まあ、そう言われてみればそうですね」

「で、それからどうしました？」

「それで刑事さんといっしょに図書室のなかにはいって。とくに変わったこともなかったんで、書庫の方に案内したんです」

「書庫ですか？」

「ええ。宮坂先生は、書庫の方で仕事をされてることが多かったんです。あの日もわたしが帰るときは書庫にいらっしゃったんです」

「それで？」

「書庫の机の上には本が何冊か置かれてて。その上に白い紙が載ってたんです。刑事さんがその紙を見て、遺書ですかね、って言いました」

「それが、例のあの紙だったんですね」

「ええ。刑事さんは遺書を見て、昨日の夜はどしゃぶりだったから、ここに置いていったんだろう、って言ってました。すぐにもうひとりの刑事さんと校長がやってきて、遺書を校長に見せて、これは宮坂先生の字か、って」

「なるほど。それで筆跡を調べるために職員室に持ってきたんだな。いや、あれは俺も見ましたよ。宮坂さんの字と見比べた。たしかにあれは宮坂さんの字でした」

「それから、前の日のことを訊かれて」

「前の日、岩田先生が帰るとき、宮坂さんは書庫にいたんですよね」

「ええ。五時半くらいに、図書室を閉めて帰ろうと思って、書庫の宮坂先生に声をかけました。そうしたら、僕はまだ残って調べることがあるから、お先にどうぞ、って。そうだ、書庫のなか、ご覧になります？」

「ええ」

高柳は岩田のあとについて書庫にはいった。

「本てどんな本だったんですか？」

「ちゃんと全部見たわけじゃないですけど、小説が多かったかな」

「図書室の本ですか」

「全部かどうかはわからないですけど。図書室の本が多かったような」

「本はきれいに積まれてたんですね」

「ええ」

「それって、変じゃないですか」

「どうしてですか」

「だって、積まれてた本って図書室の本だったんでしょう?」

「ええ、全部見たわけじゃないですけど」

「ここは図書室でしょう?　もし死ぬつもりで整頓するんだとしたら、図書室の本は棚に返したらいいじゃないですか」

「それは、そうですね……」

岩田ははっとしたような顔になってから、首をひねった。

「実は、きのうからちょっと気になってることがあるんです。岩田先生、遺書の紙、覚えてますか」

「紙、ですか?　ええと、白い、ふつうの紙だったと思います……。コピー用紙だったような……」

「そうです、PPC用紙です」

「それがなにか?」

「別に、遺書をPPC用紙に書いても構わないんですが……。気になったのは形なんです」

「形?」

「ええ。筆跡が宮坂さんのものかどうか確かめるとき、俺も近くにいて、その紙を見せてもらったんです。で、その紙を見たとき、変だな、と思った。ふつうPPC用紙だったら、A4とかB5とか、決められた形があるでしょう?　あの紙は変な形だったんです。なんか正方形に近いような。それに、よく見ると上の方をね、カッターかなにかで切った形跡があったんですよ」

「なにかのあまり紙だったんじゃないですか」

「そうかもしれない。でも、そのとき思ったんです。もしかしたら、それは上の方に書いてあったものを切り取るためだったんじゃないか、って」

「上の方……?」

「切り取られた部分ですよ。紙の大きさから見て、数行は書けたと思うんです」

「どういうことですか」

「たとえば、ですね。『長いあいだありがとうございました』っていうのは、遺書じゃなくても書く文面だと思いませんか」

「それは……、ああ、そうですね。だれかといっしょに仕事をしていて、それが終わった場合とか」

「それとか、借りてたものを返す場合とか。上に来る一文で、どうとでも取れる文じゃないですか」

「じゃあ、高柳先生は、あれが遺書じゃなかったって言いたいんですか? つまり、自殺じゃないんじゃないか、と?」

「いや、そういうわけじゃ……」

「でも、そう思ってるんでしょう? あれは遺書じゃなくて、全然別の目的で書かれたものを、だれかが細工したんじゃないか、って」

*

図書室から出たあと、双葉は美術室に行った。海生はイーゼルを立て、デッサンをはじめている。絢先輩は休みだった。高三はいないし、悠名も紫乃先輩も元気がない。野枝はいつもと同じようにただ無表情に木炭を動かしている。

双葉もイーゼルを立てて、木炭紙を広げてみたが、さっぱりやる気にならない。まあ、それはいつものことだったが。

事件のことが頭から離れないよ。双葉は、事件の経緯を最初からたどることにした。

まず、二月八日、江崎ハルナが屋上から落ちて死んだ。遺書はなく、事故か自殺かは不明のままだ。江崎ハルナが落ちたあと、すぐに屋上に駆けのぼったが、そこにはだれもいなかった、と宮坂が証言している。

そして、妙な噂が広まった。はじめは幽霊話。そして、江崎ハルナは宮坂のせいで死んだ、という噂。あたしたちがあの噂を聞いたのは、たしか悠名からだ。たしか……月曜日だったから……。たぶん、十八日だ。

それから宮坂は噂を裏付けるような奇妙な行動をとりはじめた。あたしが体育館で宮坂が倒れているのを見つけたのは、たしか二十二日。

そして、二月二十六日の夜、宮坂は江崎ハルナと同じように屋上から飛び下りて死んだ。

だが、江崎ハルナが死んだ理由も、宮坂が死んだ理由もはっきりしていない。宮坂の死は、一見後追い自殺に見えるが、同じ屋上でも、江崎ハルナとは飛び下りた場所がちがう。

そもそも、宮坂と江崎ハルナの噂はほんとうなんだろうか。海生も、そんな話は聞いていない、と言っていた。だいたい、あの噂はいったいどこから流れてきたんだろう？

あのとき……。悠名からメモの話を聞いたときのことが頭によみがえってきた。

「きょう、授業中に、第一視聴覚室の机のなかから、変なメモが出てきたんですよ」

悠名はたしかそんなことを言っていた。

十八日、悠名たちは第一視聴覚室で授業を受けていた。退屈なスライドを見ているとき、メモが回ってきた。そこには「江崎ハルナは宮坂とつきあってたらしい、江崎ハルナは宮坂のせいで死んだ」と書かれていた。

だけど、あのときの話では、そのメモを書いたのは、悠名たちのクラスの子ではない、ということだったんだ。

それがほんとうだとすると、メモを書いたのは、その前に第一視聴覚室を使ったクラスの生徒で、授業中にまわったメモがそのまま机のなかに置き忘れられていた、ということになる。

メモの出どころを知るためには、視聴覚室の利用状況を調べなければならない。

「ちょっと出かけてくる」

双葉は海生に声をかけたが、海生はデッサンに集中しているのか、軽くうなずいただけだった。

白鳩学園では、特別教室の利用が重ならないように、授業でも放課後でも特別教室を利用するときは、利用届を出すことになっている。予定は、職員室にある特別教室利用予定ノートに書き記される。

双葉は職員室に着くと、すぐ部屋の入口近くにある机の上の利用予定ノートをめくった。利用予定ノートは、部活で利用する生徒たちのことも考えて、だれでも見られるようになっているのだ。

十八日の六時間目……。あった。中一Ａ・大前。社会科の教師だ。几帳面な字で予定が書き込まれている。

たしか、悠名たちは、授業で「退屈なスライド」を見せられた、と言っていた。それで第一だったのか……。双葉は納得した。

白鳩学園には視聴覚室がふたつある。第一と第二だ。むかしからある南校舎の第一視聴覚室にくらべて、北校舎の第二視聴覚室の方が、設備があたらしくて使いやすい。それで、ふつうは第二視聴覚室から埋まっていく。

第一が使われるのは、すでに第二が埋まっている場合か、第一にしかないスライド設備を使うときだけだが、最近の教材はほとんどビデオやＤＶＤで、スライドを使うことなんてほとんどない。

で、問題は……。問題は、悠名たちのクラスの前にだれが第一視聴覚室を使ったか、だ。その日は……。双葉は指で表をたどった。

ない。十八日は、朝から五時間目まで、第一視聴覚室を使った授業はなかった。双葉はページをさかのぼってめくった。

＊

「それにしても、宮坂さん、いつもここでなにをしてたんでしょうね」

高柳は岩田にそう訊ねた。

「さあ、それは……。宮坂先生は放課後しょっちゅう書庫にこもってなにかしてましたから……。最近は少し減ったけど、毎日いらしてたときもあったんです」

「毎日ですか？　国語の先生ってそんなによく図書室に来るもんなんですか？」

この学校に赴任してから図書室に足を踏み入れたのはほんの数回、という高柳は、ひそかに焦りを感じた。

「いえ、そんなことはないですよ。宮坂先生だけ。たぶん個人的な調べものじゃないですか？授業の準備にしては頻繁すぎるし……」

宮坂さんは、図書室でいつもなにをしていたんだろう。ひょっとしたら、書庫のどこかに、なにか手がかりが残されているかもしれない。高柳は書庫の隅に立って、あたりを見回した。

「思い出してみると、放課後だけじゃなくて、空き時間にもよくいらしてたみたい。ワープロとか持って」

「ワープロ？」

「ええ。パソコンじゃなくて、ワープロ」

「ああ、彼はパソコンは使わないんだっけ」

宮坂さんのパソコン嫌いは有名だ。まわりは迷惑しているのだが、全然使おうとしない。今どき中古でしか買えないワープロ専用機というのを頑固に使い続けている。

「あの日は、ワープロ持ってました？」

「いえ、たぶん持ってなかったんじゃないかな」

「あの朝もワープロはなかったんですよね？」

「ええ、たしか、ここには」

高柳はもう一度あたりを見回した。なにがはいっているのかよくわからない段ボール箱がいくつも並んでいるスチール棚。段ボール箱はどれも同じように埃が積もっていて、最近あけた形跡はない。

「あれ？　この引き出し」

ガラス戸棚の下についた引き出しの二段目が少しだけ飛び出している。

「どうしました？」

うしろから岩田の声がした。

「この段、きっちり閉まってないんです」

「ふだんだれもこんなところはあけないんだけど」

岩田が引き出しに手をかける。引き出しには鍵はついていないらしい。

「この引き出し、なにがはいってるんですか」

高柳がうしろから訊ねた。

「ここですか？　たしか、むかしの貸し出し記録とかだったと思うんですけど……」

岩田が引っぱると、引き出しはきしみながらあいた。いちばん上にあったのは、茶封筒だった。

「なんでしょう、これ」

高柳が茶封筒を指差して訊くと、岩田は首をひねった。

「さあ……？　わたしには覚えがないものですけど……。その封筒の下にあるのは、たぶん古い貸し出し記録だと思うんですけど」

いちばん上の茶封筒は、岩田も見覚えがないらしい。一見、ほかと同じように学校の資料に見えるが、ほかのものに比べてずいぶん新しい、と高柳は思った。

高柳は茶封筒からなかにはいっているものを取り出した。紙の束だ。縦書きで、ワープロの文字が並び、ところどころ赤ペンで直しがはいっている。

「宮坂先生の字ですね」

横からのぞき込んだ岩田が、赤ペンの字を見て、そう言った。

「なにが書いてあるんだろう？」


妻が死んだ。

警察から電話があったとき、はじめなにを言われたのかわからなかった。奥さんが亡くなりました。身元確認のために署まで来ていただけないでしょうか。

僕はぼんやりとうなずいていた。

＊

悠名たちが見つけた視聴覚室のメモ。あれが見つかった授業の前、数日間ずっと第一視聴覚室は使われてなかった。

悠名たちの授業の前に第一視聴覚室が授業で使われたのは、江崎先輩が死ぬ二日前だ。それ以降ずっと授業では使われていない。放課後の委員会活動やクラブ活動にも使われた形跡がない。

利用ノートに書かないで利用する、ということは、視聴覚室にかぎってはありえなかった。機材がいろいろあるから、事前に教師の許可がないと使えないのだ。

教師は、視聴覚室の場合だけ、使ったあと必ず機材を利用したかどうか、利用した場合異状がなかったかどうか、を記録しなければならないことになっている。だが、なんの記録もなかった。

日ごろからあまり使われていない部屋だとはいえ、ここまで使われないものか？　不思議に思った双葉は、そばにいた教師にそれとなく訊いてみた。第一視聴覚室は、たしか二月のはじめごろにビデオ装置が故障したんだ、と教師は答えた。

でも、江崎先輩が死ぬ前にあのメモが書かれるわけがないし……。

じゃあ、悠名たちのクラスのだれかが嘘をついてる、ってことだろうか？　自分でメモを書いておいて、書いてない、って言った……。

だが、そんなことなんのためにするんだ？

おかしい。なにか話の根本がまちがってるんだ。

そのとき、携帯が鳴った。双葉はあわてて廊下に出て、通話ボタンを押した。

「ああ、双葉？」

電話の主は兄の史明《ふみあき》だった。

「なに？　あたし今忙しいんだけど」

「忙しい、って単に学校だろ？　くだらないこと自慢すんじゃないよ。それよりさ、お前きょう何時に帰ってくるんだ？」

「何時、ってそんな正確なことわかるわけないでしょう？」

「いや、だからさ、だいたいでいいんだよ。なんか急にさ、母さんが出かけるとか言い出して。食事、自分たちでしろって言うんだよ」

「で？」

「で、って？」

「だから、あたしにどうしろ、って言うの」

「いや、だから、帰りになんか買ってきてくれたら、助かるな、って」

「やだよ。だいたいお兄ちゃん、家にいるんでしょう？　自分の分は自分で買いに行けばいいじゃん」

「だから、俺は忙しいんだ、って」

「家にいるのに？」

「だから、論文書いてるの。遊んでるわけじゃないんだよ」

「こっちだって、遊んでるわけじゃないんだ、って。ムカつくなあ」

「わかったよ。じゃあ、勝手にピザでも取るわ」

「あ、じゃあ、あたしの分も」

「わかったよ。じゃあな」

「あ、ちょっと待って」

双葉はあわててとめた。

「あのさ、お兄ちゃん、ちょっと訊いていいかな？」

「なんだよ」

「ほら、授業中に回るメモってあるじゃない？」

「ああ。女子校ではそういうのがあるらしいね。俺たちの学校ではさすがにそういうくだらないものはなかったけど」

「ある特別教室の机のなかに、変な噂の書かれたメモがあって、でも、そのときそこで授業を受けていたクラスにはだれも書いた人がいない。メモが書かれたのはあきらかにある日よりあとでないといけないんだけど、その日からメモが見つかった日までその教室はだれも使ってない。それってどういうことだと思う?」

「ああ? なに言ってんだ、お前。なんの謎かけだ?」

「そんなのどうでもいいから。どう思うか、だけ言ってよ」

「だいたいさ、そういうメモってふつーヤラセなんじゃないの」

「え?」

「そのメモを発見したクラスのヤツか、別のクラスのヤツか、どっちでもいい。だれか、噂を広めたいと思ったヤツが、適当にそれっぽい文章を書いて、その教室に置いといたってこと」

「どうしてそんなことするの?」

「だって自分で触れ回ったら噂の出どころがわかっちゃうだろ? 人って、バカだから、出どころがわからないものでも平気で信用するからな。いや、むしろそっちの方が信用されるのかもしれない。もし知ってる人から直接聞いた噂だったら、その場で、だれから聞いたの、とか、それ、ほんと? とか訊くだろ? でも、知らない人がしている噂を小耳にはさんだときは、鵜呑みにしちゃうじゃないか。だって、現にそこでだれかが実際にそうしゃべってるんだから、内容の真偽はともかく、そういう噂が流れてる、ってのは事実なんだし。で、真偽も確かめようがないし、それをそのまま人に伝えるってわけだ」

「そうか……」

あの話を聞いたとき、てっきり中一A以外のどこかでもうすでにそういう噂が広まっている、って思った。

たしかに幽霊を見た、っていう噂はあった。でも、江崎先輩と宮坂を結びつける噂、その前に聞いた覚えはない。海生だって、そんな話は聞いたことがない、って言ってたじゃないか。

「女子校なんて、噂話くらいしか話すことないんだろ？　あっという間に全校に広まるんじゃないか。しかも尾鰭がついて」

「うん、今じゃ学校じゅうがその噂でもちきり」

「よっぽどヒマなんだな。すべての噂のおおもとがその紙切れ一枚だったとしても、俺はまったく驚かないね」

「なんでそんなことしたんだろう？」

「そんなの俺にわかるわけないだろう」

「今のはひとりごとだって」

「お前、ちょっとは頭使わないと、退化するぞ」

「わかった、って。とにかくありがと。やっぱお兄ちゃんは頭いいね。助かったよ。んじゃ」

「おい、ちょっと待て」

「なに」

「ピザ、なににすんだ？」

「いいよ、そんなの適当で」

「なんでもいいんだな」

「あ、待って、待って。ペパロニだけは絶対必要」

「ペパロニ？　ペパロニってなんだ？」

「ペパロニ知らないの？　いつも食べてるでしょ。お兄ちゃんも好きなヤツ。まあいいや、ペパロニがなにかわかんなくても、メニュー見て、ペパロニって書いてあるやつを頼めばいいんだよ」

「俺も好きなんだな？　じゃあ、わかったよ。ところで、お前、ちゃんと勉強とかしてるのか？　白鳩の女子大なんか行ったらそれで人生終わりだぞ。今から考えとかないと、あと」

双葉は途中で携帯を切った。耳が痛い。なんであんなに声が大きいんだ？

まあ、たしかに言ってることは一理ある。ほめて図に乗らせたのは失敗だったが、頭がいいのは認めよう。

あれはだれかが意図的にやった。そして、その噂を裏付けるように宮坂は死んだ。つまり、つまり、そのだれかは、宮坂と江崎先輩のことを、だれも知らないうちに知ってたってことか……。

＊

「なんでしょうね、これは。日記でしょうか」

高柳は首をかしげる。

「宮坂先生の奥さんが亡くなったときの話みたいですけど……」

岩田も首をひねっていた。

「宮坂先生の奥さんって、どうして亡くなったんですか?」

「うーん、それがね、どうもよくわからないんですよ」

高柳はそう言って、ため息をついた。

「わからない?」

「ええ。宮坂さん自身、なにが原因かさっぱりわからない、って言ってたんです」

「そうなんですか」

「いや、そこなんですよ。まさしくそこが原因だったんじゃないかと俺は思うんです」

「どういう意味です?」

「だって、死んでるんですからね、やっぱりなにかあったわけでしょう? それに気づいてない時点でちょっと問題あるでしょう?」

「まあ、それは……。そうですね」

「なにが悪いのかわからないのに、緑は、あ、奥さんは緑さんっていうんですけど、緑はどんどん沼に沈んでいくみたいだった、って。でもまさか死ぬとは思ってなかった、って」

「うーん。たしかにちょっと無責任っていうか、無関心な感じはしますね」

「実はね、緑さんのお葬式で、彼女の大学のサークルのときの友だちだった女性と会ったんですよ。俺が宮坂さんと同僚だって言ったら、あの人のせいだ、って言われたんです」

「宮坂さんの?」

「ええ。彼が無神経だからだ、って言うんです」

「へえ」

「そのときは、彼女も緑さんの死の直後で、だれかのせいにしたかっただけなのかもしれないんですけど。でも、過去に彼女自身、宮坂さんに腹をたてたことが何回もあったみたいで。宮坂さんは、緑さんに対して、すごくえらそうだったらしいんですよね。亭主関白っていうか。その人、あんなふうにあれこれ言われたら、自分だったら耐えられない、って言ってましたよ。そのくせ外面《そとづら》がよくて、おしゃべり。卒業してからも用もないのにゼミの集まりなんかに顔を出して、在校生の女の子とかの世話を焼いていたらしい。まあ、俺から見ると単なる世話好きって気もしないでもないんですけど。なかには宮坂さんを慕って、手紙や電話をくれたりする子もいたらしいんです。そういうことがあると、得意になって、緑さんにも自慢する。別に悪気があるわけでも、浮気しようというわけでもないみたいなんですけど、そこがまた無神経で許せない、って」

「まあ、それ自体は他愛のない話のような気もしますけど」

「その人もね、相手が緑じゃなければたいしたことじゃないんだけど、って言ってたんですよ」

「どういうことです?」

「彼女が言うには、緑さんはプライドが高いタイプだったらしいんです、しかもかなり」

「それなのに、そんな亭主関白タイプと結婚したんですか?」

「いえ、それが俺にもよくわかんないとこなんですけど。緑さんは、プライドは高いんだけど、自分を抑え込むタイプだったらしいんですね。相手がなにをしても、自分が腹をたてたり嫉妬したりしている、ということを認められないたちで、自分のなかで空回りしてしまうらしいんです。それで彼女も学生時代、ずいぶん悩みを聞かされたらしいんですよ」

「なるほどねえ。まあ、たしかにいますよね、なにがあっても、自分が悪いんだって納得して、相手とぶつかるのを避ける人って」

「そう、だから、緑さんが自殺するのはなんかわかるんです、自分を責めるタイプですから。でも宮坂さんはね……」

高柳は語尾を濁した。

「ところで、宮坂先生たちがいたのってなんのサークルだったんですか?」

岩田が訊いた。

「文芸サークルですよ。よくあるでしょう? 同人誌作って小説載せたりする……小説……? あ」

高柳が宙を見つめる。

「これ、もしかしたら、小説じゃないでしょうか」

高柳は封筒にはいっていた紙を指して言った。

「小説?」

「ええ。ただの日記をわざわざワープロで打って、赤ペンで手直ししたりしないでしょう?」

「これが、小説……？」

岩田はもう一度紙の束を見つめた。

「宮坂さん、最近になって、またここで小説を書いてたんじゃないでしょうか。それならワープロを持ち込んでいたというのもわかります。ここならだれにも邪魔されそうにないですし」

「なるほど……」

「それで、原稿をいつもここに入れていたのかもしれない。持ち帰るのが面倒になって、だれもあけそうにない引き出しに隠しておいたんじゃないですか」

「いつもですか？　だれかに見つかるかもしれないじゃないですか」

「でも、だれもふだんはあけないんでしょう？　なにも断らずに入れておいた方がかえって安全だと思ったんでしょう。ここに小説の草稿を入れておきますから、見ないでください、って言われたら、だれだってのぞき見したくなりますよ」

隠した……。自分でそう言ってから、おかしい、と高柳は思った。こんなものを、こんなところに残したまま、自殺するだろうか。

＊

「ねえ、ウミオ、ちょっと」

部室に戻ってくるなり、双葉はそう言って、海生を部室の外に連れていった。

「おかしいんだよ」

双葉は勢い込んでそう言った。

「あの、例の、悠名たちが見つけた視聴覚室のメモ。あれが見つかった授業の前、ずっと第一視聴覚室は授業で使われてなかったんだ」

「え、なに？　どういうこと？」

海生はなにが問題になっているのか、いまいちピンときていないみたいだ。

「あのときの話では、悠名たちのクラスであれを書いた人はいない。ということは、悠名たちの授業より前に視聴覚室を使った人がメモを残していって、それを偶然悠名のクラスの子が見つけた、って考えるしかない、ってことだったよね？」

「う、うん」

「でもね、悠名たちの授業の前に第一視聴覚室が授業で使われたのは、江崎先輩が死ぬ二日前。それ以降ずっと授業では使ってなかった。もちろん、江崎先輩が死ぬ以前にあのメモが書かれるわけがない」

「授業で使わなくても、放課後のクラブ活動とかは？」

「それも調べたけど、なかった」

「じゃあ、つまり……、どういうこと？」

「つまりね、こういうことなんじゃないかな。あの話を聞いたとき、あたしたち、てっきり、中一A以外でもすでにそういう噂が広まっている、って思ったじゃない？」

「うん」

「たぶん、悠名たちのクラスの子たちも、そう思ったんじゃないかと思うんだよね」

「うん。で？」

「ウミオ、たとえばだよ、もし授業中にあたしがどこかからそんな紙を見つけたら、どうすると思う？」

「そりゃ、双葉のことだから、大騒ぎしてクラスじゅうに回すでしょ」

「そう、そうでしょ」

「だから？」

「人って、出どころがわからないものの方をかえって信用しちゃうものなんだよね」

「どういうこと？」

「だからさ、もし知ってる人から直接聞いた噂だったら、その場で、だれから聞いたの、とか、それ、ほんと？　とか訊くじゃん。でも、遠くで知らない人がしている噂を聞いたときって、けっこう鵜呑みにしちゃう。とりあえずそういう噂が流れてる、ってのは事実じゃん？　現にそこでだれかが実際にそうしゃべってるんだから。だから、真偽とかはどうでもよくなって、それをそのまま人に伝えちゃう」

「ふんふん。で？」

「つまり、すべての噂のおおもとが、その紙切れ一枚だったんじゃないか、ってこと」

「でもその前から噂は流れてたんじゃ……」

海生は首をひねった。

「それは幽霊の噂。たしかに幽霊を見た、っていう噂はあったよ。でも、よく思い出してみて。江崎先輩と宮坂を結びつける噂、その前に聞いた覚え、ある?」

「もちろんないよ、わたしは。けど、わたしたちの知らないところで広まってたんじゃない?」

「いろいろなクラスの子に訊いてみたけど、どうもそうじゃないような気がするんだよね。全クラスに訊いてまわったわけじゃないけど」

「じゃあ、噂のもとがそのメモだったとして、それがどうしたの?」

「いい? そのメモ以前に噂なんかなかった。じゃあ、そのメモはだれがどうして書いたのか? つまりね、あたしが言いたいのは、だれかが意図的に、噂っぽい文章を紙切れに書いて、視聴覚室に置いておいたんじゃないか、ってこと」

「噂を広めるために?」

「そう。ひとりでいろいろな人に触れ回ったら出どころもばれちゃうでしょ。だれが言い出したのかばれないまま噂を広めるには、そうするしかないのよ」

「なんでそんなことするの?」

「それはまだわからない。でも、とにかく、あれはだれかが意図的にやったことなんだよ。そして、その噂を裏付けるように宮坂は死んだ。つまり、つまり、そのだれかは、宮坂と江崎先輩のことを、だれも知らないうちに知ってた」

「そのだれかって……?」

海生がそう言いかけたとき、うしろから声がした。

「先輩、中津先生がそろそろ片づけにはいれ、って」

野枝だった。美術室の戸のところに立っている。

「わかった。すぐ行く」

海生がそう答えると、野枝はうなずいて部室のなかに戻っていった。

「ねえ、ウミオ、江崎先輩のうちって知ってる？」

戸の方をぼうっと眺めている海生に訊く。

「え？　うん、お葬式のとき行ったから、いちおう。でもなんで」

「行ってみようかと思うのよ」

「はあーっ？」

海生がぽかんとした。

「あのさー、さっきの話はなんとなくわかったよ。でもさ、なんでそこまでするかなあ」

「いろいろ考えたんだけどさ、そもそも江崎先輩の事件のことが中途半端になってることがおかしいわけよ。ほんとうに宮坂とつきあってたのか。ほんとうに自殺だったのか。自殺だとしたら動機はなにか。もしそうじゃなかったら、どうして死んだのか。そこをはっきりさせとかないと、先に進めないと思うのよね」

「先ってどこ？」

「だから、真相究明だって」

「はあ……。で、行ってどうするの？」

海生はあきれたようにそう言った。

「先輩の部屋で手がかりを探す」

「そんな探偵みたいなこと、できるわけないじゃない」

「お線香あげるとかなんとか言えば、家にあがることはできるでしょ。はいっちゃえばなんとかなるって」

「家にあがるのはいいよ。でもたいてい仏壇って和室とかにあるじゃない？　まちがっても本人の部屋じゃないと思うよ。それに本人の部屋だって片づけられちゃってるかも」

「それはない」

「なんでわかるの？」

「まだ高校生の娘が突然死んだ。部屋、すぐに片づけると思う？」

「たしかに、片づけないかな」

「でしょ？」

「でも、部屋に入れてくれるかどうかは話が別だよ」

「だからさ、あたしたちってクラブの後輩なわけよ。江崎先輩の絵を見たいとかなんとか、なんでも言いようはあるじゃん」

「本気？」

「うん」

「でも、そんなことしていいのかな……？　なんていうか、そういうのって……」

「でも、ウミオだって気になるでしょう？」

「気にはなるけど……。あの噂だって納得できないし。でもやっぱり、気が引けるよ」

「もちろん、そう。でもさ、ここで我々が動かなかったら、真相は永久に闇のなかなのだよ。それでもいいの？」

「我々、って……？」

海生は首をひねった。

「せんぱーい、早く、もう片づけろ、ってー」

美術室から悠名が顔を出して叫んだ。

「わかった、わかった、今行くから。ねえ、ウミオもさー。少し頭使いなよー。もっと自主的に生きないと。ここで人任せにして、だれに誉められよう、っていうの？」

「誉められるとか……、なんか全然関係ない気もするんだけど。わかった。双葉は、どうせわたしが行かなくてもひとりで行くんだろうし」

「じゃあ、今度の日曜日ってことで」

三月一日(金)

＊

どうして……。

ハルナ先輩、どうして答えてくれないんだろう。

毎日、ハルナ先輩のことばかり思い出している。粘土から像を生み出してゆくハルナ先輩の指……。あのとき、粘土が生き物みたいに見えた。生き物、というより、これから生き物になっていこうとしている、塊……。

ハルナ先輩が塊のなかに指を突き立て、こねて、つかんで、像の上に叩きつける。いちど叩きつけたものを、やさしく手のひらでなで、親指の付け根や、いろいろな指の先で押すことで、形が練り上げられてゆく。

わたしは、それをどきどきしながら見ていた。

思い出しているだけで、涙が出そうになる。

ハルナ先輩だけだ。わたしの今まで生きてきたなかで、大切だと思ったのは。わたし以外の人なんて、いえ、わたし自身だって、それまで影みたいなものだった。ハルナ先輩といるときだけ、生きている実感があった。

ハルナ先輩と会っていると熱くなる。ハルナ先輩と触れていると痛くなる。声がびりびり空気のなかでふるえているのがわかって、息が詰まりそうになる。

ハルナ先輩は死んだんじゃない。ハルナ先輩は向こう側に行ったんだ。あのなまなましく、暗い、肉のようなもののなかに、飛び込んでいったんだ。

それがどういうことか、わたしにも少しわかる。自分のなかにはいっている命を、全部一気に爆発させることなんだ。熱くて、痛くて、苦しいだろう。ハルナ先輩といたとき、わたしが感じていたのの何倍も。

＊

四時間目の終わり。双葉は屋上への階段をのぼろうとした。そのとき、だれかが駆け下りてきた。

絢先輩？

絢先輩、きょうは来てたんだ。

紫乃先輩、きのう絢先輩が休んだことで、かなりあわてていた。

「きのう、宮坂が死んだ、って聞いて、絢、すっごい青ざめてて……。そのまま、帰っちゃったんだよ。電話しても全然出ないし。きょうもやっぱ休みだし。もしかして、やばいのかなあ」

きのう、紫乃先輩は泣きそうな声でそう言っていたのだ。

「ショックだったんですよ、絶対」

「やばいよー、死んだりしたらどーしよー」

「もう一度電話してみたらどうですか？」

「それは……。そうだね。とりあえず電話してみる」

紫乃先輩はそう言ったけど、全然心配は晴れてないみたいだった。

よかった。紫乃先輩の電話が通じて、少しは気が晴れたのかな。近づいて話しかけようと双葉は思った。

とにかく紫乃先輩以外のあたしたちは、絢先輩が宮坂のことを好きだった、っていう話は知らないことになっているわけだから、ふつうに話しかければいいんだ。

そう思った瞬間、双葉は絢の顔にぎょっとした。絢の顔はめちゃくちゃだった。目のまわりが落ちくぼんで、赤いというより黒い。表情もぞっとするほど暗かった。

目が合うと、絢はなにも言わず、ただじっと双葉を睨むように見た。立っているだけで精一杯という感じだ。なにか話しかけたら、いきなり爆発しそうな感じだ。

これは、ちょっと無理だな。双葉はあきらめて、もと来た道を戻った。

＊

風が吹いている。強いあたたかい風だ。

昼休み、生徒がふたり、屋上に出ていた。江崎ハルナの事件があってから、以前のように屋上で弁当を食べたり遊んだりする生徒はいない。数人でおそるおそる屋上にあがって、あたりを見回すだけだ。

ふたりのうちのひとりが、ハルナの飛び下りたあたりに近づく。だが、自分が白いチョークの線を踏んでいることには気づかない。

もうひとりが柵の根元の少し高い位置に立つ。さっきの生徒が彼女に声をかけ、彼女はハルナが飛び下りたあたりを、少し離れた場所から見る。

彼女は、自分の友人の足元にチョークの線があることに気づく。線といっても直線ではない。不規則な曲線の集合。一瞬後、彼女は、それが文字であることに気づく。

「みなこー、足元になんか書いてあるよ」

彼女は気づいたとき反射的にそう口に出している。口にしながら、同時にその文字を読みはじめている。

みなこと呼ばれた子も、自分の足元の文字を読みはじめる。

ま、た、だ、れ、か、学、校、で、死、ぬ
死という文字を見たとき、ふたりとも青ざめる。

「まただれか学校で死ぬ」

その言葉を口にして、ふたりとも短い悲鳴をあげた。

＊

「あれもやっぱり呪いかなあ」

高柳の耳に生徒の声が聞こえてくる。水道の前で生徒がふたりひそひそ話している。

「絶対、あの先輩の呪いだよ。だって屋上だよ。決まってるじゃない」

あとは声がよく聞き取れない。

高柳は話が終わるのを待った。ふたりは別々の方向に分かれ、ひとりは教室にはいり、もうひとりは階段の方に歩いていく。

高柳は階段の方に行った子のあとをつけ、つかまえた。

「ちょっと。さっき話してた、呪い、ってなんのことかな?」

「ああ。だから、きょう、屋上に変な落書きがあったんだよ」

「どんな?」

「まただれか死ぬ、って」

「だれかって?」

「知らない。だれか、って書かれてたんだよ。きょうの昼休み、チョークで屋上に書かれてたらしいんだ。騒ぎになってだれか先生があわてて消しちゃったらしいけど」

「その落書き、みんな信じてるのか?」

「わかんない。でも、気味悪いよ。宮坂先生もあの噂のせいで死んだんじゃないか、とかも思うし。もうあんまり噂の話もしないようにしよう、って」

生徒の顔が急に子どもっぽく見えて、高柳は言葉に詰まってしまった。

「ところでさ、その噂の話なんだけど、幽霊の噂が広まり出したのっていつなんだ？」

「いつ？　うーん、よく覚えてないけど……。江崎っていう生徒が死んですぐかな？」

「亡くなってすぐ？」

「うん、三日か四日たってたかもしれない」

「じゃあ、宮坂先生とつきあってた、っていうのは？　それもそのとき聞いたのか？」

「それは……。もうちょっとあとだったかな。うん、あとだ。あの自殺、実は宮坂先生のせいらしい、って。宮坂先生がその先輩にやばいことをして、それで、その先輩がおかしくなって自殺した、とか……。で、宮坂先生が幽霊を追いかけて狂ったみたいに校舎を走り回ってた、とか、屋上に『宮坂が憎い』っていう血の文字が浮かんでた、とかさ」

「なるほどね」

噂の細かい内容はこの際どうでもいい、と高柳は思った。それより問題は、どうやら江崎と宮坂さんの噂が広がったのが、宮坂さんが死ぬ前らしい、ということだった。

江崎が亡くなったときは、自殺か事故かうやむやなまま捜査は終わってしまった。たしか目が不自由になっていて、そのために誤って落ちたか、そのことを気に病んで自殺したか、どちらにしても事件性はない、と判断されたのだ。

その前には、宮坂さんと生徒の恋愛の噂なんてなかった。少なくとも俺は聞いたことがない。この生徒の話通りだとすると、噂は江崎ハルナが死んでから突然広まったことになる。つまり、ふたつの事件のあいだにその噂は広まったのだ。

宮坂さんが死んでから噂が広まったのなら、すべて勝手な想像による噂だと言えるかもしれない。だが、まず噂が広まって、噂を裏付けるように宮坂さんが死んだ、ということになると……。

「みんなちょっと怖くなってるんだよね。宮坂先生が死んだの、まじで霊のせいなんじゃないか、って。この学校自体がずっと前から呪われてるんじゃないか、って」

高柳が考えているあいだにも、生徒は呪いの話を続けている。

「江崎さんと宮坂先生の噂が広まったのは、宮坂先生が亡くなる前なんだね」

生徒の話を断ち切って、高柳はもう一度確認した。

「ぜんぜん前。そうだな、一週間くらいはたってたと思うよ」

生徒は迷いなく答えた。

「先生は霊とか呪いとか信じる?」

生徒が心細そうな声になった。

「いや、まあ、霊のことは専門外だからよくわからない……。でも数学の教師だからね、いちおう合理的に解決できるんじゃないかと思ってるよ」

高柳はできるだけ頼りがいがありそうな声を出してみた。

「合理的でもなんでもいいけどさ。とにかく早くなんとかしてほしいよ、まったく」

生徒は、またもとの強気の口調に戻った。

＊

高柳が図書室を訪ねたとき、岩田は新品の椅子のカバーをはがしているところだった。

「ああ、高柳先生」

「新しくなったんですね」

「ええ。まあ、そろそろ限界って感じだったんで……」

「ところで、きょうの昼休み、屋上に妙な落書きがあったらしいですね」

「あ、ええ……。わたしも聞きました。だれが書いたんでしょう？　たちが悪いですね」

「それより、岩田先生はどう思います？　例の、宮坂さんと江崎ハルナの噂……」

「そのことと、今度の事件と、なにか関係があると？」

「いえ、ただ気になるんです。噂の広まった時期が」

「時期？」

「ええ、肝心なのは、噂が広まったのが、江崎が亡くなったあとで、宮坂さんが亡くなる前だってことです」

「どういうことですか？」

「これがもし宮坂さんが亡くなってから噂が流れたんだとしたら、根も葉もない、っていうこともあるでしょう。でも、宮坂さんは、噂が流れてから亡くなった。噂を裏付けるように。つまり、噂には根や葉があったんじゃないか、っていうことなんです」

「でも、そんな話、江崎さんが亡くなる前は聞いたことなかったじゃないですか」

「そうなんです。長いこと教師をやってると、そういう噂にはなんとなく敏感になるじゃないですか。でも、宮坂さんと江崎の話なんて聞いたことがなかった。それなのに、どうして急に広まったんだろう？」

「そうですよね。最初は、自分の学校の生徒が自殺した、ってことで、生徒たちがヒステリックな状態になって幽霊とかなんとか噂してるだけだと思ってたんですけど」

「岩田先生は、その噂、どう思われます？」

「どう、って……？」

「いやね、実は、もうひとつ気になることがあるんですよ」

「なんです？」

高柳は一瞬躊躇したが、思い切って話しはじめた。

「宮坂さんが飛び下りた場所のことなんですけどね。江崎が落ちたところと、宮坂さんの落ちたところは、同じ屋上でも正反対のところみたいで……」

「後追いだとしても、後追いじゃなかったにしても、中途半端でおかしい、ですか？」

岩田は即座にそう答えた。

「そうなんです。よくわかりましたね。同じ屋上から飛び下りるなんて、噂がほんとうだと暴露するようなものなのに、わざわざちがう場所から飛び下りている。まあ、ふつうに考えて奇妙ですよね」

「でも、自殺するときって、いろいろ辻褄の合わないことをしたりするものなんじゃないですか。だれだって、死ぬのは怖いでしょうし」

「死ぬのは怖い、ね。いや、怖いですよね、ほんとに。正直言って、俺には、よくわからないんですよ、自殺する人の気持ちも、人を殺す人の気持ちも。その直前まではわかる。つまり、死にたい、とか、殺してやりたい、とかいうところまではね。でも、最後の一歩を踏み出すっていうのがどういうことなのか、よくわからないんですよ」

「そうですか」

岩田はくすっと笑った。

「おかしいですか？」

「いいえ、表情がまじめだな、と思って。あ、いい意味でですよ……」

「いやあ……」

高柳は照れ笑いしたあとで、ふと自分はなにに照れているんだろう、と思った。

「そうそう、これを返しに来たんですよ」

高柳は思い出したようにそう言って、足元の紙袋をカウンターの上にあげた。

「なんです？」

岩田がのぞき込む。

「本ですよ。あの、宮坂さんが亡くなった朝、書庫の机に積んであったとかいう……。実は、きょうの午前中、警察に寄ってきたんです。この前岩田先生に話してたことがどうしても気になってね。どのくらいまともに聞いてもらえたかはよくわからないんですけど。警察の人たちはもう半分自殺と決めてかかっているみたいで……」

「そうですか」

「それで、この本はもう調べ終わったのでお返しします、って。岩田先生ができるだけ早く返してほしいって言ってたって」

「ええ。図書室の本なので……。いちおう学校の備品みたいなものですし、ほかに待ってる人もいるかもしれませんから。ありがとうございました。これはあとで片づけておきますので」

岩田はそう言って袋を持ち上げようとした。

「あ、それで、なかを見たんですけどね」

紙袋のなかを手で探りながら高柳が言った。

「いや、ほとんど図書室の本だったみたいなんですけど、何冊かシールの貼ってない本が交ざってたんですよ」

「え？」

岩田が首をかしげた。

「これですよ。ええと、鍵のかかった、部屋、かな？」

高柳は本の題名を読み上げる。

「ああ、『鍵のかかった部屋』。図書室にもはいってますけど。これは、シール、ないですね」

「宮坂さんの私物でしょうか？　あ、それと、この雑誌も」

「この雑誌もポール・オースター特集ですね。宮坂先生、オースターが好きだったのかしら」

岩田は本を手に取ってぱらぱらめくりながら言った。

「オースター？」

「ええ。アメリカの現代作家です。この『鍵のかかった部屋』の作者ですよ」

「すみません、文学のことはなにも知らなくて。申し訳ないですが、これって、どんな本なんですか」

高柳は『鍵のかかった部屋』を指しながら訊ねた。宮坂の死になにか関係があるかもしれない、と思ったのだ。

「この『鍵のかかった部屋』は、『シティ・オブ・グラス』、『幽霊たち』っていう作品と合わせて、オースターのニューヨーク三部作と言われていて、この三部作がオースターの出世作なんですよ」

「くわしいですね」

「いちおう、司書ですから。それに、オースターはかなり有名な作家ですよ」

「ええっと……それで、その三部作って、どんな内容なんですか」

「三部作といっても、ひとつひとつ別の話で、大雑把に言うと、探偵小説の枠組みを借りた文芸小説っていうところかな。どの作品にもそれぞれ謎が仕掛けられているんだけど、ミステリーみたいに謎が解決されるわけじゃない。謎の究明というよりは、自分と他人の境界がくずれていく、そういう感覚を追求することの方が主眼になっているんです」

「この『鍵のかかった部屋』っていう作品はどんな話なんですか」

「一言では説明できませんけど……。主人公の『僕』のところにある日手紙が来て、それがむかしの友だちの奥さんからなんです。夫が失踪してしまった、彼は小説の原稿を書き溜めていて、自分の身になにかあったら、その原稿をあなたに見てもらいたい、そして出版の価値があると思ったら手はずを整えてほしいと言ってた、ってその奥さんが言うんです。『僕』は作品を読んでみて、すばらしい、と思うわけ。それで原稿を売り込んで、出版にこぎつける」

「へえ」

「まあ、しばらくはそれでうまくいくんです。その友だちの奥さんと結婚することになって。ところが、ある日、差出人の名前のない手紙が来て、それが内容からすると、行方不明になった友だちかららしい、ってことになる」

「へええ。おもしろそうですね。俺でも読めますかね？　小説なんてあんまり読んだことないんですけど」

「え、ええ……。オースターの作品はわりと読みやすいと思いますよ」

「じゃあ、これ、お借りしちゃってもいいですかね？」

「まあ、図書室の本じゃないですけど」

「そうですね。宮坂さんの私物だったら、警察の扱いもちがったのかな？　でも、まあ、いいか。じゃあ、こっちの雑誌もいっしょにいいですか？」

「ええ、どうぞ」

三月二日(土)

＊

土曜日。兵庫県の実家で行われる宮坂の通夜に出るために、何人かの教師が昼過ぎに学校を出ていった。

岩田先生もいない。あれを取りに行くなら、きょうがチャンスだ。図書室はいつも、岩田先生が帰るときに鍵をかけていく。鍵があいているときは、たいてい岩田先生がいるということだ。

放課後、図書室に行ってみると、図書委員はカウンターでほかの生徒としゃべっている。

わたしは、本を探しているふりをして、書庫の方に行った。

あの日となにも変わっていない。

宮坂の手のひら……。

わたしは首を振って、宮坂の記憶を振り払った。

書庫のドアのノブをにぎる。あの引き出し……。ガラス戸棚の下の。あるとしたらあそこのはずだ。とにかくだれかに見つけられてしまうより前に、あれを処分してしまわなければ。

だれも来ないのを確認してから、引き出しに手をのばした。そうっと引っぱって、なかをのぞく。

ノート。どうやら貸し出し記録らしい。ない。下まで探したが、宮坂の書類はなかった。警察の人が見つけて持っていってしまったのだろうか。そんなはずはない。警察は自殺だと思っているはずだから、こんな細かいところまで調べたりしないはずだ。でも、わからない。わたしはもう一度書庫のなかを見回した。机の上に、あのときあった本の山はもうない。あれはもう片づけられたんだろう。

自宅……！　そうだ。自宅。宮坂の家。なんで気がつかなかったんだろう。考えてみれば、職員室にあるものも含めて、学校にある宮坂の私物は、いつかはすべて宮坂の自宅に返されるに決まっている。

自宅もなんとかしなければ。そう、ワープロもなにもかも消してしまわなければ……。

書棚を抜け、図書室の入口の方に戻る。名簿で宮坂の住所を確認して、急いで学校を出た。

＊

通夜が終わって高柳がホテルで休んでいると、突然ドアがノックされた。ドアをあけると、いっしょに来た教師たちが集まっている。

「たいへんです。今、東京から電話があって、なんでも、宮坂先生の部屋が火事で焼けたそうです」

「ええっ？」

高柳は呆然とした。

教頭の話では、マンションの宮坂さんの部屋が全焼したらしい。両隣とも怪我人は出なかったが、部屋のものはなにもかも焼失した。

火元は宮坂さんの部屋の内部らしかった。留守、というより住人は二度と帰ってこられない状態だったわけだが、とにかく人がいなかったために、外から燃えていることがわかったときには、もう部屋のなかはほとんど燃えてしまっていたらしい。

宮坂さんはすでに死んでいるし、だれかが泊まっていたわけでもなかった。火の不始末はありえない。もっとも可能性が高いのは、放火だった。警察でも宮坂さんの自殺について、もう一度調べ直すことになったらしい。

「俺、あしたの始発の新幹線で東京に帰ります」

高柳は岩田に言った。

「始発で？」

「ええ。あしたちょっといろいろ調べてみたいんです。宮坂さんの奥さんの実家にも行ってみたいし。なにかわかるかもしれない」

告別式はあしたの予定だった。火事のこともあるが、たぶん予定通り行われるだろう。岩田は、ほかの教員たちといっしょに告別式に出てから帰ると言った。

三月三日(日)

＊

双葉がブザーを押すと、女性が出てきた。よくわからないが、自分の祖母くらいの感じだと双葉は思った。母親ではなさそうだ。

「ああ、ハルナの学校の方」

双葉が名乗ると、すぐに家にあげてくれた。

「ハルナの祖母です」

彼女ははっきりした口調でそう言った。

「お祖母さんって、あの……」

てっきり母親が出てくると思っていた双葉は、しどろもどろになった。

「ご存じなかったですか？　ハルナの両親はもうずいぶん前に事故で亡くなって。以来ずっとわたくしども夫婦が育ててきたんです」

「そうだったんですか」

会話はそこでとまってしまった。なんて間抜けな。そんなことも押さえてないなんて。だいたい海生はどうなってんだ。葬式行った、って言ってたじゃないか。

「まあ、どうぞ。おあがりください」

ハルナの祖母は毅然とした口調で言った。なんだかスキのない人だな。ハルナが死んでショックって感じでもないし。どう話したらいいのか、いまいちわからないぞ。双葉は戸惑った。

線香をあげたあと居間に通され、お茶を出された。沈黙が続いた。双葉は焦ったが、目の前のハルナの祖母はじっとうつむいてお茶を飲んでいるし、となりに座った海生も、落ち着きはらってお茶を飲んでいる。

「すみません、突然お邪魔してしまって。わたし、江崎先輩にはずいぶんお世話になりました。あまりお話しできなかったけど、絵のことではいろいろ教えてもらって」

海生は自然にそう言った。さっきから全体的に落ち着いてるし、いつもと変わらない調子だ。ふだんはのんびりおっとり系だが、海生はけっこうたくましいのかもしれないな、と双葉は思った。

「そうですか。ハルナは、学校ではどんな感じでしたか」

「そうですね。不思議な……少し近寄りがたいところもありましたけど、ふつうの人とはちがうものが見えてる、そんな感じでした」

海生はゆっくりそう言った。

「そう……。ちがうものが見えてる。そういうふうに見えてたんですね。正直、わたしたちにはあの子のことがよくわからなかった」

ハルナの祖母の表情がすっと変わった。

「両親が亡くなったときも。そう、あれは家族四人で旅行に行ったときでした」

「四人？」

双葉が訊いた。

「ハルナには、姉がいたんです。シオン、っていう名前でした。カタカナで」

「シオンさん……？」

ぼんやりくりかえす。

「別荘が火事になって、両親だけが亡くなったんです。シオンとハルナは外にいるところを保護されました。シオンはひどく泣いていたけど、ハルナはじっと黙っているだけで、口もきかなかった。よほどショックだったんだろう、って警察の人が言ってました。それから、姉妹ふたりをうちで引き取ったんです。ふたりはすごく仲がよくて、いつもいっしょにいて。とくにハルナは、なにをするのもお姉ちゃんといっしょじゃなきゃいやだ、っていう子で、いつもあとをついて歩いてました」

ハルナの祖母は立ち上がって、部屋の隅の棚からアルバムを取り出した。

「ほら、これがシオンで、こっちがハルナです。よく似てますでしょう？」

指し示された写真には、笑いながら逃げるシオンと、それを必死な顔で追いかけるハルナの姿があった。子どものハルナは、不思議なくらい無邪気な顔をしていた。

「それで、お姉さんの方は今はなにを」

双葉が訊ねた。

「死にました」

「えっ」

　ふたりとも言葉を失った。

「二年前。大学生のときでした。自殺だったんです。念願の西桜大にはいって、一生懸命勉強してるように見えてたのに」

「どうして？」

　双葉はそう訊いた。緊張は続いているが、好奇心が先に立つ。

「わかりません。ある朝、急に、でした。前の日までふつうだったのに。ある朝、ハルナといっしょに出かけて、途中の歩道橋から飛び下りたんです。あとで部屋から遺書も見つかったんですけど、ごく簡単なもので、なぜ死んだのかさっぱり……」

「あの、お姉さんが亡くなったとき、江崎先輩は……」

「いっしょにいました。ふたりでいつものように橋を渡っていた。それまでなにも変わったところはなかったらしいんです。普通に話していて、突然落ちた。近くを歩いていた人の話によると、ハルナはただそれをぼんやり見ていたらしいです。わたしたちが現場に着いたときは、道路の端に座り込んだままだった。なにもしゃべらずに」

「そうだったんですか」

「ハルナは、わたしたちには大事なことはほとんどしゃべりませんでした。シオンにしか心を開いてなかったんです。シオンが亡くなってからは、この家にいるときも、ほとんど口をきく

ことも なく……。まるでわたしたちが目にはいらないみたいに。今でも、あの子がなにを考えていたんだか、さっぱり」

双葉も海生も黙っていた。

「ごめんなさい、なんだかおかしな話になって」

「あ、あの、わたしたち、美術部の後輩なんです。先輩の絵、すごく好きで。もう一度ちゃんと見ておきたくて」

海生が言った。

「ああ。ええ、部屋に置いたままになってますよ。片づけようと思ってはいるんだけど、なかなか」

ハルナの祖母は部屋を出て階段をあがっていく。海生と双葉もあとをついていった。二階のつきあたりのドアを開く。

部屋のなかは薄暗い。カーテンが閉められているせいだ。

立てかけられたたくさんのキャンバス。部屋のなかは散らかっていた。生きていたころのままにしてあるようだ。絵が散乱している。イーゼルに立てかけられたままのもの、壁に貼られたもの、床に散らばったもの。

双葉は、部屋のなかのたったひとつの、狭い窓の方に目をやった。

階下で電話が鳴る音がした。

「すみません、ちょっと……」

ハルナの祖母はそう言って、階段をおりていった。

海生と双葉は顔を見合わせた。

「助かったよ。予想してたのと全然ちがうから、最初は焦った。でもさ、なんで言ってくれなかったのよ、江崎先輩に両親いないって」

双葉が言った。

「いや、全然気がつかなかった」

「え？」

「そう言われてみれば、挨拶してたの、お祖父さんだったんだろうなあ。でも、別に親族がそろって自己紹介するわけでもないし」

「まあ、そんなもんか」

双葉はそう言って部屋のなかを眺め回した。変な部屋だった。壁紙や家具がとくに変わっているわけではない。なんと言ったらいいのだろう。ここには、住んでいる人の生活や感情がない。あたりに置かれた絵。完成したものもあれば、描きかけのものもある。ここには絵しかなかった。

たしかにハルナの絵はうつくしく、双葉も思わず見とれてしまった。うつくしいだけじゃない。単なるデッサンでも、どこか突き抜けている。あかるくて、清らかで、公正だ。絵について公正という表現があてはまるかどうか知らないが、そうとしか言いようがない。

光のようだ、と双葉は思った。悲しくなるくらい、そこにはくもりがない。作者の存在さえ必要ない、自然物のように絵たちは並んでいた。

だが、そのほかのものは、なにもかもいい加減だった。服にも、机の上のこまごましたものにも、なんのこだわりもないみたいに。まるでやる気が感じられない。江崎先輩は、絵のことしか考えてなかったと思う。海生のその言葉の意味が、ようやくわかった気がした。

双葉は部屋の隅にある机の方に行った。机の上にはパソコンが置かれていた。

「なに見てんの?」

うしろから海生の声がした。

「あ、ううん。別になんでもないよ」

「まさか、起動させようっていうんじゃないでしょうね」

「絶対、なかに手がかりになるものがはいってるだろうからなあ」

「まずいよー」

「もちろんやめとくよ。起動させたら音がするし、お祖母さんが急に帰ってきてもすぐには終了できないからね」

机の横の本棚にも、何冊もスケッチブックやクロッキー帳がささっていた。双葉はそのなかの一冊を手に取った。

「プライバシーが……」

「なに言ってんの。じゃあ、なにしにわざわざここまで来たわけ?」

「でも……」

「いいから」

双葉はそう言って、強引に海生にクロッキー帳を持たせた。海生はしぶしぶ表紙を開いたが、ページをめくりはじめると、引き込まれるように画面を見つめた。

双葉も自分の持ったクロッキー帳をぱらぱらとめくる。手。自画像。身体の部分。力強いスケッチが無数に描かれていた。どれもすばらしい。

絵だけではなかった。文字が印刷された紙がところどころセロテープでとめてある。印刷といっても、雑誌や本ではなく、パソコンからのプリントアウトのようだ。

なんだろう？　文章はみんな五行から十行くらいの短いものばかりだ。

詩、かな？　双葉はカバンから小型のデジタルカメラを出して、紙面の写真を撮った。そのとき、うしろの方に挟み込まれていた紙が数枚、ぱらっと落ちた。

海生がすばやくそれを拾った。ワープロで印字された数枚の紙。反対側に落ちた小さい紙を双葉が拾った。新聞の切り抜きのようだ。

『海音』新人文学賞の選考会が行われ、宮坂雅弘《まさひろ》さんの『ＤＯＴＳ』に決定した。宮坂さんは東京都柏原市在住、私立高校教諭。受賞式は……」

切り抜きを見ると、小さなその記事が赤いペンでぐるっと囲まれていた。

「ねえ、これ……」

双葉は、小さな声で言った。

柏原市在住。私立高校に勤務。まちがいない。あの宮坂だ。

「これ、宮坂じゃない？」

そう言ってみたが反応がない。海生の方を見てみると、海生は上の空だ。手になにか紙切れを持って立ち尽くしている。

「どうしたの？」

「なに、これ？」

海生はそう言って顔をあげた。啞然とした表情だ。

双葉は海生が持っている紙をのぞき込んだ。ワープロ文書だ。さっきクロッキー帳に貼られていたものよりぎっしり文字が詰まっていて、ふつうの文章のように改行もある。


指が耳の裏側を滑ってゆく。皮膚が熱くなり、ハルナは上を向いた。


「なに、これ？」

双葉も同じことを言ってしまった。なんなんだ、これは？

その紙には官能小説みたいなものが印字されていた。官能小説……？　しかも俗っぽい……。

スケッチやさっきの文章や、とにかくこの部屋のあらゆるものにそぐわない。

しかも、登場人物がハルナという名前なのだ。

思わず海生の顔を見る。

そのとき、階段をあがってくる足音がした。ハルナの祖母が戻ってくる。双葉はとっさに、ワープロ文書を海生の手から奪い取り、新聞の切り抜きといっしょに自分のカバンに突っ込んだ。

海生がはっと双葉の顔を見る。次の瞬間、ドアが開いた。

＊

並木台駅に降り立った高柳は、まぶしそうに駅前のロータリーを眺めた。実際、寝不足の目に晴れた日の正午の陽射しはまぶしすぎた。

ホテルでほとんど眠れないまま早朝の新幹線に乗り、荷物を置くために一瞬だけ自宅に寄って、すぐに宮坂のマンションに向かった。結局、だれもいなかったので、話を聞くことはできず、その足で緑の実家に向かうことにした。

高柳は地図を見ながら、駅前の商店街を歩きはじめた。緑さんの旧姓は石原《いしはら》。地図によると、並木台駅からそれほど遠くなさそうだ。たしか、このあたりは大規模な新興住宅地のはずだ。

番地を頼りに行くと、家は、新興住宅地のなかでもわりと高級な、高台の方にあった。坂の多い道に立ち並んだ家々は皆似たようなつくりで、庭は小綺麗にされていた。

緑さんは、こういう場所で育ったのだろうか、と高柳は思った。ウサギやクマの飾りが置かれた庭。手作りらしいカーテンやぬいぐるみの透けた出窓。

少し歩いて、石原という表札を見つけた。インタフォンを押すと、少し間があって、女性の声がした。

高柳が名乗ると、年輩の女性が出てきた。緑さんの母親だった。

「雅弘さんも亡くなるなんて。あのときは憎らしくて、顔も思い出したくない、って思ってましたけど、亡くなるなんてねえ。少しは悪いと思ってたんでしょうかね。でも今さら……」

高柳の話を聞いて、母親はため息をついた。複雑な表情をしていた。

「宮坂先生の遺書には自殺の原因は書かれてなかったんです。宮坂先生の筆跡だろうということは確認されたんですが」

「でも、自殺なんでしょう？」

「ええ、まあ、今のところは……。ただ、きのうの夜、宮坂先生の部屋から火が出ました」

「ええっ？」

彼女は驚いた顔になった。

「あの、それは、どういう？」

「おそらく放火だろうと思います」

「なんですって。でも、あの、もう今は……」

「宮坂先生は亡くなってますし、部屋は空室でした。なぜ火をつけられたかわかりませんが、宮坂先生の死と関係があるのかもしれない」

「そんな……。でもうちは」

おどおどした顔になる。

「まさか。お宅に関係があるとは思っていませんよ。ただ、宮坂先生が亡くなって、緑さんのことを思い出しまして。わたしも生前に何度かお目にかかったこともありましたし」

高柳がそう言うと、母親の表情がゆるんだ。

「なにもかもあの人が悪いんです。あの人がね……。あの人がもう少し他人のことを考えることができる人だったら、こんなふうにはならなかった。あの人は自分勝手なんですよ。うちに来ても、自分のことばっかり話してましたからね。緑は、我慢して我慢して、爆発したんですよ」

母親は、緑さんの自殺の原因が宮坂さんにあると思っているようだった。高柳は、ふたりの結婚生活についてあれこれ訊ねたが、くわしいことはなにも知らないようだった。

「あの子も少し変わったところがありましたから。子どものころからあまり親に相談ごとをしなかったし。わたしもずっと、緑は人を頼らない、しっかりした子だと思ってました」

しばらく沈黙が続いた。

「すみませんが、なにか緑さんが残されたものってありますか?」

「うちには、ほとんどなにも……。あの子の持ってたパソコンくらいですね」

「パソコン?」

「ええ。お友だちの方が送ってくださったんです。あの子が死ぬ前に預かって、そのままになってた、って」

「そのパソコン、今でも見られますか」

「はい。そのままにしてありますが」

「見せていただいてもよろしいでしょうか」

「え、ええ。かまいませんけど……。あれ、どこにしまったかしら？」

彼女はそうつぶやきながら、ぱたぱたと部屋を出ていった。

＊

「あれ、なんだったんだろう」

ハルナの家を離れてしばらくしてから、双葉がそう言った。さっきの紙のことだ。

「文中に江崎先輩の名前が出てきてたじゃない？　ってことは、江崎先輩本人が書いたってこと？」

「まさか」

海生はそう言ったきり、黙った。

「絶対ないとは言えないでしょ」

「まあ、たしかに絶対にないとは言えない。でも、なんのために？」

「いや、それはよくわかんないけど……。実は小説を書いていた、とか？」

「またいいかげんなこと言って……そうだとしても、ふつう作品のなかで自分の名前をそのまま使ったりしないいんじゃない？」

「まあ、それはそうだけどさ……。じゃあ、ウミオはあれ、なんだと思うのよ」

「うーん。それはちょっと……。とりあえず、うち来る？　きょうは母親いないんだ」

「いいの？　じゃあ、そうしようかな。頭こんがらがっちゃったから少し整理したいし、さっきの紙のことも気になるし」

海生の家に行くのははじめてだった。

「ちょっと待っててね。部屋のなか、さっと片づけてくるから」

海生の家は、かなり古い公団住宅だった。海生はすばやく玄関をあがり、二、三分もかからずに戻ってきた。

「お邪魔しまーす」

双葉はだれにともなくそう言って、居間にあがった。海生は、コーヒーいれるね、と言って台所に行った。双葉は、居間のこたつの上に出しっぱなしになっていた新聞をめくりながら、ぼんやり眺めた。

そういや、さっき、新聞の切り抜きみたいなのもあったな……。たしか宮坂が……。

双葉は例の紙と新聞の切り抜きを見比べて、はっ、と気づいた。

「もしかして」

思わず大声になる。台所にいた海生が驚いて振り返った。

「どうしたの？」

「ちょっと、来てよ、ウミオ」

双葉は海生に新聞の切り抜きを見せた。

「つまりさ、この小説って、これなんじゃない？」

双葉は、新聞とワープロの文書を順に指さしてそう言った。

「つまり、双葉は、これを書いたのは宮坂だ、って言いたいの？」

海生が双葉の目を見てそう言った。双葉は黙ってうなずいた。

「江崎先輩と宮坂がつきあってた、っていう噂があって、宮坂が小説を書いてた、っていう新聞記事がある。そして、だれが書いたのかわからないけど、江崎先輩がモデルになってる小説が江崎先輩の部屋から出てきた。宮坂が、自分と江崎先輩をモデルにして小説を書いた、って考えるのがいちばん自然じゃない？　やっぱり江崎先輩と宮坂はつきあってたんだよ」

「うーん……。宮坂がそれを書いたのはいいとして……江崎先輩とつきあってたかどうかはわからないよ。全部宮坂の妄想かもしれない」

「それはない。だって、この原稿はどこにあった？　江崎先輩の部屋でしょ？　原稿を持ってたんだから、江崎先輩もこれの内容を知ってたってことになる」

「それはそうだけど……」

海生は語尾を濁した。

「小説の原稿なんて、だれにでも見せるものじゃない。それにこの内容だもん。関係ないのにこんな作品見せられたら、絶対引くって。宮坂もそこまでやばいやつじゃないでしょう」

双葉は強い口調で、説き伏せるように言った。

「こんなの書いてる時点でじゅうぶんやばいと思うけど」

海生がぶつぶつ文句を言った。突然、しゅうしゅうと湯が沸く音が聞こえた。海生はあわててガスを消しに行った。

「江崎先輩って、そういう人じゃないと思うんだけどなあ」

コーヒーをいれながら海生がぼそっとそう言うのが聞こえた。

こんな小説……。たしかにこんな小説を書いている時点でじゅうぶんやばい。ましてこれを発表されたら……。江崎ハルナ本人だって……。

「そうか、そういうことだったんだ」

双葉は突然ひらめいてそう言った。

「今度はなに？」

コーヒーを運んでいた海生がびくっとして訊く。

「江崎先輩はこれが原因で、宮坂ともめたんじゃないかな」

「もめたって？」

「だから、江崎先輩が、こんな小説発表したら学校に訴える、って言ったとかさ。東京都って、たしか未成年とつきあったらそれだけで犯罪じゃん。たとえ警察沙汰にならなくても、学校はやめさせられるかもしれない」

「でも、それだったら、あんな小説書いた時点で終わりなんじゃないの？」

「そうでもないよ。フィクションなんだから。あれはあくまでも草稿で、どうせ実際に発表するバージョンでは登場人物の名前も変えてただろうしね。ワープロだったら、名前を一括で変えるなんて一瞬でしょ？　宮坂が教師だからモデルがいるのかも、と思われるかもしれないけど、どうせだれだかわからない」

「じゃあ、どうして江崎先輩は宮坂を責めたの?」

「それはわからない。実際に雑誌に載るって決まったら、急にいやんなったのかもしんないし。とにかく江崎先輩は、宮坂に小説の発表を取りやめてほしいと言った。宮坂はそれを受け入れなかった。それで屋上で話しているうちにもめごとになった」

「で、宮坂が江崎先輩を屋上から突き落とした、と?」

「そうは言わないよ。でもたとえば、話しているうちにもみあいになって、はずみで江崎先輩が落ちたってこともありえるでしょ。それに……。宮坂が江崎先輩を殺したっていうことなら、宮坂の死についてもうまく説明つくんだよ」

「どういうこと?」

「この前言ったように、宮坂が飛び下りたところは江崎先輩の飛び下りた場所とちがう。だから、宮坂が単純に江崎先輩の後を追った、ってことはありえない」

「うん」

「だとしたら、なんで死んだのか。宮坂が江崎先輩を殺した。だから出たのよ」

「出たって、なにが?」

「江崎先輩の幽霊だよ」

「わけわかんないんだけど」

「幽霊っていっても……つまり、幻覚だよね。江崎先輩が死んだあと、宮坂は何度も奇妙な行動をとってる。きっと幽霊を見たんだよ。江崎先輩を殺したっていう罪悪感があったから」

「罪悪感で見た幻……？」

「そして、あの日もひとりで図書室にいて、出た。宮坂は錯乱して、屋上から落ちた」

「でもさ、そしたら、ほかの人が見た幽霊は？　宮坂だけじゃなくて、ほかの生徒も見てるじゃない、幽霊」

「それは、よくわからない。こういう事件につきものの単なる噂かもしれないし。まあ、幽霊のことは横に置くとして……。メモの犯人のことだって、別の可能性が出てくる」

「別の可能性？」

「つまり、メモの犯人は、小説のことを知ってたんだよ。江崎先輩が死んだとき、宮坂が殺した、とまでは思わなかったのかもしれない。でも、小説のことは知ってた。だから、噂を流して、宮坂を追いつめようとした」

「じゃあ、そのメモを書いた人っていうのは……？」

「だれかはわかんないけど。ともかく、宮坂と江崎先輩のほかに、このことを知っていた人が、絶対にだれかいるってこと。しかも、この学校のなかに」

＊

緑の母親はノートパソコンを持ってきた。

「わたしたちはなにもわからないので、まったくさわっていないんですが」

「ちょっと、なかを見せていただいてよろしいですか」

「え、ええ、どうぞ」

高柳はパソコンの電源を入れた。まずメールの記録を見た。

上の方に広瀬透《ひろせとおる》というフォルダがあった。不倫相手？　高柳は反射的にそう思った。


いつも作品を読んでくださってありがとうございます。

ホームページ拝見しました。

『alphabet biscuits』、生き生きしていて、とてもおもしろいですね。なかでもアルファベット・ビスケットの話がとても印象的でした。

これからも楽しみにしています。


お元気ですか。いつも感想のメールをありがとうございます。ホームページ、ときどき拝見しています。

この前の、アルファベット・ビスケットのエピソード、とてもおもしろかったので、次の小説で貸していただいてもいいでしょうか。こういうエピソードの場合、頭で考えてもなかなかよいものが浮かばず、苦労していたところでした。

ほかの部分には、もちろんいっさい触れません。ただ、あのエピソードだけを使わせていただきたいのです。

よろしくお願いします。


フォルダのなかにはふたつしか文書はなかった。ふたつとも事務的な内容で、親しそうには見えない。少なくともこのメールが送られてきた時点では、会ったこともなさそうだ。

文面によると、広瀬透は小説を書いているらしい。最近では、作家といっても、プロとはかぎらない。自分のサイトで作品を発表している作家もたくさんいる。とにかく、広瀬透は作家かなにかで、緑さんはそのファンということらしい。

緑さんの母親が画面をのぞき込もうと身をのりだしてきた。もうちょっとこのなかを見てみたいな。なんとかこれを借りられないだろうか？

ここで見せてくれたのは、彼女がパソコンのことをあまりわかっていないからかもしれない。パソコンというものを知らないと、こんな機械のなかに手紙だの日記だの写真だのというプライベートな記録がはいっているとは想像しにくい。

「これ、ちょっとお借りしてもよろしいでしょうか？」

「え、ええ。別にわたしたちは使い方もわかりませんし。でも、なぜですか？　このなかになにかはいってるんですか？」

「いいえ、そういうわけじゃないんです。ただちょっと、動き方がおかしかったので。わたしはパソコン好きなものですから、少し貸していただければ、原因がわかると思うんです。うまくいったら直してお返ししますよ」

思い切って、高柳は嘘をついた。彼女は一瞬迷った顔になる。高柳は内心ひやっとした。

「まあ、うちではどうせだれもなにもわかりませんし。かまわないと思います」

やった。これでゆっくり調べられる。高柳はできるだけ平静な顔でパソコンを受け取った。

*

「たしかにねえ。あの部屋見て、ウミオの言ってたことはなんとなくわかった。たしかに、あのデッサン、ふつうじゃないよ。魂がこもってる、とかいうのともちがう。もっと、透明な感じだよね。天使が書いたみたい」

コーヒーを飲みながら、双葉は言った。

「前、江崎先輩が、言ってたんだ。絵を描いてると、どこかあかるいところに行けるような気がする、って」

「あかるい世界?」

「目の前にいつもあるのとはまったくちがう、すごくあかるい、光の世界なんだって。それが目の前に開けてくる。描いてるあいだは、それがずっと続いている。でも、描くのをやめると、あっという間に消えてしまう」

「それって、なんか……」

「うーん、ちょっとまちがえば電波なんだけど、そのときは、これが才能なのかも、って思ったんだ。たしかに、デッサンしてても、わたしには当然あかるい世界なんて見えない。でも、江崎先輩の絵を見てると、見える気がしてくるんだ」

「うーん」

「見えなくなるって、世界を失うみたいなもんだと思わない？　とくにそういう人にとっては。でもほんとはそうじゃない。世界はやっぱりそこにあるままなんだ」

「そりゃ打撃でかいのはわかるよ。でも、死ぬかなあ？　死ぬっていうのは、なにもかも否定するっていうことじゃん。可能性っていうかさ。自分のまわりにあるものも、これまであったものも、これからやってくるものも。全部捨てるってのは……ちょっと」

双葉はそう言って首をかしげた。

「わたしにも、よくわかんない。江崎先輩がなんで死んだのか。どうしても……」

海生はそう言いながら、窓の外を見た。その顔に、見たことのない表情が宿った。海生ってなに考えてるんだろう、と双葉は思った。

＊

家に帰るとすぐ、高柳は、緑のパソコンを立ち上げた。デスクトップを見渡すと、ウェブサイトというフォルダがあった。インデックスページを開く。

中央に、赤い果物みたいなものの写真があらわれる。その下に書かれた『ヘビイチゴ・サナトリウム』というのがサイトの名前だろう。その下に、目次らしい「alphabet biscuits」「poem」「about me」という文字が並んでいる。

高柳はとりあえず「about me」のページを開いた。

なまえ：ヘビイチゴ（早春に黄色の花を開き、果実は球状で紅色。非食用）
特技：ミシン、平泳ぎでずうっと泳ぐこと（運動苦手だけどこれだけはできる）
趣味：散歩、ぼーっとすること、夢を見ること
好きなもの：ゼリーやふるふるした食べ物、川べり、緑色
好きな小説・映画：ブルーノ・シュルツ、タルコフスキー、クエイ兄弟、広瀬透、そのほか
　不思議な感じの映画や小説全般

広瀬透。聞いたことがない名前だが、やはり作家らしい。学校で岩田先生に聞いて確認しよう。

次に、高柳は「alphabet biscuits」を開いた。画面にあらわれたのは、文章だった。

ベランダから空を見ている。鉢植えのアイビーやポトスに水をやっていると、その緑色の葉一枚一枚が自分の身体のように思えてくる。だれとも話さないでこうしているとき、世界はわたしの庭になる。

部屋のなかで物音がするのが聞こえ、わたしは身体をすくめる。夫が起きたらしい。わたしは夫の声を思い出して、身体じゅうの神経が凍りついていくのを感じる。聞きたくない。

ふつうに聞けば他愛ないおしゃべり、愚痴、噂話。そんなものに耐え難いほどの息苦しさを感じるようになったのは、いったいいつからだろう。

「alphabet biscuits」は、この文章からはじまっていた。このあとも、長い短いはあるが、似たような断章がいくつも連なっている。エッセイというほどの脈絡はなく、日付はないが、日記みたいなものだろう。

読み進むのはたいへんだった。よくある日記とはちがって、よく言えば文学的な、感覚的な文章が続いているのだ。

高柳は広瀬透のメールの文章を思い出した。「なかでもアルファベット・ビスケットの話がとても印象的でした」「この前の、アルファベット・ビスケットのエピソード、とてもおもしろかったので、次の小説で貸していただいてもいいでしょうか」。

「アルファベット・ビスケットのエピソード」ってなんのことだ？　高柳は「alphabet biscuits」をどんどん読み進んだ。だが、なかなかビスケットの話は出てこない。

「alphabet biscuits」は、あまりにも量が多かった。きのうの寝不足もあるのだろう。見ているうちにだんだん頭がぼんやりして、そのまま机で眠ってしまった。

第三章　アルファベット・ビスケット

三月四日(月)

＊

放課後、海生と双葉は図書室にやってきた。岩田に例の原稿を見せることにしたのだ。図書委員はまだ来ていないようだ。岩田がひとりでカウンターに座っている。

「岩田先生、ちょっと訊きたいことがあるんですけど……」

双葉が言った。

「なに?」

「あの、宮坂先生が小説書いてた、って知ってますか」

「小説?」

岩田ははっとした顔になった。

「どうして知ってるの」

「じゃあ、やっぱり宮坂先生なんですね」

「なにが？　どういうこと？」

「これ見てください」

双葉はそう言って、手に持っていた新聞の切り抜きを見せた。

「ほら、ここです。ここに名前が書いてあるでしょう？　これ、宮坂先生ですよね？」

「ほんとだ」

「それで……」

双葉は口ごもった。

「なに？」

「怒られるかもしれないんですけど……。実は、日曜日に江崎先輩の家に行って、この記事はそこで見つけたんです。それともうひとつ変な文章を……」

一瞬後、双葉はまた言い淀んだ。

「変な文章？」

「はい。それで、悪いとは思ったんですけど、気になって、つい黙って持ってきちゃったんです」

「どんな内容だったの」

双葉はカバンのなかから紙を取り出した。

「これです」

紙を開いて読みはじめたとたん、岩田の顔色が変わった。

「なに、これ」

「たぶん、これが宮坂先生の小説じゃないか、と」

「まさか」

「このふたつはいっしょにあったんです。そう考えるのが自然だと思うんですけど」

「それで、新木さんは、この原稿が事件と関係があると思ってるの？」

「はい。もしかしたら、江崎先輩と宮坂先生がこの小説をめぐってもめて、その結果江崎先輩は死んだんじゃないか、って」

双葉は慎重に答えた。

「なに言ってるの？」

岩田の表情が凍りつく。

「もちろん、不謹慎だっていうのはわかってます」

「あたりまえでしょ。それじゃまるで宮坂先生が江崎さんを……」

「でも、そうじゃないと説明がつかないんです。岩田先生も、幽霊の噂、知ってますよね？宮坂先生が幽霊を追いかけて走っていったっていう話とか」

双葉はひるまずにそう言った。

「ええ、それは聞いたけど……」

「あのとき、近くで見ていた人に聞いたんです。宮坂先生はなにかを追いかけるようにして走っていった、江崎先輩の名前を呼んでいた、ってその人は言ってた。でも、追いかけられている幽霊の方を見たわけじゃない。つまり、宮坂先生は幻覚を見てたんじゃないか、と思うんです」

双葉はたたみかけるように早口でしゃべった。

「幻覚？」

「そうです。亡くなったときも、その幻覚におびえて屋上から落ちた。なにもなかったら、幽霊におびえたりしないでしょう？　江崎先輩の死になにか関係があったからこそ、おびえたんだと思うんです」

「まさか」

「前にも話したように、もし単純な後追い自殺だったら、飛び下りるにしても、江崎先輩と同じところから飛び下りるような気がするんです。でもそうじゃなかった。宮坂先生は、もっと錯乱した状態で死んだんじゃないかと思うんです。どうしてそこまで錯乱したのか、って考えると……」

双葉がそう言うと、岩田は少し考え込むような表情になった。

「それだけじゃ推測でしかないけど……。でも、たしかに、警察の人も宮坂先生の死に、少し疑問を持っているみたい」

「疑問、ですか？」

「実はね、土曜日の夜、宮坂先生の部屋が放火されたらしいの」

「放火？」

海生が驚いた声をあげる。

「どういうことなんですか？　放火って？　どうして放火だってわかったんですか」

双葉はそう訊ねた。

「火元がね、宮坂先生の部屋だったらしいの。宮坂先生はもう亡くなっているから、その部屋には何日も人が住んでないわけでしょう？　それに、裏の窓ガラスに人が侵入した形跡があった、って」

「だれが火をつけたんでしょう？」

「それはまだ……。なにもわかっていないみたい」

放火……。またあたらしい事件が起こるなんて……。双葉は呆然とした。そう、この事件には、もうひとりだれかがからんでいる。江崎ハルナと宮坂以外のだれかがもうひとり。そうでなければ、メモのことも、この放火のことも説明がつかない。

でも、それはいったいだれなんだろう？

「そうだ、その原稿、ちょっと貸してくれる？」

「コピーとってもらえますか」

「コピー？」

「はい、あたしたちもちょっと調べてみたいので」

「ふうん……。まあ、見つけたのはあなたたちだし……。でも、ほかの人には見せないでね」

「わかってます」

「じゃあ、ちょっと待ってて。コピーとるから」

岩田はカウンターのうしろにあるコピー機に原稿をセットした。

「じゃあ、これ」

コピーし終わった原稿が手渡される。

「ありがとうございました」

双葉はそう言いながら原稿をカバンにしまい、顔をあげて岩田を見た。

「江崎先輩と宮坂先生のことを事前に知っていた人が校内にいると思います」

「事前に知ってた？」

「はい。知ってただけじゃなくて、その噂を意図的に広めようとした人が。目的はよくわかりませんが、宮坂先生を追いつめようとしてたんじゃないかと思います。もしかしたら、今回の放火事件にも関係があるかもしれない」

「なんでそう思うの？」

「噂の話なんですけど」

「なに？」

双葉は噂とメモに関する推理を話した。

「でも、そのメモ一枚で、だれかが意図的に噂を広めようとした、ってほんとうに言えるかしら？　それ以前にもうそういう噂がどこかで広まっていたのかも……」

「いえ、そうじゃないと思います。校内のいろいろな人に訊いてみましたが、それ以前の噂には宮坂先生は出てきません。それと、ここが肝心なんですが、そのメモを書いた、という人が見つからない。いくら探しても、自分が書いた、っていう人は出てこないんです」

「話が大ごとになって、言い出せなくなった、ってことは？」

「そうですね。でも、自分が書いた、という人どころか、だれそれが書いたんじゃないか、っていう噂さえ聞きませんでした。面白半分じゃない。だれかが意図的に、匿名でこの話を広めたかったからにちがいないんです」

「でも宮坂先生がほんとうに江崎さんの死に関係していたかどうかはわからないでしょう？宮坂先生が錯乱していたのは、その噂の影響っていう考え方もあるわよね。その第三の関係者はまったく勘違いしていたのかもしれない」

「さあ、それは……。ただ、問題は、絶対にそういう人物がいる、ってことです」

＊

夕方、高柳は図書室に行った。

廊下で、図書室から出てきた双葉と海生にすれちがう。なにか話し合ってるみたいで、高柳にも気づいていない。あのふたりにしては、めずらしくずいぶん真剣な顔だな……。高柳はそう思ったが、声をかけずに図書室にはいった。

図書室にはいると、岩田も眉間に皺をよせて、なにかを読んでいた。

「どうしたんですか」

　高柳は岩田に声をかけた。

「ああ、高柳先生。これ……。実は、さっき先生のクラスの新木さんと西山さんが持ってきたものなんです。彼女たち、江崎さんの家で、これを見つけた、って」

「江崎さんって、あの江崎ハルナの家ですか」

「ええ」

　高柳は事態が呑み込めないまま、岩田から渡された紙を見た。ワープロの文書らしい。ぎっしりと文章が書かれている。なになに……？

「なんですか、これは？」

　高柳は素頓狂な声をあげた。ハーレクインロマンス？　レディスコミック？　最近の女子校の生徒は、こんなものを読んでいるのか？

　江崎さんの家でこれを見つけた、って……。さっきの言葉を思い出して、はっとする。江崎さんの家で？　ちょっと待て。どうして新木と西山が死んだ江崎ハルナの家に？

　あわてて戸をがらっとあけて廊下を見たが、双葉たちの姿はもうなかった。

　高柳はため息をついた。どこに行ったんだろう？　部活かな？　あとで話を聞かないと。

「で、なんなんですか、これは。それに、どうして新木たちが江崎ハルナの家に？」

　高柳は少し落ち着きを取り戻してそう言った。

「彼女たちは、これを宮坂先生の書いた小説だ、って言うんですけど……」

岩田は、双葉から聞いたことをかいつまんで説明した。江崎ハルナの家でこの文章を見つけたこと。宮坂の小説が賞を取ったらしいこと。

「新木さんは、江崎さんと宮坂先生がこの小説をめぐってもめ、その結果江崎さんが死んだ、って考えてるみたいなんです」

「もめた結果死んだ？」

「そう、もっとはっきり言うと、宮坂先生が彼女を殺した、って考えてるみたいです。だから宮坂先生は幻覚を見た。それが例の幽霊騒ぎです。そして、幻覚が高じて、錯乱して死んだんだって」

岩田がそう言うのを聞いて、高柳は苦笑した。

「でも、まあ、推理は推理として、宮坂先生が小説を応募して、賞を取ったことは事実みたいですね」

高柳は新聞記事のコピーを見ながら言った。

「小説といえば、岩田先生、書庫にあった茶封筒のなかにはいってたあれ……」

あれは緑さんの死に関する内容だった。

「内容は全然ちがいますけど、あれとこれとはどういう関係なんでしょう？　どちらにしても、もう一度読んでみた方がよさそうですね」

小説……。高柳は、きのう見た『ヘビイチゴ・サナトリウム』のサイトを思い出した。小説といえば、緑さんも日記みたいなものを書いてたな。それと、緑さんがメールのやりとりをしっていたらしい作家……。

「そうそう、岩田先生、広瀬透って、どんな作家ですか」

「広瀬透？」

「いえ、ね。緑さんの家で、緑さんが作っていたらしいホームページを見つけましてね」

「ホームページ？　でも、緑さんが亡くなったのは、もう二年くらい前ですよね」

「ええ。だからもうネット上にはないでしょう。でも、ソースが緑さんのパソコンのなかに残ってたんですよ」

「なるほど」

「そのなかで緑さんが、好きな作家として広瀬透、って書いてたんです」

「広瀬透……。最近の作家なんですか」

「たぶん。どうも緑さんは何回か、彼と直接メールのやりとりもしてたみたいですから」

「聞いたことないですね」

「そうですか。ところで、そのホームページ、『ヘビイチゴ・サナトリウム』っていうんですけど、そのなかで、緑さんも日記みたいなものを公開していたんですよ。日付はないんですけど、日々雑感、という感じの、短い断章です」

「それ、読むことができますか」

「ええ、実はそのパソコン、借りてきたんです」

「ええっ？　どうやって」

「ああ、いや、まあ、それはいろいろ……。もっともあのお母さんが、パソコンていうのがどういうものなのかちょっとでも知ってたら、貸してくれなかったかもしれませんけど」

岩田は察したような顔になった。

「パソコンは家にあります。今度持ってきますよ」

そのとき、内線電話が鳴った。岩田が取り、うなずいている。

「すみません、呼び出しがはいってしまって」

岩田はあわただしく図書室を出ていった。

＊

高柳は、新聞記事のコピーをもう一度読み直した。海音社の「海音」。とりあえずここの編集部にくわしいことを訊いてみよう。海音社といえば大手出版社だ。この図書室にも本があるだろう。

図書室の本棚から海音社の出版物を探す。比較的あたらしそうな単行本を見つけてページをめくり、奥付にある電話番号をメモした。廊下に出て、海音社に電話をかける。

すぐに代表につながり、「海音」の編集部に回してもらう。

「はい、『海音』編集部です」

しばらくして男が電話に出た。

「すみません、わたくし、白鳩学園の高柳と申しますが、今年の『海音』新人賞のことでうかがいたいことがありまして」

「ちょ、ちょっと待ってください、担当に替わりますから」

男のあわてた口調のあと、電話からは保留中ののんびりした曲が流れてきた。

「お待たせいたしました、今年の新人賞のことと言いますと、どういったご用件でしょうか」

すぐに、さっきより落ち着いた感じの声の男が出てきて言った。

「実は、受賞者の宮坂さんなんですが、亡くなったことをご存じでしょうか。わたくし、宮坂さんの同僚なんですが」

「知っています。驚きましたよ。実はですね、数日前に、宮坂さんご自身からお手紙をいただいたんです。自分の方の都合で、受賞作の掲載を取りやめてほしい、と」

「掲載を取りやめる?」

「ええ、そうなんです。そんなの、今まで例がないですからね。なんとか掲載を了承してもらおうと思って、宮坂先生にお電話したんですよ。そうしたらなかなかつながらなくて。次の日に学校の方に電話したら、宮坂先生は亡くなった、っていうお話で」

「それで、作品の方は……?」

「わたくしどもの方では、ぜひ載せたかったんですがね。本人も亡くなられて、遺言のような形でのお手紙でしたから、載せるわけにもいかないだろう、ということで、ずいぶん悩んだんですが、結局、賞を辞退された、ということにして、作品の掲載はやめたんです。もうすぐ雑誌も出ますがね」

「その作品、見せていただくわけにはいきませんかね」

「え、ええ……」

「じゃあ、今から行きます」

「え、今から、ですか？　ええ、はい、わかりました」

「たぶん、三十分くらいで着くと思いますので」

「わかりました。わたしは糸井《いとい》と申します。受付で、わたしを呼び出してください」

妙なことになってきた、と高柳は思った。新木と西山のことはあしたでもいい。とりあえず、宮坂さんの小説というやつを見に行こう。

高柳は自分の手帳を破って、「岩田先生へ。あとでご連絡ください。高柳」と書き、カウンターの上にセロテープで貼りつけた。

＊

宮坂の部屋のドアは真っ黒になっていた。焦げた家具が外に運び出されている。通路に面した窓は粉々に割れていたが、内側からビニールが貼られていてなかは見えない。

「ここかあ……」

マンションの裏に回って、黒焦げになった一室を見て、双葉はつぶやいた。

まだ少し焦げたような臭いが残っていた。割れて、窓ガラスはほとんど残っていない。焼けて炭のようになった窓枠。地面にもガラスの破片が飛び散っている。窓からなかをのぞくと、壁から焼けただれた壁紙のようなものがべろんと垂れ下がっている。

しっかりした鉄筋のマンションだったせいか、建物全体は無事のようだ。だが、両隣の部屋は無傷ではすまなかっただろう。

窓の隙間から人影が見えた。男がふたり。若いのと、老人だ。刑事？　それとも管理人？　保険会社の人とか、マンションの持ち主とか。あるいは宮坂の家族とか。いずれにしてもなかにはいることはできそうにない。

マンションの前の公園のベンチに座って、双葉はため息をついた。

「これからどうしよう……」

つぶやいてみたが、どこからも答えはない。海生は部活に出ると言うので、図書室を出たあと別れてしまったのだ。

そんなとこ行っても、なかにはいれるわけないよ。海生はそう言った。

まあ、あたしだって、ここに来てなにかわかると思っていたわけでもないけど……。でも、気になるじゃないか。

風に吹かれて、白い空っぽのポリ袋が地面の上をすべっていった。

なんかむなしい……。なんでこんなことしてるんだろう、あたしは。こんななんの役にも立たないことを……。

どうやら、海生はあたしほど謎解きに熱心なわけじゃないらしい。江崎先輩が死んだってことには関心があるみたいだけど、どうもあたしとは関心の方向がちがうみたいだ。

江崎先輩って、そういう人じゃないと思うんだけどなあ。海生の声が頭のなかで響いた。あたしにはわからない、江崎先輩がなんで死んだのか……。

海生は、まだ認められないんだ。江崎先輩が死んだこと。それだけじゃない。海生があれほどデッサンにこだわるのも、たぶん江崎先輩のせいなんだ。まるでそこになにかの答えがあるみたいに、海生はいつもデッサンしている。

＊

中三の二学期になって、双葉は海生と席がとなりになった。はじめて同じクラスになった子で、それまであまり話したことはなかった。

極端に小さくて、海生が持つとカバンでもなんでもやたらと大きく見える。クラスのほかの子たちと行動していても、ひとりだけ背のびをしているみたいなのだ。しかも、おっとりしていてなにもかも少し遅い。そのくせ妙にがんばっている。歩くのも食べるのも全力投球という感じだった。

海生と話していて、双葉はこの子はちょっとちがう、と思った。頭がいいというわけでも、すごい個性的というわけでもない。でもどこか、ほかの子とテンポがちがう。変わってるな、と双葉は思った。

興味本位に海生のはいっている美術部についていってみた。海生は、イーゼルに向かうと、黙々とデッサンをしはじめた。だれかがこんなふうになにかに集中しているのを見るのは、子どものころ以来だった。

デッサンなんてこんなに一生懸命やってどうなるんだ？　デッサンなんて、単に受験のために勉強するもんなんじゃないのか？　双葉はそう思った。でも海生は、描くのが楽しくて仕方ないみたいなのだ。

海生はいったいなんのためにこんなことに熱中してるんだ？　不可解なまま、双葉は美術部にはいった。部活のあといっしょに帰るようになり、よくしゃべるようになった。

「わたし、別に絵が好きなわけじゃないんだけど」

いつだったか、双葉がそのことを訊ねると、海生はそう答えた。

「でもいつも一生懸命じゃん」

「うーん……。わたしが好きなのは絵じゃなくて……。たぶん、デッサンだけだと思う」

「はあ？」

よけいわからん、と双葉は思った。絵じゃなくて、デッサン？　双葉にとってデッサンというのは、絵を描くなかでもとくに単調な作業だった。

「なんで？　なんでデッサンなんて好きなの？」

「よくわかんないけど。ひとつのものをじっと見るって、なんか、楽しくない？」

「そう？　デッサンなんて、受験のために仕方なくやるもんだと思ってたんだけど」

「将来美大に行くかどうかも別に決めてないいんだけど……」

「じゃあ、なんで、絵、描いてるの？」

「集中できるんだよ。描いている間、なにも考えなくなる」

「考えなくなる？」

「たぶん機械みたいになるのが気持ちいいんだと思う。スポーツとかといっしょ。集中すること自体が楽しいんだ」

「そんなの、楽しいの？」

「うん。デッサンって、バーチャル空間みたいじゃない？　ここがふくらんでるとかくぼんでるとか、そういうのを平面の上に置き換える。やってて不思議な感じにならない？」

「なったことないけど」

「そう。わたしはなるんだ。自分が小さくなって、石膏像の上を這ってるって感じ」

「あー」

双葉が低い変な声を出した。

「なにそれ」

「いや、なんか、ウミオらしい、っていうか。自分が小さくなってねえ……」

「うーん、それもちょっとちがうかな？　自分が雑巾になって石膏像の上をなでてる感じっていうか。とにかく、すごく近くて、距離とかなくなって、像のワールドをさまよってるみたいになるんだ」

「いや、ますますわかんないけど。でもそれって、ふつう美術で言われてることとはちょっとちがうと思うよ」

「どうちがうの?」

「えーと、たしかふつうは、描くことって、対象から距離を取ることだって言われてるんじゃないかな」

「へー、そうなんだー。つまり、描くことでそのものから遠ざかるってこと? ふうん。わたしは、ちがうけどなあ。近いっていうより、ほんと、はりついていくみたいな感じなんだけど」

「いや、あたしもよくわかんないけどさ」

そう答えながら、双葉は、ちがう、と思った。あたしはこんなわけのわからない話をしようと思ったんじゃない。そういうことじゃなくて、どうしてなんの役にも立たないことを一生懸命やっているのかということを訊こうと思っていたはずだ。

でも、どうやら海生は、デッサンなんてなんの役にも立たない、ということをなんとも思ってないみたいだ。役に立たないことをすることにとくに疑問がないらしい。それどころか、デッサン自体に意味があると思っているみたいだ。

自分の方が変わってるんだろうか? 双葉は少し不安になった。とにかく、海生と自分は考え方がちがうらしい。

今でも、海生がなにを考えているのかよくわからない、と思う。海生はデッサンに、江崎先輩に、いったいなにを見ているのか?

＊

高柳が海音社に着くと、さっき電話に出た糸井という編集者が受付に迎えに来た。編集部に通される。

「ここではなんですから」

糸井は、高柳をフロアの端にある小さな会議室のようなところに連れていった。

「わたしはちょっと仕事を残してますんで、とりあえずお読みください」

糸井はそう言って原稿を差し出した。表紙には『ＤＯＴＳ』と書かれている。

物語は、男が女に物語を語り聞かせるところからはじまる。その物語は男の書いた小説として出版される。男は長いあいだ作品を書けずにいた小説家で、その作品で復帰を果たす。

小説は、はじめはそれほど話題にならなかったが、しだいに評判が口コミで広がり、ベストセラーになる。

しかし、実際には、その小説の作者は、男の妻キミコだった。キミコはその作品を遺して自殺してしまっていたのだ。それを男の名前で発表するように促したのは、野心家の女性編集者ユミだった。

そこまで読んだところで、高柳は、あれっ、と思った。最近読んだばかりの、『鍵のかかった部屋』にちょっと似ている。

オースターの『鍵のかかった部屋』は、行方不明になった友人の原稿を預かる男の物語だった。ちがうのは、この小説の主人公が、小説を自分の名前で発表してしまうところだ。

それにしても、どういうことなのだろう。この原稿の内容は、茶封筒にはいっていた原稿とも、江崎ハルナの部屋にあった原稿ともちがう。

茶封筒の原稿は、男とその妻の話ではあったが、もっと手記みたいな形態で、筋も文章もちがう。今のところ、ハルナの部屋にあった原稿のような性描写もまったく出てこない。もちろん、ハルナという登場人物も。

混乱したまま読み進んでいくと、キミコの二番目の小説が出てきた。

翠子《みどりこ》は箱のなかからひとつひとつビスケットを出す。MASAHITO、TAKASHI、KENJI。アルファベットの形をしたそれを並べて、名前を綴る。

アルファベット・ビスケット。

スーパーで偶然見つけて、なつかしくなって買った。箱のなかからひとつひとつビスケットを出す。机の上に並べて単語を綴る。DOG、CAT、BOOK。自分の名前。これまで出会った男の名前。

見下ろす。

記憶がよみがえってくる。夜中にわざわざ外に出て、暗い公園で電話をかける。電話をかけないでください、と言われた相手の電話番号を押して、すぐに切る。

だれかにかからなかったら、別のだれか。そのだれかにもつながらなかったら、また別のだれか。電話番号を押しているうちに胸がかきむしられる。わたし、なんで生きてるんだろう。

並べたアルファベット・ビスケット。MASAHITO、TAKASHI、KENJI。つまみ上げる。綴りは崩れてゆく。口に入れ、嚙み砕く。ひとつひとつ。じゃりじゃりと音を立て、ビスケットは砕け、溶けてゆく。

粉っぽく甘いアルファベット。嚙み砕かれ、唾液に溶けてゆく名前たち。何人も何人も。翠子は綴り、食べる。

小説内小説はこんなふうにしてはじまっていた。

あれ？「アルファベット・ビスケット」？ どこかで聞いたような……。高柳は記憶をたどった。

そうだ、緑さんの……！ 広瀬透がメールで気に入ったと言ってたエピソードは、もしかしてこれのことなのでは？

どういうことだ？ とすると、宮坂さんが広瀬透だったのか？ いや、そうじゃない。宮坂さんがこの小説を賞に応募したのは、緑さんが死んでだいぶたってからだ。広瀬透は、緑さんが生きているときにすでに作家だったはずだ。

偶然か？

高柳は頭をかきながら原稿の続きを読みはじめた。この小説は、人生に行き詰まった女が、偶然出会った青年の自殺を幇助し、その青年の遺言にしたがって、青年の過去をたどる、という物語だった。

二番目の小説もすぐに出版され、小説は発売後すぐに好調な売れ行きを示す。ユミは男に次の原稿を要求する。彼は、次の原稿はファイルがあちこちに分散していて、まだ整理がついていない、と言い、原稿は少しずつ渡されることになる。

新しい小説を少しずつ読むうちに、ユミはキミコに共感しはじめ、キミコの作品をほんとうに理解しているのは男ではなく自分だ、と思いはじめる。キミコへの興味からユミは男と関係を持ち、キミコのパソコンをハードディスクごと全部コピーしてくれ、と頼むが、男はそれを断る。

ユミはしだいに、キミコは男に殺されたのではないかと疑いはじめる。実際に殺されたのではなくてもキミコの自殺の原因は男にあったのではないか。ユミはしだいに男に対する憎しみを募らせる。

実は、はじめのふたつの小説はキミコが書いたものだが、三番目の作品は、未完だった。男は、キミコの残した断片的なメモをつなぎあわせて、作品を完成させようとしていたのだ。

高柳は、また『鍵のかかった部屋』のことを思い出した。

『鍵のかかった部屋』の友人の原稿は、紙に書かれたものだ。だが、宮坂さんの小説ではちがう。キミコの小説は、すべてパソコンのなかにあるのだ。

手書きの原稿であれば、キミコの直筆が残る。だが、デジタルデータでは、キミコが書いた文字と、あとから男が書き足した文字のあいだになんのちがいもない。表面的にはすべてがなめらかにつながってしまう。

「コンピュータのディスプレイでは、どんな文字も同じ点でできている。なにもかも点の集まりにすぎない。コンピュータのなかをのぞけば、文章を作っているものも、画像を構成しているものも、システムを作っているものもなにもかもわけのわからない記号の群れにすぎない。そこには中身なんてない。文章が僕たちの身体であるとするなら、どこからがキミコの身体で、どこからが僕の身体なのか、しだいにわからなくなってくる。そして、はじめからそんな身体はどこにもなかったような気がしてくるのだ」

宮坂の小説にはそんな記述があった。このあたりが、小説のタイトル『ＤＯＴＳ』の由来なのだろう、と高柳は思った。

自分とキミコが混じりあっていく。男ははじめのうち、そのことに快楽を覚える。だが、しだいに混乱し、作品を破棄したい、とユミに打ち明ける。作品を読んだユミは、その魅力にとりつかれ、なんとしてでもそれを発表したい、と主張する。

男はそれに抵抗し、ユミは男を殺す。小説はユミの語りに変わり、実際に起こった出来事と、作品のなかの世界が交互に記され、内容が交差する。

男が死んだあともユミによって作品の書き換えは続き、さらに夢の描写が加わる。ユミの見たキミコの夢だ。キミコを食べる夢。ユミの身体にキミコがどんどん吸収されていく。食べながら、ユミはキミコを愛していると感じる。

最後、ユミは完成した作品をキミコの名で発表し、「ようやくひとつになった」とつぶやく。

読み終わってしばらくして、ドアが開き、糸井が戻ってきた。

「どうですか。読み終わりましたか」

「はい。ありがとうございました」

「編集部の評判もよかったんですよ。選考委員は必ずしもみんなが推したわけではありませんけどね」

「本人が取りやめてくれ、と言ってきたんですよね」

「ええ。それも、二度も手紙が来たんです」

「二度も?」

「ええ。はじめに一通、手書きのファックスが来たんです。用紙の隅の送信元の欄に勤務先の学校の名前がはいっていましたから、本人が書いたものだろうとは思いました。受賞でちょっと精神状態が不安定になったとか……あり得ない話ではない。でも、たとえ著者でも、校了寸前になって賞を取った作品の掲載を取りやめろ、っていうのはちょっと無謀ですよ。選考委員の先生方の選評の原稿だってありますし。ファックス一枚で、はい、そうですか、というわけには……。それであわてて電話をかけたんです」

「学校にですか?」

「はい。でも、だれも出ませんでした。遅い時間に自宅の方にも何回かかけたんですけど、そちらもつながらなくて。次の日、学校にかけて、亡くなったことを聞いたんです」

「それで、二通目は?」

「ええ、たしかその次の日に、同じ用件でワープロの文書が郵便で送られてきたんです。今度はもう少し丁寧な口調で。でもそちらにもくわしいことはなにも書かれていませんでした」

二通の手紙……。なぜ宮坂さんは二回も手紙を出したんだろう。

待てよ。宮坂さんはあの日、図書室にいた。岩田先生は、宮坂さんはワープロを持ってなかった、って言ってたはずだ。だとしたら、宮坂さんはいつどこでその手紙を打ったんだ?

「手紙が着いたのは、正確にはいつですか」

「ええと……。たしか、どこかに封筒を取っておいたはずですから……。待っててくださいね」

糸井は席を立ち、ファックスの用紙と封筒を持って戻ってきた。ファックスの方はたしかに宮坂さんの字だ。

封筒の消印を見ると、二月二十七日の朝になっている。宮坂さんの死体が見つかった日だ。宮坂さんが死んだのは二十六日の夜と推定されている。ということは、亡くなった日の夜、郵便の集配が終わってから、この手紙をポストに投函したということか。

「ぎりぎりだったんですよ。校了の寸前で……。ちょっと待ってくれよ、って感じでした。でも連絡がつかなくて。作業をいったん全部とめたんです。次の日、本人が亡くなった、と聞いて、驚きましたよ。それから郵便でしょう」

もしかして……。手紙の方はワープロ文書だ。ワープロなら宮坂さん本人じゃなくても書ける。手紙を書いたのは、宮坂さん以外の人だったかもしれない。

なぜ、そいつはそんなものを書いたのか？　理由はわからない。でも、宮坂さんの作品を発表させたくなかった。そして、そいつは、宮坂さんがファックスを送ったことを知らなかったんだ。

「どうかしましたか」

糸井が話しかけてくる。

「あ、いえ、別に」

「もう、よろしいですか」

「あ、そうそう、広瀬透っていう作家、ご存じですか」

高柳は訊ねた。

「広瀬透ですか？　ああ、いましたね、そういう名前の人。うちでも一、二冊本を出してたんじゃないかな。純文学じゃなくてね、いわゆるエンターテインメントの方の人ですよ。でも、ここのところ書いてないんじゃないかな。ちょっと待ってくださいね。彼の担当だった別の部署の者がいるかもしれませんから」

そう言って、糸井は会議室を出ていき、しばらくして若い男を連れて帰ってきた。

「失礼します。『小説海音』森田《もりた》と言います」

「『小説海音』？」

「あ、ええ、すいません。我が社には文芸雑誌がふたつあるんですよ。片方が『海音』で、こちらは純文学と評論、もう片方が『小説海音』で、もう少し幅広く翻訳ものからいわゆるエンターテインメント系まで押さえている雑誌なんです」

糸井が説明した。

「ややこしいですね」

高柳は言った。

「そうなんですよ。うちとしても名前変えたいんですけどね」

森田というあたらしくやってきた男が言った。森田は、糸井に比べて若く、調子のよさそうな男だった。

「で、広瀬透なんですけど、うちで書いていたのはもう二年以上前のことでしてね。当時担当していた者がもう別の部署に移ってしまっていて。僕はそのとき別の部署にいたんですけど、あとから彼の話は聞かされましたよ」

「そのとき?」

「ええ。二年前、どうやら彼は失踪したらしいんです。うちの連載の途中でね」

「失踪?」

「そうなんです。投稿でデビューして、書き下ろしが数編。そろそろ話題になってきた、ということで、雑誌の連載をはじめて任せたときだったんで、正直言ってみんな困り果ててたみたいです」

「広瀬さん本人にしても、チャンスのときだったんですね」

「そうですね。そう言えると思います。連載小説がはじまって数回、これから話が広がっていくぞ、ってときにいなくなったらしいです」

「警察に捜索願いとかは？」

「さあ。家の人とかは知りませんけど……。編集部はそこまではしないですよ。まだ新人でしたし。それに、たぶん、プレッシャーに負けた、って思われたんじゃないすか。まあ、失踪する、って人はあんまりいませんけど」

「そのときの雑誌って、手にはいりますかね」

「ええ、それは在庫があればお渡しできますよ、ちょっと待っててください」

森田が立ち上がると、糸井が声をかけた。

「ああ、悪い、森田さん、ついでにうちの部に寄って、カシマさんにさっきのできてるか訊いてきてくれ。もしできてるようだったら、いっしょに持ってきてくれないか」

「わかりました」

森田はそう言って部屋を出ていき、しばらくして雑誌を数冊抱えて戻ってきた。

「全部ありましたよ。ちょっと重いですけど。あと、これ、糸井さん」

森田は雑誌を机に置き、紙の束を糸井に渡した。

「これ、さっきの宮坂さんの小説のコピーです。どうぞお持ちください」

糸井は渡された紙の束をそのまま高柳に渡した。

「これはどうも。助かります」

高柳は荷物を抱えて海音社を出た。電車のなかで糸井から渡された原稿をもう一度広げる。

これが宮坂さんの小説なんだとしたら、茶封筒のなかにはいっていたのと、新木たちが持ってきた原稿っていうのはなんなんだ?

宮坂さんの原稿を見て最初に浮かんだ疑問がよみがえった。いちばん簡単な説明は、茶封筒にはいっていたのは宮坂さんの草稿で、新木たちが持ってきたのは無関係ということだ。

宮坂さんは茶封筒にはいっていた原稿に変更を重ねてあの小説を書いた。内容はかなり違うが、男とその亡き妻の話ということでは共通している。改稿に改稿を重ねれば……ああなるのかもしれない。一方、新木たちが持ってきた方の原稿は、あまりにもかけはなれた内容だ。ともかく、小説があれだった以上、小説の内容で宮坂さんと江崎ハルナがもめた、という説はナシだな。

「まずは広瀬透からだ」

高柳はそうつぶやいた。

＊

それにしても、放火の犯人は、なんでこんなことしたんだろう、と双葉は思った。

当の宮坂はもう死んでいる。宮坂の持ち物をすべてこの世から消そうっていうこと? それで放火までしたんなら、相当宮坂を恨んでたってことだ。

もし犯人がメモの犯人といっしょだとしたら。もう、いたずらなんかじゃすまされない。下手をしたらマンションじゅう火事になって、怪我人や死人が出たかもしれない。いたずらどころか、かなり本気度が高い犯罪者ってことになる。

宮坂のことだってほんとに殺しかねないな。双葉は寒気がした。噂を流して死に追い込むどころか、こんなことをする人だったら、直接殺そうとしたかもしれない。

そうだ、幽霊騒動だって。双葉は突然そう思いついて、ぎょっとした。なんで今まで気がつかなかったんだろう?

ほんとうは幽霊ではなくて、そのだれかが、幽霊に扮していたのかもしれないじゃないか。だれかが江崎ハルナとそっくりな格好をして、宮坂を脅していた。噂を流し、幽霊の格好をして宮坂を脅し、死に追い込んだ。そしてマンションの部屋に放火……。

江崎ハルナは、小説をめぐり宮坂ともめて死んだ。犯人は、宮坂を死なせ、原稿を抹消しようとした。放火したのもそのためだ。でも、なぜ?

双葉はカバンのなかを探った。江崎先輩の家で見つけた新聞記事は、たしか宮坂の小説の原稿の束といっしょにカバンに突っ込んであった。がさごそ手探りで紙の束をつかんで外に出す。

風で紙束がめくれ、小説の文章が目にはいってくる。


指が耳の裏側を滑ってゆく。皮膚が熱くなり、ハルナは上を向いた。書庫には窓がなかった。壁いっぱいに古い本が積まれ、埃のような匂いがした。

指が離れる。

「あ」

息が耳にかかる。次の瞬間、ハルナの耳をやわらかい舌が這った。

「そのまま立っていなさい」

するすると下着が脱がされてゆく。下までおろすと、下着を取り去った。

ハルナは脚を開いた。男の指が腿を這って、上にあがってゆく。


しかし、こんなのがねえ。双葉は舌打ちした。こんなんで文学賞なんか取れるのか。最近の文学はよくわからん。

ん？

突然、双葉の頭の奥の方でなにかが反応した。書庫……。古い本……。どっかで見たことあるよーな。

絢先輩のサイトにあった小説。たしか、そういう設定のヤツがあったような気がする……。ていうか、そのものずばりのやつが……。

双葉はいきなり立ち上がった。そうだ、そうだよ。あった。こういう感じの。

もう一度原稿に目を落とす。登場人物の名前はちがうけど、場所とか動きはたしかこんな感じだった。

じゃあ、なんなんだ、この文章は？

とにかくサイトを見て確認しよう。どこかコンピュータが使える場所……。

＊

家に帰って、高柳は海音社からもらってきた雑誌を机の上に出した。「小説海音」。全部で七冊ある。高柳は雑誌を一冊ずつぱらぱらとめくった。広瀬透の連載小説の一回目から七回目までがそれぞれ掲載されている。

いちばん古い号は、ポール・オースター特集だった。

この雑誌は見たことがあるぞ。表紙を見て、高柳はそう思った。宮坂さんが死んだ朝、書庫の机の上の本のなかにあった……。

表紙に「ポール・オースター特集」という文字が印刷されている。そう、たしかにこれだ。ポール・オースターの特集が、って岩田先生が言ってたから……。

高柳はオースター特集のページを開いた。何人かの作家だか評論家だかがオースターについてエッセイのようなものを書いている。ざっとページをめくってから、高柳は広瀬透の小説のページに目を移した。

「あれ？」

小説の一節を読んで、高柳はつぶやいた。

翠子《みどりこ》は箱のなかからひとつひとつビスケットを出す。アルファベットの形をしたそれを、なんとなくテーブルの上に並べる。

アルファベット・ビスケット。箱のなかからひとつひとつビスケットを出し、机の上に並べて単語を綴る。自分の名前。これまで出会った人たちの名前。

あの人の名前。綴ろうとして、胸がかきむしられる。わからない。あの人の名前すら、わたしは知らない。

あの人の声を思い出す。あの人のうるんだ目。あの人の頬の感触を思い出す。汗で湿った髪を。なぜ、あのときあの人と出会ってしまったんだろう？

わたしは……。なにもできなかった。くやしかった。

並べたアルファベット・ビスケット。つまみ上げる。綴りは崩れてゆく。口に入れ、嚙み砕く。ひとつひとつ。じゃりじゃりと音を立て、ビスケットは砕け、溶けてゆく。

粉っぽく甘いアルファベット。嚙み砕かれ、溶けてゆく名前。

アルファベット・ビスケットの話……。海音社で見た宮坂さんの小説のなかにも、これとよく似た文章が……。高柳はあわてて宮坂の小説のコピーをめくった。

キミコの二番目の小説のなかで、主人公の小説家が書いている小説。

「あった」

翠子《みどりこ》は箱のなかからひとつひとつビスケットを出す。MASAHITO、TAKASHI、KENJI。アルファベットの形をしたそれを並べて、名前を綴る。

アルファベット・ビスケット。

スーパーで偶然見つけて、なつかしくなって買った。箱のなかからひとつひとつビスケットを出す。机の上に並べて単語を綴る。DOG、CAT、BOOK。自分の名前。これまで出会った男の名前。

見下ろす。

記憶がよみがえってくる。夜中にわざわざ外に出て、暗い公園で電話をかける。電話をかけないでください、と言われた相手の電話番号を押して、すぐに切る。

だれかにかからなかったら、別のだれか。そのだれかにもつながらなかったら、また別のだれか。電話番号を押しているうちに胸がかきむしられる。わたし、なんで生きてるんだろう。

並べたアルファベット・ビスケット。MASAHITO、TAKASHI、KENJI。つまみ上げる。綴りは崩れてゆく。口に入れ、嚙み砕く。ひとつひとつ。じゃりじゃりと音を立て、ビスケットは砕け、溶けてゆく。

粉っぽく甘いアルファベット。嚙み砕かれ、唾液に溶けてゆく名前たち。

何人も何人も。翠子は綴り、食べる。

問題の部分を発見して、高柳は目をとめた。宮坂の小説と広瀬透の小説を比べてみる。

「似てる」

変わっている部分もあるが、ほとんど同じ文もある。

これって、もしかして、盗作って言うんじゃないか？

高柳は広瀬透の小説をはじめから読みはじめた。『磐樟船《いわくすぶね》』という題のその小説は、ミステリーともホラーともファンタジーともとれるような、不思議な読み物だった。

話の発端はある町に起こった神隠しだ。土地に宿る記憶を読み取ることができる女性が主人公で、その町に古くから伝わる伝説や現在の謎の新興宗教も関係するようだ。

宮坂さんの小説とは全然ちがう。宮坂さんの小説のなかの小説内小説は、たしか自殺した青年の過去をたどる女の話だったはずだ。

だが、この部分だけは……。すごく似ている。偶然ではすまされないくらい。

読み進んでいくと、ほかにもいくつか、見覚えがあるような気がする部分があった。全部突き合わせる気にはならないが、きょう読んだばかりなんだからまちがいない。宮坂さんの小説のなかに出てきたものだ。

どこも、さっきの箇所と同じだった。シチュエーションは全然ちがうのに、突発的にすごく似たエピソードが出てくるのだ。

「なるほど、そうか」

高柳は思わず声をあげた。そうだ、だから宮坂さんは賞を辞退したんだ。

彼は広瀬透の小説を盗用していた。投稿したときは、まさか受賞するとは思っていなかった。ほんとうに受賞してしまって、宮坂さんは焦った。作品が公表されたら、すぐに盗作だとばれるだろう。だから賞を辞退した。

でもそれは……。いくらなんでもバカすぎないか？

だいたい、どのエピソードも、ほかと置き換え可能な気がするし、発表前に書きかえるなり削除するなり、ほかにいくらでも方法があったんじゃないか？

なんか妙だな。

高柳は席を立ち、コーヒーメーカーのコーヒーを注いだ。

なんだかわけがわからなくなってきた。だいたい、俺は数学の教師だっていうのに、なんだってこんなにたくさん小説を読まなきゃならないんだ。ここのところのブンガク的な生活はどうだ。これまでの人生のなかで、こんなに小説を読んだことはなかった。そのせいで頭がもやもやしてるんだ。

コーヒーの香りがふっと頭を軽くした。

「ふう」

高柳がため息をついたとき、電話が鳴った。岩田からだった。

*

結局家に帰ってきてしまった。

「ま、結局ここがいちばんなんでもあるし」

双葉はカバンを床に投げ出し、パソコンを起動した。

「さて、絢先輩のサイトだ」

『蒼く暝い水の底』に行き、「小説」の目次を目で追う。「ミモザのように」、「草色の罪」、「月光の廃園」。上から順番に並んだタイトルを見ていく。「日曜日の書庫」。あった。これだ。


今度の日曜日、書庫に来るように。

また、あの封筒の手紙が届いた。彼だ。差出人が書かれてなくても、それがだれからの手紙か、わたしにはすぐわかった。


そう、たしかこれだ。問題の場所は……。双葉は飛ばし読みでどんどん進んだ。読みはじめてすぐ、双葉は、ああ、とため息をついて、頭を抱えた。

海生に絢のサイトの内容をくわしく話さなかったのにはわけがある。

これはまずいサイトなのだ。絢の小説はけっこうエロの要素もある恋愛もので、それはそれで別にめずらしいことじゃないのだが、問題は、相手役がどう見ても宮坂だということだ。

「絢先輩の小説に出てくる男、あれ、だれかに似てると思わない？」

例の、絢が怒って帰っちゃった事件のあと、紫乃に理由を訊いたとき、紫乃はまずそう言った。

「男、ですか？　さあ……？」

そのときはぴんとこなかった。

「あれ、宮坂なんだよ」

「えええっ？」

あのときは思わず大声をあげてしまった。紫乃によると、絢はずっと宮坂のことが好きだったのだそうだ。絢はもちろんそんなことを口にしてはいないが、それを知って読むと、あれはどう考えても宮坂にしか見えないらしい。

たしかに、そう言われてから読んでみると、これがどう見てもまがうかたなき宮坂なのだ。もちろんウェブ上の読者にはそんなこと関係ないからまったく問題がないのだが、学内の人がこれを読んだら、気づく人は気づいてしまう。

「だからさ、さすがにまずいと思うのよ、あれがまわりに知られると」

紫乃はそう言った。

「絢は単に自分の小説を知ってる人に読まれるのがはずかしくてないしょにしてるみたいなんだけど、そんなことより、問題は相手がだれだかわかっちゃう、ってことなんだよね。絢自身は、けっこうわからないように変えてるつもりらしいんだけど、容姿とか、宮坂そのものだって。あたしも一応そのことだけは本人に言わないようにしてんだけど」

紫乃はそう言ってため息をついた。

そのことがあるからあたしも秘密を守ってるわけだ。そうじゃなかったら、もちろんないしょだと言いつつ、みんなに快調に触れ回るだろうに……。

指が耳の裏側を滑ってゆく。皮膚が熱くなり、わたしは上を向いた。

あった。ここだ。主人公は「ハルナ」ではなく、「わたし」。絢と全然見た目はちがうが、これはもうひとりの絢なのだ。

書庫には窓がなかった。壁いっぱいに古い本が積まれ、埃のような匂いがした。

指が離れる。

その先も、文章はほとんど同じだった。ほんの少し変わっている部分はあるが……。流れやセリフはまったく同じだ。

つまり、江崎ハルナの部屋にあったあの紙の文章は、これをコピーして、名前だけ変えたもの、ということだ。

あれは宮坂の小説だったんじゃ……？　さっぱり、わからん……。双葉は首をひねった。

＊

「ああ、岩田先生。メモを見てくださいましたか」

「ええ。見ました。さっき一度学校からも電話したんですが、いらっしゃらなくて」

「すみません、何度も」

「どうしたんですか？」

「実は、例の小説のことなんですが……。たしかに宮坂さんは小説を書いて、海音社に送っていた。それが新人賞を受賞することになった。そこまではその通りなんです。でも、さっき出版社に行って見せてもらってきましたが、あの、例の新木たちが持ってきたとかいう小説、あれとは全然ちがうんです」

「じゃあ、あの茶封筒の……？」

「それともちがいます。どちらともまったくちがうんです。その原稿にもいろいろ問題があって、その件についてもまた岩田先生の意見をうかがおうと思ってたんですけど……。それに、宮坂さんが亡くなった朝に書庫にあった雑誌、覚えてますか？」

「あ、ええ。オースター特集の載ってた『小説海音』ですね」

「ええ。あれもちょっと関係のある話で……。まあ、とにかく、茶封筒の原稿の方は、もしかしたら草稿の草稿の草稿、くらいと言えないことはないかもしれない。まだ手記みたいなものでしたからね」

「じゃあ、新木さんたちが持ってきたあの原稿は……？」

「それは……。うーん、さっぱりわからないな。岩田先生、今から会えますか」

「え、ええ、別に」

「その問題の原稿を見てもらいたいんです。あと、緑さんのパソコンも」

「わかりました」

「じゃあ、どこか岩田先生の都合のいい場所に出向きますが」

「わかりました。じゃあ、桜丘駅の白水堂という喫茶店で」

岩田は学校の最寄り駅の名をあげた。

＊

下校時間はもうとっくにすぎていた。ほかの部員たちは帰ってしまって、美術室には海生ひとりだった。

もう外はすっかり暗くなっている。窓から校庭を見ると、光の影ができているのは、海生のいる美術室だけのようだ。海生は道具を片づけた。

廊下も真っ暗なので、美術室の電気を消すと真っ暗になってしまう。海生は戸をあけて廊下に出た。暗い廊下。しんとしている。いつもの廊下がいやに長く見える。

廊下の電気のスイッチはかなり遠くにある。海生は廊下を歩きはじめた。美術室から離れると、だんだん光が少なくなる。

スイッチを入れたとたん、うしろの方で、がたん、と物音がした。はっとして振り返ると、廊下の遠くの方でなにかが動いたような気がした。

「双葉?」

美術室の方に引き返す。廊下にも美術室にもだれもいない。

なに考えてんだろう、双葉。帰ってくるから待ってて、とか言ってたくせに。

海生はもう一度廊下に出た。よく見ると、となりの理科室の戸が開いている。さっきまでは閉まっていたはずなのに。

「双葉？」

海生は戸の隙間から理科室をのぞいた。暗い廊下に、ほかにはだれもいない。海生はなんだか急に怖くなった。

なかは暗い。機械の赤や緑のランプがぼうっと浮かび上がり、窓からはいってくる光で、ガラス戸棚のなかのフラスコや試験管の縁が光っている。冷蔵庫がうなるような音や、なにかの計器のかちかちいう音が聞こえる。

「双葉？」

突然、廊下の電気が消えた。

「うわっ」

海生は廊下に走り出た。人影がぼうっと動いたように見えた。うしろ姿だ。黒く長い髪。窓ガラスが、がたがたっと音を立てた。人影が振り返ってこちらを向きそうになった。

突然、目の前に顔があらわれた。

「絢先輩」

「あなたたち、どうして余計なことするの。どうして亡くなった人をそっとしておいてあげないの」

「わ、わたしは」

*

もしかして……。

紫乃先輩は、絢先輩がずっと片思いだったって言っていたけど、ほんとうはそうじゃないかもしれない。絢先輩は宮坂に告白した。そのとき、自分のサイトのことも話したのかもしれない。だから宮坂は絢先輩のサイトのことを知ってた。

それで、少しはつきあいみたいなものがあったのかもしれないし、即座に断られたのかもしれない。とにかく、絢先輩は振られて、宮坂への気持ちが恨みに変わった。そして、宮坂のことをあれこれ調べてるうちに、江崎ハルナとの関係に気づいた。

つまり……。あの幽霊は、絢先輩？　真っ青な顔をした絢の顔を思い出して、双葉はぞっとした。

江崎ハルナが死に、絢先輩は悔しさからふたりを傷つけるような噂を流した。幽霊に化けて宮坂のことを脅した。髪型や仕草を真似て。制服は同じなんだから、遠くからだったらわからないだろう。

その挙げ句、宮坂は噂を流した張本人が絢先輩だと気づいて問いつめ、もめごとになった……。それに、宮坂は自分の小説に絢先輩の文章を勝手に借用してたみたいじゃないか。絢先輩がそのことに気づいてたら？　それでもめた、ってことも考えられる。振られたうえに、自分の文章を盗用されたんだ。絢先輩だって……。

いや、もしかしたら……。事故じゃないのかも。もしかして、絢先輩は意図的に宮坂を……。

「お前、なにやってんだ。制服着たままで」

「うわっ」

うしろから突然声がして、双葉はぎょっとして身体がびくんとなった。史明だった。

「なに見てんだ？　なになに……？　なんだ、お前、こういう趣味だったのか」

「いや、これは、そうじゃなくて。その」

「なるほどねえ。まさか、これ、お前のサイト？」

「ちがうよ。そんなのやってないって」

「なんだ。ようやくお前も自立したかと思ったのに。いや、まあ、しかし女子のサイトってこんなもんなのか？　俺はそっちはよくわからん。なんだ、これ。なになに、へえ……」

史明はぶつぶつ言いながら勝手にマウスを動かそうとした。

「やめてよ、そういうんじゃないんだって。これはね」

「まあ、とりあえず自主的にいろいろ調べてるのはいいことじゃないか。もしエロ系のこととか知りたいんだったら」

「知りたくないよ。ていうか、聞いてよ、人の話」

「なんだよ？　聞いてるから勝手に話せばいいじゃないか」

「だってお兄ちゃんがずっとしゃべってるから」

「俺はしゃべっってても人の話は聞ける」

「あー」

「なんだよ、話はどうしたんだ」

「だから今から話すって」

ムカつくなあ。なんだよこいつ。一生彼女なんかできないだろうな。

双葉は史明にこれまでの話をした。

「つまり、その江崎ってやつの家にこれとそっくりの原稿があったっていうんだな」

「そうそう。あたしが思うに、それが宮坂って教師の原稿で、宮坂はこれをパクって小説書いて賞を取った。つまり宮坂は、このサイトやってる絢っていう先輩ともなんかあったんだと思うの」

「待てよ、どーしてそうなるんだ？」

「だって、これは絶対絢先輩の文章だし、絢先輩は学校では自分のサイトのことないしょにしてたんだよ。知ってた、ってことは、宮坂は絢先輩と親しかった。そうに決まってるじゃん」

「とはかぎらないだろ？　これはネットにアップされてた文章なんだし、だれだってパクれる。お前だって偶然たどりついたんだろ？　だれだって可能性はあるじゃないか」

「だれが、なんのためにそんなことするのよ」

「そんなことは知らんよ。俺が言ってるのは単に可能性の問題だよ。第一、俺は絢も宮坂も知らないんだから、そんなことわかるわけないだろ？　俺はさすがに神じゃないんだぞ」

「わかったから、もう、お兄ちゃんは、ちょっとあっち行ってて」

「なんだよ、急に。まあ、いいよ、俺もそんなにヒマじゃないんだ」

史明はそう言って部屋を出ていった。

*

テーブルに置かれたコーヒーを口に運んで、高柳は、ふう、とため息をつきそうになった。なんていい香りなんだ。口に含む。うまい。目が潤《うる》みそうになる。学校やうちのコーヒーメーカーのコーヒーと同じ名前の飲み物とは思えない。

遠くからまたコーヒーの香りが漂ってくる。白水堂は古い喫茶店らしい。赤いビロードを張った椅子に、使い込まれた木のテーブル。なんとなく空気まで黄ばんでいるように見える。カウンターの奥には、さまざまな柄のコーヒーカップが並び、エプロンをかけた初老の男がひとつひとつ丁寧にコーヒーをいれている。

俺、疲れてるのかな。こんなコーヒー一杯に感動するなんて。

「で、その小説って」

ぼんやりしている高柳に向かって、岩田が言った。

「あ、持ってきましたよ」

高柳は我にかえって、カバンのなかから茶封筒を取り出す。

「『DOTS』、ですか」

表紙に書かれた題を見て、岩田はつぶやいた。

「ええ。なかを読んでいただけばわかりますが、この小説は小説のなかにまた小説が出てきたりして、ずいぶん複雑な構造になっているんです。主人公は、ほら、あの『鍵のかかった部屋』みたいな感じで、自分の死んだ妻の原稿を出版するんですよ」

「へえ、そうなんですか。本も読んでたみたいだし、宮坂先生、オースターから影響を受けたのかもしれませんね」

「でも、宮坂さんの主人公は、もう少しずるくて……。それを自分の名前で出版するんです、二冊ね。奥さんの原稿はすべてワープロで書かれていて。完成した小説は二編で終わり、あとには断片だけが残った。それで男は奥さんの書いたものをつなぎあわせて、あたらしい原稿を書きはじめるんです」

「なるほど」

「デジタルデータでは、あとから書き足したり編集したりしても痕跡が残らないでしょう？そのあたりに作品のテーマがあったのかもしれません。たぶん、題名の『ＤＯＴＳ』というのは、データのことをさしているんでしょうね」

「点、ね。まあ、ｄｏｔにはたしかほかにも意味がありますよ」

「ほかの意味？」

「ええ、別の単語なんですけど、『妻の持参金』というのがあるんです」

「なるほど。妻の持参金……。この場合、遺産と言った方が正確ですが、そういう意味もこめていたのかもしれませんね」

高柳は大きくうなずいた。

「それと……。ちょっとおかしなことがあるんです」

「おかしなこと？」

「ええ。このあいだお話しした広瀬透という作家なんですが、岩田先生、覚えてらっしゃいますか」

「ええ。緑さんとメールのやりとりがあったとかいう……」

「そうです。広瀬透は実在しました。エンターテインメント系の作家で、新人ですが雑誌なんかにも作品を発表してたみたいです。実は、この宮坂さんの原稿のなかに、その広瀬透が以前書いた小説とよく似た文章があったんですよ」

「え？　どういうことです？」

「それが例の、あの朝図書室にあった『小説海音』なんです。ここに広瀬透の小説が連載されていました」

「あの、オースター特集が載ってた……？」

「ええ、広瀬透の小説は、この年の『小説海音』に連載されていました。連載は七回目で中断されています。編集部の話だと、広瀬透が失踪したらしいんです。理由はよくわからないんですが。とにかく、連載の最初の回のここの文章……」

高柳は雑誌のページをめくり、宮坂の原稿の付箋をつけた箇所を開いた。

「宮坂さんの原稿のこの部分とちょっと比べてみてください」

高柳はそう言って雑誌と原稿を岩田に示した。岩田はふたつを交互に読み、高柳を見た。

「たしかに……。偶然という感じではないですね。これってつまり……」

「まあ、ふつうに考えて盗用ということになりますね。でも、広瀬透の作品と宮坂さんの作品は、内容はまったくちがうんです」

「でも、この部分だけがまったく同じ……」

「ええ、そうなんです。それがどうしてなのかさっぱりわからない。この部分だけ盗用しなければならない理由はないような気がするし。しかも似たようなところがほかにも何ヶ所かあるんです」

「似た部分がですか？」

「ええ。ここと同じように、偶然似た、っていうには不自然な箇所がいくつも。そして、たぶんこのことに関係しているんだと思うんですが、宮坂さんは、この作品の掲載を取りやめてほしいという手紙を編集部に送ってるんです」

「で、どうなったんですか」

「手紙はどうやら亡くなったあの日に投函されていたようで、編集部の方でも迷ったらしいんですが、宮坂さんが自殺だということを知って、本人の意思を尊重することにしたそうです」

「じゃあ、掲載されなかったんですね」

「そのようです。雑誌の発売自体はあさってらしいですが」

「そうですか……。でも、なんだか……。変な話ですよね、全体に」

「ええ。それほど必要とも思えないのにあからさまに人の作品を盗用して、受賞したら掲載をやめてくれ、と言う。ほかにいくらでもやり方はあったと思うんですけどね。でももっと変なことがあるんです」

「もっと変なこと？」

「ええ。実は、この緑さんのパソコンのなかにはいってるんですが、広瀬透が緑さんに送ったメールのなかに、緑さんの文章をすごく誉めている部分があったんですね。今度自分の小説で使わせてもらいたい、って。それが、アルファベット・ビスケットが出てくるエピソードらしいんですよ」

「アルファベット・ビスケットって、この文章に出てくる？」

「そうなんです」

「それって見られますか？」

「いや、それが、実はまだ見つけてないんです。緑さんのサイトの『alphabet biscuits』っていう断章集、とにかく量が多くて。筋書きがあるわけでもないんで、いっぺんには読めなくて、途中で投げちゃったんですよ。もう一度調べなきゃと思ってたんですが」

「でも、もし、広瀬透の小説のこの部分が、ほんとうに緑さんのエピソードを借用したものなんだとしたら、宮坂先生は緑さんのエピソードを自分の小説のなかで使ってしまった、っていうことになりますよね」

「偶然にしてはできすぎている気もしますが……」

「まあ、でも、緑さんが広瀬透のファンだったなら、広瀬透の本も家にあったでしょうし、宮坂先生がそれを目にすることはあったんじゃないですか」

「なるほど。宮坂さんは広瀬透の小説を何ヶ所か盗用した。そのなかに緑さんが提供したエピソードがたまたまはいっていた、ってことですね。でも、そんな偶然って……」

「宮坂先生は、それが緑さんのエピソードだって気がつかなかったんでしょうか」

「どうなんでしょう？　エピソードはどれも書いた人を特定できるようなタイプのものじゃないし、パソコン嫌いの宮坂さんが緑さんのホームページを見てたとは思えないし。やっぱり知らなかったんじゃないですか」

＊

ひとりでこたつにはいっている。海生はゆっくりとあたりを見回した。なつかしい畳の匂い。天井の木目と、和風のシェードのかかった蛍光灯、まるい火災報知器。こたつの上にはみかんとビスケットとマグカップ。

ここはむかしの家だ。母親が学校から帰ってくる前らしい。わたしはひとりでテレビを見ている。さびしい。お母さんがいないせいだろうか。

そうじゃない。部屋の真ん中に暗い穴みたいなものがぽっかりあいている。穴はどんどん広がって、部屋全体を埋め尽くしていく。

きらきらいろいろな色に光る画面と、騒々しい声。だんだん画像が模様にしか見えなくなり、流れてくる言葉の意味がわからなくなる。

マグカップの紅茶のなかに、蛍光灯の輪っかが映る。ゆらゆら揺れる光の輪。わたしはそれをじっと見つめる。輪っかは見えなくなり、自分の顔がぼんやりと映る。顔。

自分の顔が泣いているのがわかる。ずるずると水面に引き込まれていきそうになる。暗い海みたいな、うねり。きっとここには底がないんだろう、と思う。

暗い、暗い、暗い。ここにはだれもいない。わたしひとりっきりだ。どこにもつかまるところなんてなくて、ひとりで宙に浮いている。

遠くからなにかがやってくる。それはものではなくて、単なる重いうねりだ。ものがやってくるのではなくて、なにもない、ということが、繰り返し繰り返し、波のようにやってくる。

身体のあちこちがどこもかしこもすっぱりと切り落とされているような気がする。つかまるところがないんじゃない。わたしにつかまるための手がないのだ。そして切り口から、あの重い波みたいなものが染み入ってくる。

外に出たいよ。

海生の口から声が漏れる。

あー、どこかあったかいところ。だれかに会いたい。それで抱き締めてもらいたい。なんか、寒いよ。お母さん……。

寒い。海生はいつのまにかどこかに横たわっていた。

風が吹きつけてくる。

ここはどこだろう。外みたいだけど……？　背中がごつごつする。どうやら、下はコンクリートらしい。

ここは……、屋上だ。あたりを見回して、海生はようやく気づいた。もう空は暗い。

さっき……。だれかと会った。絢先輩……。そうだ、絢先輩は……？

海生はあたりを見回した。わたし、なんでこんなとこに？

なんだかわからないけど、なんか怖い。海生の額に冷や汗が浮かんだ。

またたれか学校で死ぬ。屋上で見つかった文字の噂が頭に浮かぶ。

双葉……。海生は胸ポケットのなかの携帯に手をのばし、素早く携帯を操作した。

＊

もう一度ひとりになって、双葉はため息をついた。

たしかに、絢先輩のサイトのことを知ってる人はほかにもいたかもしれない。

まず、紫乃先輩はまちがいなく知ってる。紫乃先輩が宮坂に話すとは思えないけど、まったく可能性がないわけじゃない。

それに、紫乃先輩がうっかり別のだれかに話したっていう可能性もあるよな。

たとえば桑元先輩とか。

桑元先輩か……。考えてみれば、あの人もアヤしいよなあ。基本的に性格悪いし、江崎先輩のこともよく思ってない。杉村先輩のことで、江崎先輩のこと恨んでたのかもしれない。それで、その復讐のために江崎先輩を殺した。だから、杉村先輩と同じ屋上から突き落とした……。

あれ、でも待てよ。桑元先輩は、江崎先輩が亡くなったときは旅行に行ってたんだっけ。じゃあ、たとえば交換殺人とか？　だれかが桑元先輩のかわりに江崎先輩を殺し、そのかわりに桑元先輩が宮坂を殺す……。

いかんいかん、なんだか混乱してるぞ。それじゃ、あのメモは？　交換殺人はふたつが無関係に見えるから成り立つんだ。わざわざメモでふたつの事件を結んだり、同じ屋上から突き落とすなんておかしい。

とりあえず、杉村先輩の事件まで話を広げるのはやめて……。

もっと整理して考えよう。可能性は四つだ。江崎先輩も宮坂も自殺、江崎先輩が他殺で宮坂は自殺、江崎先輩は自殺で宮坂は他殺。そして、江崎先輩も宮坂も他殺。

このうち、ひとつめだったらそもそも犯人というものは存在しない。でも、メモや小説の意味がわからない。

もしふたつめだとしたら、たぶん江崎先輩殺しの犯人は宮坂だ。この場合、メモを書いた人は宮坂が犯人だって知ってて、宮坂を精神的に追いつめたということだ。

そしてみっつめ。だれかが宮坂を殺した場合。メモを書いた人と、宮坂を殺した人の目的は同じだ。宮坂の罪を告発すること。

ともかく、宮坂を陥れようと思っていただれかがいることはたしかだ。そのだれかは、江崎先輩と宮坂を憎んでいた……。いや、宮坂を陥れるのが江崎先輩のための復讐だったとすれば……。江崎先輩を慕っていた人、という可能性も……。

海生は？

どこかからその考えが浮かんで、一瞬、ぎょっとして、すぐに笑った。ありえない。あのおっとりした性格。あれほど殺人に似つかわしくない人間もめずらしい。

でも、よく考えてみると、条件的にはぴったりなんだ。海生は、江崎先輩のこと尊敬してたわけだし。絢先輩のサイトの話だって、知らないふりをしてただけかもしれないし。

でもなあ。どう考えても海生に人殺しは無理だろう。

でも、もしかして二重人格だったりして。海生のなかのもうひとつの人格が、すごいシリアルキラーだったりして。

笑える。

双葉はため息をついた。そんなのがありだったら、あたし自身が二重人格で犯人だって可能性だってあるわけだ。もうひとりのあたしが江崎先輩のことを知ってて、それで……。

突然、カバンのなかの携帯が鳴った。双葉はびくっとした。メールの受信音だ。双葉はすばやく携帯を開いた。海生からだ。

海生はたしか部活に出て……。

あっ。あたし、一度学校に戻るから待ってて、って海生に言ったままだった！

「おくじょ」

画面にはそう表示されていた。

おくじょ？　屋上……？。その一言だけだ。

どういうことだ？

屋上……。江崎先輩や宮坂が死んだ場所。

屋上に来い、ということか？

しばらく待ってみたが、次の着信はない。

まただれか学校で死ぬ。急に屋上に書かれていたいたずら書きの噂を思い出した。なんだかイヤな予感がする。

とにかく、行かなきゃ。双葉は上着を羽織って部屋を出た。史明が居間のソファに寝転がってポテトチップを食べながらテレビを見ていた。

「ちょっと出かけてくる」

双葉は史明にそう言って、玄関に行った。

「出かける、ってどこ行くんだよ」

「いや、そもそもまだ帰ってくるつもりじゃなかったんだ。途中で寄っただけなんだよ」

「なに言ってんだ？　もうちょっとわかるように」

史明の言葉を最後まで聞かず、双葉は家の外に出ていた。

＊

少し離れたところにだれかいる。

だれ？　海生は目を凝らした。

おくじょ、そこまで打ったところで、そのだれかが振り向いた。海生はとっさにメールを送信し、電話を隠した。

絢先輩？　さっきの廊下での出来事がぼんやり頭によみがえってくる。

だが、そのだれかは、絢ではなかった。

橋口さん。

近づいてきて、海生はそれが野枝だと気づいた。

顔をあげようとしたとたん、頭がきりきりっと痛んだ。野枝の足がとまる。屋上には、ほかにだれもいない。

橋口さん……。野枝は少し離れたところに立ち止まったまま、近くに来ようとしない。頭がくらくらして、海生は思わず目を閉じた。

頭のなかに、ぼんやりと野枝の顔が浮かぶ。こっちをじっと見ている顔……。

ああ、あれは橋口さんじゃない……。絵だ……。

絵に描かれた女……。海生の頭のなかで、しだいに像が結びはじめる。

秋の文化祭のために野枝が提出した、人物の油彩。その絵を見た瞬間、中津も部員も、みんな思わず言葉を失った。題はなかったが、だれもが自画像だと思った。極彩色の画面に、野枝そっくりの女が描かれていた。

入部したときは決して上手とは言えなかった野枝の絵は、一学期のあいだに急に上達した。

たぶん夏くらい、梨花子が死んだあたりからかもしれない。絵に奇妙な魅力と迫力が出てきた。見る人が吸い込まれてしまいそうになる、吸引力。その力がどこから出ているのだろう、と考えていて、急に、目だ、と思った。その絵のなかの女の目の深み。それが人を吸い寄せるんだ。

じっと見ていると、目に吸い込まれそうになる。同じ中学生、しかも下級生が描いた絵に、こんなふうに揺るがされたことはなかった。でも、江崎先輩の絵に感じたのとはちがう。もっと、なんだかなまなましい、血みたいなものを感じさせる。

ちょっと、怖い。海生はそう思った。

あれは、なんだったんだろう……。こっちを見ている、というのとちがう。あの目が、自分の目のような気がする。自分を見つめる自分の目が外に飛び出してしまったみたいな……。

*

「ところで高柳先生、電話では、新木さんたちが持ってきた原稿は、宮坂先生の小説になんの関係もなかった、っておっしゃってましたよね?」

高柳がパソコンを開こうとしたとき、岩田が言った。

「ええ。あの文章も、あれに似た文章も一行も出てきません。だから、こういう可能性もあると思ったんです。噂を広めたりしたのは、すべて新木たちの仕業なんじゃないか」

高柳は手をとめて、そう答えた。

「ええっ、まさか。それに、なんのために？　なぜそんなことをするんです？」

「それはよくわかりませんけどね。もしかしたら、噂を流したのは、ほんとうに江崎と宮坂さんがつきあっていたことを知っていて、告発するつもりだったのかもしれない」

「それでわたしのところに持ってきたと？」

「さあ。でも、少なくとも、あの子たちが主張してるようなことはないんじゃないですか？」

「そうですよね。殺人、しかも学内に犯人がいる、なんて。そんなことはありえないですよ」

「俺も、いろいろ調べていて、俺の宮坂さんに対する印象は、もしかして少しまちがってたのかもしれない、って思ったんですよ。逆だったんじゃないか、って。宮坂さんは思い込みが強い人だった。だからこそ死ぬってこともあるんじゃないか、って」

高柳はため息をついた。

「やっぱり、自殺だったのかもしれないな。緑さんの死んだ理由、それと広瀬透……。宮坂さんの死んだ理由は、そのあたりのことが大きいと思いますよ。まあ、江崎ハルナはたぶん本質的には関係ないいんじゃないんですかねえ？　あれはたぶん単なる自殺で……、あれっ？」

話の途中で高柳は声をあげた。

＊

なんで、野枝がここにいるんだろう？

記憶がよみがえってくる。さっき、美術室の前の廊下で野枝に会ったのだ。真っ暗な廊下で。

野枝は笑いながら言った。海生は急にその顔がだれかに似ているような気がして、わけもわからず怖くなった。

だれかにすごく似てる……。野枝を見ながら、海生はまたそう思った。だが、それがだれだったかよく思い出せない。海生は身体を起こそうとした。

海生が動いたのを見て、野枝が近づいてきた。

「西山先輩」

野枝がしゃがんで言った。

「橋口さん。わたし、なんでここに？」

海生は無理矢理愛想笑いを浮かべたが、野枝にはなんの反応もない。

「わたしが連れてきたんです」

野枝は冷静にそう言って、薄笑いした。

「連れてきた？」

「ええ、背負って。いくら軽い西山先輩でもここまで背負ってくるのはけっこうたいへんでしたよ」

「絢、先輩は……？」

「さあ。たぶん、あの場所でまだ眠ってるんじゃないですか？」

頭がぐらぐらする。眠ってる、ってどういうこと？

「邪魔だったんです。なにも知らないくせにうろうろと。わたしは西山先輩とふたりきりで話したかったので」

ふっと目の前の野枝が笑った。その顔がにじんで、まただれかの顔とだぶりそうになる。すうっと怖くなる。

だれ？　この顔……。だれだったっけ？

「西山先輩、読んだんですか？」

「読んだ、って、なにを？」

「宮坂の小説です」

「え？」

海生は硬直した。

「なんで？　なんで橋口さんがそのこと……。知ってるの？」

海生は口をぱくぱくさせながら答えた。

「見たんですね？」

野枝は押しかぶせるようにもう一度質問した。

「う、うん。全部じゃないけど……」

海生は野枝の勢いに押されていた。怖い、と海生は思った。いつもの野枝と全然ちがう。突き刺してくるような目。突然、頭のなかにあの絵の目が浮かんだ。

「お節介ですね」

野枝は吐き捨てるように言った。

「え？」

「わかりもしないのに、首を突っ込むのはやめてください」

「なに？　そんなこと、なんで橋口さんが言うの？」

海生は混乱していた。宮坂の小説のこと、なんで橋口さんが……。それに、お節介って？　考えようとすると、また頭がきりっと痛んだ。

「なんで？」

野枝はくすくす笑った。そして、一瞬後、表情を変えて海生を睨んだ。

なんかまずいことになってる。海生はとっさにそう思った。

「どうして見たんですか。あんなひどい……。あれはハルナ先輩とはなんの関係もない。宮坂が勝手に書いたんです」

野枝はそう言って海生に詰めよった。

「ハルナ先輩はね、わたしだけを特別に思っててくれた。先輩のことわかってるのはわたしだけだって、ハルナ先輩も、わかってた……」

野枝の目がおかしいのがわかる。どうなってるの？　どうして橋口さんがそんなに江崎先輩のことを親しそうに呼ぶんだろう？　中一の橋口さんが、江崎先輩を知ってるはず、ないのに。

「橋口さん、どうして、江崎先輩を知ってるの？」

「ねえ先輩、あの文章、どこで読んだんです？」

野枝は海生の問いを無視して、そう訊いてきた。海生はぐっと黙った。

「どこで読んだんですか」

海生は目をそらした。

「言いなさい」

野枝はそう言って海生の肩をぐっと揺すった。意外なほど力が強い。肩に爪が食い込んでくる。

「江崎先輩の、部屋」

海生は弱々しい声で答えた。

「どうしてハルナ先輩の部屋に……？　いつ？」

「日曜日。双葉といっしょに……、江崎先輩の家に行って……」

「それで、ふたりで部屋を勝手に荒らしたんですね」

野枝の目がすぐ近くにあった。あの絵の目。暗く、激しい。引きずり込まれそうになる目。

「偶然、クロッキー帳のなかから出てきたんだよ」

「同じことでしょ。あなたはハルナ先輩のことなんか考えてない。好奇心むき出しで、無責任な噂を流してるだけです」

野枝の口調は冷ややかだった。

「ちがう……」

「のぞき屋ですね」

野枝はバカにするようにそう言った。

「ちがう……」

「どうちがうんです？」

「じゃあ、橋口さんはどうしてあの文章のことを知ってるの？」

「ハルナ先輩が見せてくれたんです。きっと辛くて、だれかにどうしても話したかったんだと思います」

「江崎先輩が？　ねえ、橋口さん、いつ江崎先輩と話したの？」

「だから何度も言ってるでしょう、わたしだけがハルナ先輩にとって特別だったんだって。わたしとハルナ先輩は、絵でつながっていたのよ。だれにもそんなのわかりっこない」

「でも江崎先輩は今年……」

野枝が海生の頰を打った。

「なにも知らないくせに」

野枝はまた笑った。

あっ。そのとき急に海生は気づいた。野枝は江崎ハルナに似ているのだ。心臓の鼓動がどんどん速くなってくる。

どこが似てるんだろう？　海生は呆然と野枝を見た。よく見ると、背格好も、顔のパーツも並び方も似ている。ただ、表情の作り方がちがう。だから気がつかなかったのだ。きのうまでは。

今はちがう。今の野枝は、笑い方が江崎先輩とそっくりだ。いつもいっしょにいると表情まで似てくる……そんな感じの似方だった。

野枝は江崎先輩とどこかで頻繁に会っていたのだ。海生はそう直感した。

「わたしの絵のこと、わかってくれたのは江崎先輩だけだった。江崎先輩の絵のことだって、わたし以外の人が理解していたとは思えない」

「わたしだって、江崎先輩の絵はすごいと思ってたよ。それに、橋口さんの絵だって……」

「なに言ってるんですか？」

野枝は鼻で笑った。

「くだらないこと言わないでください。あなただって、笑ったでしょう？　わたしの最初のデッサンを見て」

「え……」

「わたしの絵を見て、みんな笑った。あなただって笑ってた。忘れたとでも思ってるんですか」

海生は黙った。杉村先輩が野枝の絵を笑った。桑元先輩と紫乃先輩も笑った。ほかの人の笑い声も聞こえたかもしれない。

自分が笑ったかどうか覚えていなかった。でも、笑ったかもしれない。それに、少なくとも、みんなが笑ってたのを咎めなかったじゃないか。

「別に、今さらきれいごとなんて言わなくてもいいんですよ。仕方がないですよ、下手なものを下手だって思うのは」

「わたしは……」

海生はぐっと唇を噛んだ。

「いいじゃないですか。感じた通りに振る舞うのは、別に恥ずかしいことじゃないですよ」

「ごめんなさい。でも……」

「でも、なんですか？　あとで反省した、ですか？」

海生は黙った。

野枝は笑った。

「あなたは笑ったんですよ、あのとき」

「最初は……」

海生がそう言いかけたとたん、野枝は笑った。

「だから、いい、って言ってるでしょう？　なに今さらいい子ぶってるんです？」

野枝の顔が近づいてくる。似ている。海生はついじっと野枝の顔を見つめてしまう。似ている、江崎先輩に。でも、一年生の橋口さんが、どこで江崎先輩と知り合ったんだろう……。

「橋口さん……、江崎先輩のこと好きだったの？」

野枝は笑った。

「もしかして、橋口さん、宮坂のあの文章のせいで江崎先輩が死んだ、と思ってるんじゃない？」

「宮坂なんて死んで当然です」

「まさか、橋口さん、宮坂を……」

海生の声はふるえていた。

「わたしは、死んで当然、って言っただけです」

野枝がそう言うのを聞いて、海生は身体がふるえた。

心臓がどくどくいっている。

宮坂は飛び下りたんじゃない。突き落とされたのだ。それなら、飛び下りた場所がちがうことも説明できる。

野枝がうしろを向き、屋上の柵の方に向かって歩いていった。

「そう。ある意味では宮坂のせいでハルナ先輩は死んだ。でも、それはあなたが思ってるような意味ではないですよ」

柵に寄りかかって、遠くを見たまま野枝が言った。

＊

「あれ、新木じゃないですか？」

高柳は言った。ガラス越しに、見覚えのある女子生徒が歩道を歩いていくのが見えた。新木だ。かなりの速足で学校の方に向かって歩いている。

「ほんとですね」

「どこに行くんだろう？」

高柳は言った。

「さあ、学校でしょうか?」

「あの方向だと、たぶん……。でも、今ごろなんで……?」

「そうですね」

「なんにしても、ちょっと注意した方がいいかもしれないな」

「まあ、今回の件についてもいろいろ訊いてみた方がよさそうですしね」

ふたりは店を出て、双葉のあとを追った。

＊

「ハルナ先輩はわたしが殺したんです」

野枝は無表情だった。

「橋口さん」

「殺そうと思ったわけじゃない。わたしは振り返ってほしかっただけなんです。わたしの方を。もう一度、やさしいハルナ先輩の目を見たかった。あの目で見てもらいたかった、ただそれだけだった……」

野枝は嚙み締めるように言った。

「ハルナ先輩は、死ぬなんてなんでもないって言って……。笑って、どんどん屋上の縁の方に歩いていった。先輩の目が見えないのは知ってました。だから、ロープをはずしたんです。ロープがなければハルナ先輩がそのまま気づかずに落ちていくってわかってたから」

海生は息を呑んだ。ロープをはずした……。工事中の、柵がないことを示すロープを……。

江崎先輩はそこに向かって歩いていった。

「どうして……」

「あんたなんかにわかるわけないでしょう。わたしは、好きだったんですよ。ハルナ先輩のこと。だれよりも。ハルナ先輩自身よりも。わたしはハルナ先輩になりたかった。ひとつになって……。でも先輩はそれを拒んだ。だから……」

海生は野枝に駆け寄った。

「それは事故よ。少なくとも過失……じゃないかな？　でも、もしそう思うんだったら、正直にみんなに話して……」

そう言ったとき、海生の顎が柵にぐっと押しつけられた。

「そんなこと、するわけないでしょう」

一瞬、なにが起こったのか海生にはわからなかった。頭を動かせないまま横目で見ると、野枝の目が光っていた。

「なにするの」

そのままの姿勢で、野枝が海生のわき腹を押してくる。柵にぐいぐい押しつけられる。

「あなたになにがわかるんです？」

「なんで……」

「死ぬのなんて簡単よ。高いところから飛び下りちゃえばいいんだから」

野枝は言った。海生はびくっとした。それがハルナの声に聞こえたのだ。

「やめて……」

海生はそうつぶやいたが、野枝はそれには答えず、さらに海生の喉にぐっと手をかけた。

苦しい……。

首を押さえられながら、海生はぼんやり思った。ここは……。宮坂が飛び下りた場所に近い。ほんとうに野枝が宮坂を突き落としたんだろうか。今と同じように……。

柵から首がはみだす。地面が見えた。高い。びゅうう、と風の音がする。下の階の窓が、がたっと音をたてた。

下の階……。この下は、図書室だ。図書室？　宮坂は、ほんとうに屋上から落ちたのか？もしかして、図書室でなにかあって、図書室の窓から……？　だからこの場所だったのか……。

「宮坂先生、屋上から自殺したみたいに見せかけてたけど、ほんとは図書室の窓から突き落とした……。そうでしょ？」

海生がそう言うと、野枝は一瞬手をとめ、笑った。ハルナそっくりだった。

「あんなヤツ、死んで当然なんですよ。ハルナ先輩を汚して」

「でも、だからって、だれにも殺す権利はないでしょう」

「殺す権利？　なに言ってるんですか。じゃあ、宮坂には生きてる権利があるんですか。ハルナ先輩のこと汚す権利があるんですか。権利なんてない。みんな動物みたいにやりたいことをしてるだけです。生きてる権利なんてない、わたしたちはただ生きてるから生きてる、それだけですよ」

「でも……」

「ついでに、あんたに、ハルナ先輩を心配する権利なんてない。ハルナ先輩のことわかってるのはわたしだけです。あのときだって、ハルナ先輩が戻ってきてくれたから」

「あのときって？」

「宮坂と図書室にいたときですよ。あのとき、ハルナ先輩は戻ってきてくれた。わたしを守るために帰ってきてくれた」

野枝が海生の首をつかんでぐいぐい押した。苦しい。

「何、言ってるの？　そのとき、もう、江崎先輩は、死んで」

海生は切れ切れに言った。野枝は笑った。

「宮坂を殺したのはね、ハルナ先輩なの。いい？　ハルナ先輩は戻ってきてくれた。それが証拠よ。ハルナ先輩とわたしの絆の証拠。あのとき、わかった。やっぱりハルナ先輩は、わたしのことだけ想ってたんだって」

野枝はしあわせそうに笑った。怖い、と海生は思った。力が抜けてしまっていた。肩が柵の向こう側にはみだし、上着がこすれて脱げそうになっても、海生は野枝のなすがままになっていた。

空が見えた。真っ暗な空。星もなにも見えない。野枝は力の加減を知らなかった。海生の首を片手で押さえたまま、脚をつかもうとする。海生は、このまま落とされるのかもしれない、と思った。

首をつかまれて、海生は苦しくて呼吸ができなくなる。気が遠くなる。このまま死んでもいいのかもしれない。

＊

「ハルナ先輩。あのとき、わたしわかったんです。ハルナ先輩はわたしを守ってくれた。ハルナ先輩はやっぱりわたしのこと想ってくれてたんだ、って」

「あのときっていつ？」

遠くからハルナ先輩の声が聞こえた。

「宮坂を突き落としたときです」

「わたしは関係ないわ。あなたがひとりで全部やったの。宮坂を殺したのはあなたよ。だって、わたしは存在しないんだから」

「嘘」

「だってわたしはもう死んだのよ。わたしは宮坂のこともあなたのこともなんとも思ってなかった。宮坂は、あなたが勝手に殺したのよ」

「そんな……」

「いいじゃない。あなたにはできるってことよ。なんでもね。ひとりで、なんでも。わたしはね、いないのよ。もうどこにも」

＊

遠くに、小さくかすかな光が見えた。ぼんやりと丸い光。そのなかに映る景色。

どこかから子どものころの自分の声が聞こえてくる。

「どうして、写真って写るの？」

あれは、引き伸ばし機の光だ。海生はそう気づいた。

いつも酢のような匂いがする部屋。父親がいないとき、ひとりで暗室のなかにはいって、真っ暗にしてみたことがある。そして、足元のペダルを踏んだ。黄色く暗い光がつき、机の上に丸い光が落ちた。

丸い光のなかは、ぼんやりと白黒の斑《まだら》になっていた。海生は背伸びをして、引き伸ばし機をあちこちさわった。うしろの支柱についていたツマミをひねると、光の斑の様子が変わった。急に像のようなものがあらわれ、すぐにまたぼんやりして消えてしまった。

海生はもう一度ツマミを調節した。像がはっきりしてくる。どこかの景色だった。海生が見たことのない……。だが、景色がどこかとか、そんなことは気にならなかった。ただ、不思議だったのだ。

どうして像が写るのか。光のなかにどうやって像が閉じこめられているのか。あの丸い光のことは、ずっと忘れられなかった。それが引き伸ばし機というものだと知ったのは、中学にはいって、写真部の部室を見せてもらったときだ。

丸い光のなかに、自分がいるのが見えた。自分と、ほかの人影……。あれはお父さんとお母さんだ。

おかしいな、と海生は思った。お父さんとはもうずっと会ってないのに、写真のなかの自分は今の自分で、お父さんとお母さんだけ若いのだ。

これじゃあ、親子っていうよりきょうだいみたいだ。海生はふっと笑いそうになった。

そのとき、後頭部に衝撃が走った。

「痛い!」

海生は思わず叫んだ。

*

「うそー」

野枝が叫んでいる。海生の両肩をつかんで、頭を力一杯がしゃんがしゃんと柵にぶつける。

「やめて、やめて」

海生はやみくもに手を振り回した。

「助けて」

無意識に、海生は手足をばたばたさせて、野枝の髪の毛をつかんでいた。野枝の腹を蹴った。

だが、野枝はびくともしなかった。

「なにやってんの」

急に、どこかから声がした。野枝の肩をだれかがうしろからつかんでいる。

「野枝？　なんであんたが？」

双葉は状況に見合わないマヌケな声を出した。

「なによ」

野枝が海生から手を離し、振り返ってそう叫ぶ。

「どうなってんの？」

野枝は双葉に殴りかかった。

「やめなさいよ。あんた、なに考えてんの」

野枝の手をかわし、あわてたように双葉が言った。

「双葉」

海生がくずおれながらうめいた。だが、答えはなかった。野枝が双葉の腕をつかんで、もう一度手を振り上げていた。

「いったいなんのつもりなの」

双葉はそう言いながら、野枝の手を振り払おうとした。

「あんたなんか。あんたなんか、なにも知らないくせに」

野枝が叫んで双葉の頬を叩く。

「やめて」

海生が叫んだ。

「なにすんのよ」

双葉は頬を押さえながら、野枝の腕をつかもうとする。野枝はうしろに身体を反らして双葉の手をよけてから、両手で力一杯双葉を押した。

「きゃあっ」

双葉は尻餅をつく。野枝は双葉に殴りかかった。

「やめて、やめてよ」

海生はうしろから野枝の足首をつかむ。野枝は腕を振り回し、双葉を殴り続けていた。海生は両手で野枝の脚にしがみついた。双葉は両手で頭をかばっていたが、やがてぐったりした。

「双葉、双葉！」

海生は叫んだ。双葉はうなったまま動かない。野枝は海生の顎を蹴った。海生は一瞬うしろにのけぞったが、すぐに身体を起こした。

「醜い、醜い。なんでそんなにまでして生きたいの。バカみたい。なにが楽しいの」

野枝はそう言って、上から海生の髪を引っ張った。うしろ向きにし、海生の背中を押す。

「わたしは、こんなところにいたくない、こんながらんどうな、なにもない、ただどろどろした沼みたいな……」

野枝は泣き出していた。海生の顔を、もう一度柵にぐっと押しつけた。

「ハルナ先輩。どうして……」

海生は目を開いた。ぼんやりした視界のなかで、双葉が倒れている。

双葉……。

海生は身体をひねって、腕を振った。手が野枝の頬にあたった。野枝の身体が横にぐらっと傾いた。

「やめなさい」

出口の方から声がした。振り返ると、高柳と岩田が息を切らして立っていた。

＊

屋上に新木が倒れている。服も髪もぼろぼろの西山が、それを助け起こそうと近寄っていく。

どうなってるんだ？　高柳は首をひねった。もうひとり生徒がいる。あれは……？　どうやらあの子が新木や西山に暴力をふるっていたらしい。自分の仮説とはちょっとちがう展開になっているようだ。

「君は……」

高柳は三人目の子に向かって話しかけた。

「どうしたんだ？　なんでこんなことを……？」

「橋口さん、宮坂先生が、江崎先輩を汚した、って言って……。だから許せなかった、って。わたしたちも、そのことといろいろ調べたりしてたから」

西山が必死に、しどろもどろの口調で訴える。

「どういうことだ？」

「宮坂先生が、小説を書いていたんです。江崎先輩をモデルにして」

「その小説のことは知ってる。岩田先生に見せてもらった」

「ああ……。橋口さん、江崎先輩のことが好きで。だからあの小説を書いた宮坂先生を許せなくて、それで宮坂先生を……」

そこで言葉に詰まった。

西山はなにを言ってるんだ？　まさか。まさか、この子が宮坂さんを殺した、って……？　まさか。そんなことはありえない。

「わたしたち、そのことといろいろ調べてまわってたから、だから……」

待て、待て。この子たちはみんな、とんでもない勘違いをしてるぞ。宮坂さんの原稿を、あれだと思ってる。新木も西山も、この橋口と呼ばれた生徒も。

でも、それは勘違いなんだ。まず、そのことを伝えないと……。

「その小説っていうのは、これのことだろう？」

新木たちが持ってきた原稿をカバンから出す。橋口が原稿を引ったくった。すごい勢いで目を動かし、原稿を凝視している。

「あのな、でも、宮坂先生の小説は、これじゃないんだ。きょう出版社に行って、見せてもらってきた」

「嘘」

「ほんとうだよ。宮坂先生が賞に応募した原稿はこっちだ。これには、この紙に打ち出された文章はひとつも使われていない」

そう言って、宮坂さんの原稿を渡そうとした。

「嘘。わたし……。聞いたんだから」

橋口は、受け取ろうとしなかった。どこか遠くを見つめたまま、ぴくりとも動かなかった。

「少なくとも、賞を取った原稿はそれじゃない。海音社にワープロの手紙を出したのは君なんだね。でも君が掲載をとめようとした原稿はそれじゃなかった。宮坂先生の原稿には、ハルナという名前も、それと似た人物も出てこない」

「じゃあ、この原稿はだれが書いたっていうの？」

橋口は、原稿を握りしめて言った。

「それはわからないが……。でも、たとえ、宮坂先生が書いたものだったとしても、宮坂先生はその原稿を投稿なんかしてないんだ」

そう答えたが、橋口は黙ったままだった。

「多分、宮坂先生はそんな原稿、知らないと思う」

突然、うしろから声がした。声の主は西山に上半身を抱え起こされた新木だった。

「それを書いたのは、絢先輩よ」

「えっ」

西山が驚いたような声をあげた。

「どういうこと、絢先輩って……」

西山が呆然とした顔で訊ねる。

「絢先輩のサイトに、これとそっくりの作品があるのよ。登場人物の名前はちがうけど……。つまりね、これはだれかが絢先輩の書いた小説の登場人物の名前をほかの名前に変えてプリントアウトしたものなのよ」

「え？　だれが？」

西山は、さっぱりわけがわからない、という顔をしている。

「はじめは絢先輩自身がやったのかと思った。でも今わかった。打ち出したのは、江崎先輩よ。江崎先輩は、絢先輩のホームページでその文章を調達して、名前だけ入れ替えたのよ」

「えっ？　どういうこと？　なんのためにそんな……」

新木は西山の問いには答えず、橋口の方に向き直った。

「野枝、あなた、その原稿を江崎先輩から見せられたんでしょう？　宮坂先生がそれを持ってるところを見たわけじゃない」

新木が言った。

「ハルナ先輩は辛かったの、だからわたしに……」

橋口は、裂けるような声で言った。

「ちがうわね。わかってるでしょう、野枝、あなたは騙されたのよ」

「──なに言ってるの。どうしてハルナ先輩がそんなことするの。ハルナ先輩はわたしのこと騙したりしない」

「どうしてかはわかんないわね。からかうつもりだったのかも」

「ハルナ先輩が変わってしまったのはすべて宮坂のせいなんだ。死んでしまったのだって。わたしはハルナ先輩のことならなんでも知ってる。ハルナ先輩はわたしにはやさしかった。わたしのこと理解してくれた」

「江崎先輩は、たぶん、野枝を完璧にからかうためにほかの人の文章を利用したのよ。自分の書いたものだったら、あとでそれが捏造だった、と言ってもあなたは信じないかもしれない。でも、もとがあればあなただって受け入れざるを得ないでしょう？」

もし新木の言っていることが真実なら、宮坂さんは、江崎が橋口野枝に見せたもうひとつの小説なんて、存在することさえ知らなかったということだ。

橋口野枝は、それを書いたのが宮坂さんだと思い込んで宮坂さんを殺した。宮坂さんは、橋口野枝がなぜ自分を憎んでいるのかさっぱりわからないで死んでいった。

まさか、そんな……。江崎がなにを考えていたのかはわからないが、そんないたずらのせいで、悲劇が起こった、っていうのか？

「なに言ってるのか全然わかんない」

橋口はむっとした声で言った。

「野枝は、江崎先輩がやさしかった、自分だけが江崎先輩をわかってた、って思ってるみたいだけど、自分勝手に江崎先輩のことを美化してただけなんじゃないの？　江崎先輩には、野枝の知らない部分もあったんだよ」

「そんなはずない。わたしが知っているハルナ先輩だけが、本当のハルナ先輩に決まってるでしょう？」

橋口はぱっと柵の方に近づいた。

「ハルナ先輩はここにいる」

柵を背に立ち、橋口は確信に満ちた声で言った。

「なに言ってるの、野枝」

橋口は柵を越えようとした。

「やめて」

西山が叫んで、橋口に駆け寄ろうとした。

それより速く橋口のうしろに回り、腰に手を回す。

「さわらないでよ」

橋口はそう言って、手を振り払おうとした。なんて力だ、と高柳は思った。殴られながら、なんとか橋口を柵から引き離す。

離されてもまだ橋口は暴れて、逃れようともがいた。橋口の手をうしろに回して、しっかりとつかむ。

「離して。越えるんだから。ハルナ先輩、こんな身体、意味ないのに」

橋口はそう叫んでしゃがみ込んだ。

＊

野枝はやってきたパトカーに乗せられていった。美術室の前で倒れていた絢と、海生と双葉は念のため病院で手当てを受けることになり、高柳と岩田は別の車に乗せられて警察に行った。

取調室でも、野枝は、宮坂を殺したのは江崎ハルナだ、と主張し続けていた。

「だからね、君。江崎ハルナさんは、もう何週間も前に亡くなっているだろう？　その亡くなった人が宮坂先生を殺した、って言うのか？」

刑事の遠山が言った。

「だから、ハルナ先輩はいたんです。ハルナ先輩がわたしのことを守ってくれたんです」

「わかった。じゃあ、その幽霊はどうやって宮坂先生を殺したんだ？」

「幽霊……」

野枝はぼんやりと繰り返した。目は窓の外をじっと見ている。

「ハルナ先輩、いたんでしょうか？」

「え？」

「あれは、幽霊だったんでしょうか？」

「だったんでしょうか、って言われても、江崎さんがあそこにいた、って言ってるのは君なんだからね」

「いたんです。でも、ハルナ先輩は、わたしはいなかった、って言った。全部あなたがやったんだ、って、さっき。ハルナ先輩、もう会えない」

野枝はそう言って、うつむいて涙を流した。この子はどうなっているんだろう？　遠山は首をかしげた。

人を殺しておきながら、後悔している様子はこれっぽっちもない。殺した相手にはまったく関心がないみたいだ。この子が気にしているのは、江崎ハルナのことばかりだ。

「じゃあ、ちょっと話を変えよう。あの日、君は宮坂先生と図書室にいた。そうだね？」

「はい。でも宮坂は言い訳ばかりしてた。認めようとしないんです。わたしの言っていることがわけがわからない、って」

「で、君はそれを聞いてどう思ったんだ？」

「醜い、と思いました。いっしょの部屋にいるのだって耐えられない、って」

「で、それからなにがあったんだ？」

「宮坂は、わたしにさわろうとしたんです。だから突き飛ばしました」

「それで？」

「わかりません。わたしも倒れて気を失って……。それで、音がしました。なにかわからない、ききーっていう音が。それで一瞬目が覚めて。そのときハルナ先輩が窓のところに立ってた……」

「顔を見たのか？」

「うしろ姿だったから。でもあれはハルナ先輩なんです。絶対……」

「それで?」

「わかりません。動こうと思ったけど、頭が痛くて。ハルナ先輩を呼びました。でも振り向いてくれなかった。それで、また意識がなくなって……」

遠山は自分がなにを訊こうとしているのかわからなくなってきた。だいたい、死んだ江崎ハルナがあらわれるわけがないんだ。幻に決まっている。

「わかった。それで?」

野枝は黙っていた。

「目が覚めてからどうしたんだ」

「目が覚めて……。ハルナ先輩を探しました。でも、どこにもいなくて……。悲しくてしばらくぼうっとしてました。それから……」

「それから?」

「散らかった宮坂の原稿を全部まとめてカバンのなかに突っ込みました。ハルナ先輩を守らなくちゃって思ったんです」

死んだ江崎ハルナがあらわれるなんてことはありえない。たぶんこの子が自分でやったんだろう。それにしても、これは演技なのか、それとも、ほんとうにおかしくなっているのか……。

遠山は決めかねた。

「わかった。とりあえず、この話はここまでにしよう。で、さっきから君は何度も江崎ハルナさんがあらわれて助けてくれた、と言っているけど、他方、江崎ハルナさんのことも殺した、と言ってるね。それはどういうことなんだ？」

野枝はうつむいた。表情をのぞこうとして遠山が顔を近づけると、野枝はわずかに顔をあげて、じっと遠山を見つめた。

なんだろう、この目は。遠山は一瞬恐れを感じた。空っぽで、無表情だ。

「刑事さん、人が死んでいくとこ、見たことありますか」

野枝は奇妙に平坦な口調で言った。

「そういうことじゃなくてね、矛盾してるだろう？　自分が殺したと言っておきながら、そのあとで江崎さんがやってくる、っていうのは」

「刑事さん、人が死んでいくとこ、見たことありますか」

野枝は遠山の問いには答えず、同じ質問を繰り返した。

「あるよ。それは刑事だからね。何回かは」

遠山は息をついてから、そう答えた。もちろん、死は何度も見た。頑固だな。どうやらこの話をしないと、前には進めないらしい。

「見たんですね。じゃあ、死ぬってわかってて、放っておいたことは？」

「それに近いことは、ある。どうすることもできなかったんだ」

「わたしは、どうすることもできた。でもしなかった。なぜかわかりません。あのときは、ハルナ先輩のことが憎かったからなのかもしれない、と思いました。でも、今はわかる」

そこまで言って、野枝はふっと黙った。なぜか、今まで無表情だった野枝の顔がぱっとかがやいたように遠山には見えた。

「わたしは正しかったんだ、って」

「なにが?」

「わかりません」

「わかるって言ったじゃないか」

「わかったことをすべて言葉にできるわけじゃないでしょう?」

そう言うと、すうっと野枝は黙った。それ以上はなにもしゃべらなかった。

*

岩田が外に出ると、別の部屋で事情聴取を受けていたらしい高柳が待っていた。少し離れたベンチに、うつむいて真っ青になった女が座っている。

「橋口のお母さんです」

高柳は小声で言った。岩田は声を出さずに小さくうなずいた。

「さっき病院から電話があって、あのふたりは、軽いケガだったそうです。手当てをして、家の方が迎えに来て、帰ったということでした。それから、美術室の前で倒れていた藤川も」

高柳はそう言った。

「それはよかったです。どうやら、屋上の落書きというのは、藤川さんがやったみたいです。

宮坂先生のことをあれこれ嗅ぎ回っている新木さんたちが憎かった、って」

「いったい、なにがどうなったんだか……。とにかく、俺がまちがってました。あぶないところだった。でも、まさかあんなことが……」

高柳は額を押さえてうつむいた。

「橋口さん、これからどうなるんでしょうか」

岩田は暗い表情になった。

「わかりません。江崎ハルナが宮坂さんを殺した、って言ってるらしいんです。もしかしたら、精神鑑定を受けることになるのかもしれませんね。すべてもう一度、捜査し直すことになるんじゃないでしょうか」

もう深夜近かった。岩田は、野枝の母親を家まで送ろう、と言った。ふたりで家まで送ると、居間に通された。父親は仕事らしく、まだ帰宅していなかった。

三月五日(火)

＊

「なんだ、これは」

橋口野枝の部屋に捜索にはいった遠山は、思わず声をあげた。野枝の部屋じゅうあちこちに散乱したクロッキー帳やスケッチブック、紙。そのすべてに女の顔が描かれていた。

黒い長い髪の女。

「全部、同じ顔じゃないか」

田辺が首をかしげながらそう言った。

「これは……。例の江崎ハルナという生徒ですね」

遠山はスケッチを一枚手にとり、そう言った。

「あの自殺した生徒か」

田辺はそう言って、気に入らない、という表情で、ふん、と軽く鼻を鳴らした。

「見てくださいよ、ここ」

遠山が田辺を呼んだ。遠山が指さしたのは、部屋の壁にかかった鏡だった。鏡の前に机が置かれ、鏡台のような状態になっている。その鏡の枠に、ぎっしりと写真が貼られていたのだ。

「これも……。江崎ハルナか」

田辺が訊くともなく言った。

「そうです。まちがいありません。学校の方で写真を確認してきましたから」

「ふん」

田辺はまた不満そうに鼻を鳴らした。

ここに来る前、遠山は学校に寄ってきた。図書室のなかを調べ直し、床に小さな血痕があるのを見つけた。それが宮坂のものかどうか、今調べているところだった。

「なんだか気味が悪いな。いくら仲がいいって言ったって。これじゃあ、レズみたいじゃないか。女の子っていうのはこんなもんかね」

田辺が言った。田辺には小学校高学年になる娘がいるのだ。

「さあ、それはなんとも……」

遠山の頭のなかに、取り調べのときの野枝の様子が浮かんだ。人が死んでいくとこ、見たことがありますか？　あのときあの子はそう言った。抑揚のない口調で……。

「うちのも心配になってきたな。どうも女っていうのは、子どものころから別の生きものって感じでな。どうもわからん。女子校なんかにはやらない方がいいのかもしれん」

田辺は鏡のまわりに貼られた写真をぼんやり見ながらそう言った。

「おや、これは？」

鏡の下の机の引き出しをあけた遠山は、そこに奇妙なものを見つけた。髪の毛の束……。

「これは……。かつらだな」

遠山はそれを引っぱり出して広げた。黒く長いストレートの髪がふわっと下に流れ落ちた。

「黒髪」

遠山はそうつぶやいて、鏡のまわりの写真を見返した。

「江崎の髪型と同じです」

「なるほど。これが幽霊の正体かもしれないな」

田辺は興味深げにかつらを眺めた。

一瞬、遠山は寒気がした。

あの子は、ここでこれをかぶって、死んでしまった江崎ハルナと会話していたんだ。かつらをかぶった自分の姿を鏡に映して、たったひとりで。

わかったことをすべて言葉にできるわけじゃないでしょう？　そう言ったときの彼女の自信に満ちた顔が浮かんだ。あの子、なにを言ってたんだろう？　遠山はつかのまそう思った。

そして、さらに、もうひとつの机のなかから、プリントアウトされた手記のようなものが見つかった。

第四章　遺　書

＊

ハルナ先輩は、だれよりもやさしかった……。

今でも、はじめて会ったときのことをはっきり覚えています。あれは、夏休み前、部活の課題で、はじめて立体を作ったときでした。

ベートーベンのデスマスクを粘土で模写する。立体を扱うことで、形や量感を身体で感じるのが目的だ、と先生は言っていました。

ほかの人たちの前には、少しずつ顔の形が浮き上がっているのに、わたしの前の粘土は、いつまでたってもぐちゃぐちゃの塊のままでした。目や鼻のような表面の凹凸を形作っては、うまくいかない、と形をくずしていました。

うまくできなくて、みんなが帰ってしまったあとも、わたしはひとりで美術室に残っていました。デッサンや立体。どうしてわたしだけ、いつもうまくできないんだろう。

正直言って、まわりの人の作品がそれほどいいとも思えませんでした。でも、そのなかでも自分の作品が飛び抜けてダメだということは、自分でもわかっていたのです。美術部なんてやめた方がいいのかもしれない、と思いはじめていました。

外が暗くなりはじめたころ、急に戸があきました。日直の先生だと思いました。早く帰れ、と注意されるものとばかり思っていましたが、いつまでたっても声がしません。

わたしは戸の方を見ました。そこにいたのは生徒でした。高等部の制服。桑元先輩？　わたしはぎょっとしました。でもちがいました。見たことのない人でした。

彼女は、いつのまにか、しずかにわたしのうしろに立っていました。

「もっと大きく見て。このモデルは厚みがない張りぼてみたいな形だけど、象《かたど》ったもとの顔はちゃんと立体だったわけでしょう。顔を作ろうとするんじゃなくて、まず頭だって認識しないと。ほら、横から見ると、頰とか額とかもっと厚みがあるでしょう」

突然そう言ったかと思うと、わたしを像の前からどけて、作りかけの像を、こぶしで思い切り、ばん、と音を立てて叩きました。

わたしはその音に驚きました。

「なにするんですか」

一瞬後、わたしは我にかえってそう言いました。でも、そのときには、彼女は粘土の塊を力強い手つきでこねまわしていました。

「もっと思い切って、大きさを把握して。細かい部分はそれからでいいの」

彼女はそう言いながら、モデルの像を手でなでました。そして、粘土を土台に叩きつけて、その上に、これまでわたしが作っていた像の三倍も四倍も、粘土を盛り上げていきました。こんなに分厚く？　わたしは変に思いながら、いつのまにか彼女の手つきに見とれていました。

顔じゃなくて、頭。急にさっきの彼女の言葉が頭のなかでひらめきました。

彼女は、叩きつけては粗く均《なら》し、また粘土を盛っていきました。ときどき、モデルの像と自分の作っている像を、かわるがわる形を確かめるようになでる。表面がでこぼこのまま、そうやって粗く形を作っていくと、急にそこに人の頭があらわれました。

「あっ」

わたしは思わず叫びました。

「わかった？」

彼女はにっこり笑ってそう言いました。わたしは、あわてて、答えを言葉にすることができないまま、何度もうなずきました。立体というのはこういうことだったのか、とはじめてわかった気がしました。

顔は平面に彫られた凹凸ではなく、頭という球体の上にあるのだ、と。ひとつひとつの造作、たとえば目というものも、頭蓋骨の穴に目という球が埋まり、瞼《まぶた》という皮膚がかぶさったものなのです。

わたしは、ハルナ先輩が作った像の頰に手のひらを当てて、鼻から耳に向かって何度もなでました。手からなにかがじわっと伝わってきて、わたしは感動のようなものを感じました。

「わかったみたいね」

わたしがうなずくと、彼女は笑いました。すごく無邪気で、子どもみたいに見えました。

「じゃあ、もういいわね」

彼女はそう言って、また像を壊してしまいました。

「あー。もったいない」

わたしは思わずそう言いました。

「わたしの作品じゃしかたがないでしょう? あなたはあなたの手で感触をつかまないと」

わたしはしぶしぶうなずきましたが、もったいない、と言ったのはそういう意味ではなかったのです。

わたしはもうすっかり自分の作品のことなんて忘れていました。それより、彼女の手が作り出したもののことで頭がいっぱいだったのです。

彼女の手が作り出したものに手を加えるなんてことはしたくなかった。それがそのままここにあり続けてほしかったのです。

「ほかの部員のはどうかしらね」

わたしが呆然としているうちに、彼女はほかの人の粘土の上にかけられた布を順番にはぎとっていきました。

「見かけだけ似て作れたからってどうにもなんない。これもだめ、これもだめ。なにが楽しくてこんなの作ってるのかしらね。相変わらずクズばっかり。みんなただ単に絵を描いてる自分が好きなだけ」

「あの、あなたは？」

「わたしは江崎ハルナ。あなた、中一でしょう？　去年はいなかったもんね」

わたしはうなずきました。

「ねえ、あなた、このクラブにいて、楽しい？」

「わからない」

「じゃあ、この学校は？」

わたしはまたわからなくなって、首を横に振りました。

「じゃあ、生きてることは？」

わたしは一瞬質問されていることの意味がわからずに戸惑いました。

「よくわからないけど、絵を描いてるときは楽しいです」

わたしは小さい声でそう答えました。考えてみれば、それまでそんなことを考えたことはありませんでした。ただ、そのときは、なんとなくそう思ったのです。

「これまでのデッサンを見せて」

ハルナ先輩に言われて、わたしは画板からそれまでの木炭デッサンを取り出しました。描きはじめたころのものを見せるのははずかしかったけれど、すべて出しました。ハルナ先輩はデッサンをていねいにめくりはじめました。

「あの、わたし、デッサンは得意じゃないんです。あんまり好きじゃないし」

「たしかに変わってるわね。でも、あなたの絵、わたしはけっこう好きよ」

ハルナ先輩の言葉にわたしは驚きました。好き？　こんなへたくそなデッサンが？　意味もわからないまま、うれしくてたまらなくなりましたが、顔には出さないようにしました。

「どういう意味ですか」

「意味もなにもないわ。好きだから好きだって言ったのよ」

「でもわたしの絵、ちっともうまくありません」

「うまいなんて言ってないわ。わたしはただ好きだって言ったの」

「どうして」

「全部あなたにそっくりだからよ」

お腹の中身がぎゅっと下に引っぱられたような気がしました。くるむもののなにもない、むき出しの言い方でした。

「いいじゃない。別に」

ハルナ先輩は、なんでもないことのようにそう言いました。わたしはうつむいたまま黙っていました。

「こんなふうに描ける人いないんだから」

「でも、下手じゃ意味ないです」

「そんなことだれが決めたのよ。いいじゃないの。ほかの人と同じように描くんだったら、なにもあなたが描くことないんだから」

「でも」

「そんなにうまくなりたいの」

「はい」

　とっさにそう答えました。

「バカみたい」

　ハルナ先輩は笑いながらそう言いました。

「え？」

「あなたみたいな人は、もっと描きたいように描けばいいのよ。ほかの人が言うことなんて気にすることない。どうせほかの人は、どんなにうまくなったって、描くべきことなんかひとつも持ってないんだから」

「でも笑われました」

「笑われた？　だれに？」

「杉村先輩」

「梨花子？　あんな低能？　バカなのよ、あいつ。なにもできないくせに、変な自信ばっかあって。ははは。気にするようなことじゃないよ」

「でも、ほかの人だって。桑元先輩だって、有坂先輩だって。みんな笑ってました」

「わかった、わかった。でもそいつらみんなバカよ。わたしがいいって言ってるんだから、それでいいでしょう」

「そんなこと言われても、自分の絵がいいなんて思えない。あまりにもうまく描けないから、もうクラブやめようか、って」

「やめることないじゃない。あなたがやめるくらいだったら、ほかのヤツがやめればいい。どうでもいい絵を何枚も描いて得意になって。あれが絵だと思っているんだから笑わせるわよ」

ハルナ先輩は、杉村先輩の作った像を指でぎゅっとへこませて、笑いました。

わたしはあわててとめようとしました。でも、ハルナ先輩は動じませんでした。表情を変えずにわたしの方を見て、杉村先輩の作品にどんどん指を突き立てました。

「あなたもやってごらんなさいよ。すっきりするから」

「そんな」

「いいから」

ハルナ先輩はわたしの手首を握って、無理矢理わたしの指を杉村先輩の粘土に突き立てさせました。わたしは自分が抵抗していないことに気づいていました。

粘土のぐにゅっとした感触が指に伝わった瞬間、なんだか急に身体のなかが燃えるようになりました。腹がたって、おさえられなくなって、思わず粘土を床に叩きつけてしまったのです。

「憎いんでしょう?」

ハルナ先輩が言いました。わたしは床に落ちてもう形をとどめていない粘土を何度も何度も足で踏みつけました。わたしは声を出して笑っていました。

「悔しかったのね」

ばらばらになった粘土の前に呆然と立っているわたしに、ハルナ先輩はそう言いました。そのとたん、目に涙があふれてきました。

「いいのよ。あなたはそのままで。あいつらが悪いのよ」

わたしはなにも答えられませんでした。涙がどんどん出てきて、胸の奥が熱くなって、ひくひくしました。

ハルナ先輩がわたしの肩を抱いてくれました。

「あなたはこのままどんどん描いた方がいい。ときどき放課後に来て、わたしが見てあげる。だから絵を描くのを続けなさい」

そう言って、ハルナ先輩は美術室を出ていってしまいました。

ばらばらになった粘土に触れると、指がぐっと沈むようになじみ、その感触に吸い込まれそうになりました。さっきまではなかった感触でした。ハルナ先輩の指……。粘土に吸い込まれていくハルナ先輩の指を思い出しました。

わたしはさっきのハルナ先輩のやり方を思い出して、粘土を厚く盛り上げていきました。表面を平面的にたどるのではなく、重い頭という球体を抱えるように。

粘土を指でこねまわしていると、身体と粘土がつながっているような気がしてきました。それを外に押し出します。いつのまにか時間を忘れていました。

夏休みが明けたころでした。杉村先輩が屋上から飛び下りて死んだのです。昼休みのことでした。

そのとき、わたしはたまたま校舎の外に出ようとしていました。どこからか叫び声がして、見ると中庭に人垣ができていました。

わたしもその人垣の方に行ってみました。中心には、人が倒れていました。よく見ると、見覚えのある顔でした。

杉村先輩。わたしは足ががくがくふるえるのを感じました。

あの意地の悪い杉村先輩が……？　死んだ？

わたしはもうこれで笑われなくて済む、と頭のどこかで考えていました。人が死んだっていうのに、ほっとするなんて……。安心した次の瞬間、後悔が襲ってきました。

そのとき、人垣の向こうにハルナ先輩が見えたのです。ハルナ先輩は、わたしを見て、にっこり笑いました。

「もう安心よ」

その笑顔がそう言っているように見えました。

わたしははっとしました。

わかったのです。杉村先輩が死んだのは、ハルナ先輩の仕業なんだと。

ハルナ先輩はわたしを守るために、杉村先輩を殺してくれたのです。

もちろん、わたしはそのことをだれにも言うつもりはありませんでした。ハルナ先輩自身にも。わたしがそのことに気づいていることを告げるのはやめようと。

わたしはそのときそう誓いました。


ハルナ先輩が美術室にやってくるのは、いつも水曜日五時半すぎでした。通常の生徒の下校時間は五時なので、みんなその時間になると帰ってしまいます。わたしはいつもひとりでハルナ先輩を待っていました。

ハルナ先輩は、わたしのデッサンを見ていろいろ指摘をしてくれました。それを聞くと、わたしはいつも見えなかったものが見えるような気がして、ハルナ先輩が帰ってしまったあとも、しばらく夢中で描き続けました。

ハルナ先輩と過ごす時間が楽しかった。生まれてはじめて、だれかに自分のことを認めてもらえたような気がしました。

ハルナ先輩に教わるようになってから、だんだん思う通りに絵が描けるようになりました。石膏デッサンでもなんでも。

そして、人間としても強くなりました。前は怖かった桑元先輩のことももう全然怖くありません。それどころか、自分より全然下のレベルの人だ、と余裕さえ感じました。

でも、それも秋までのことでした。寒さがきびしくなってきたころ、ハルナ先輩は急に変わってしまったのです。

ある日、ハルナ先輩が帰ったあと、わたしはハルナ先輩のあとを追いかけました。できたら、もう少し話をしたいと思ったのです。廊下で、遠くを歩いていくハルナ先輩のうしろ姿が見えました。

ハルナ先輩は、なぜか出口ではなく、南校舎にはいっていきました。変だな、と思いながら、わたしはハルナ先輩のあとを追いました。

ハルナ先輩は階段をのぼって、いちばん上の階まで行ったみたいでした。わたしもあとを追って階段をのぼりました。

こんなところになんの用だろう？　わたしは追いかけていることがうしろめたくなって、でもやめることもできず、足音を立てないようについていきました。

廊下を歩いていくと、図書室のなかから声が聞こえました。男と女が楽しそうに話しています。聞き覚えのある声でした。まさか、と思いました。

戸についた小窓から見ると、なかは薄暗く、電気は消えているようでした。そうっと少しだけ戸をあけて隙間からのぞくと、男と女が抱き合っているのが見えたのです。

ハルナ先輩と……。国語の宮坂でした。わたしはショックでしばらく立ち尽くしていました。

もしかしたら……。

次の瞬間、わたしははっとしました。

待ち合わせていたのかもしれない。いつも、水曜のこのくらいの時間に。生徒がいなくなったこの時間に。

じゃあ、わたしと会っていたのは……。

そんなはずはない、と思いました。そんなはずは。そんなはずは……。

わたしはいつのまにか走ってその場を離れていました。


その次の水曜、美術室にやってきたハルナ先輩に、わたしは思い切って宮坂とつきあっているのか訊ねました。

「そうよ」

ハルナ先輩はなんでもないようにそう答えました。

「別にたいしたことじゃないでしょう。だれだってしてることじゃない」

ハルナ先輩は笑いながら言いました。

「でも、ハルナ先輩はそんなこと望んだわけじゃないんでしょう」

「そうかもしれないし、そうじゃないかもしれない。でもあなたにはそんな立ち入ったことを訊く権利なんてないでしょう」

「でも……」

「だいたい、あなたにはなんの権利もないでしょ。他人なんだから」

ハルナ先輩はそう言って去っていこうとしました。

「待ってください」

「なんで」

「ごめんなさい。もう変なこと訊きませんから」

「訊かないから、どうだっていうの」

「行かないでほしいんです」

「なぜ?」

「だって、わたしハルナ先輩に見はなされたら……」

「見はなされたらなんなの。そんなことごちゃごちゃ言ったって、わたしにはなんの関係もない。面倒なことはまっぴらよ」

息が詰まりそうでした。

「なによ、あなたはなにがしたいの」

答えられずに立っていると、ハルナ先輩は美術室を出ていってしまいました。

その次の週から、ハルナ先輩は美術室に来なくなりました。

年が明けて、ハルナ先輩が事故で入院したことを知りました。わたしは何度も病院を訪ねましたが、怖くて病室に行くことはできませんでした。

ある日、病院の中庭のベンチに座っているハルナ先輩を見つけました。まわりにはだれもいません。わたしは勇気を出してそばに近づき、話しかけました。

「大丈夫ですか。手術は成功したんですよね。よかったです。心配しました」

ハルナ先輩は答えません。

「なにか用?」

冷たい声でした。

「あの、どうしても、わたしが言っていることをわかってもらいたくて」

「なんの話？」

ハルナ先輩は面倒くさそうにそう答えました。

わたしは黙りました。ハルナ先輩もなにも言いません。眼鏡のせいでハルナ先輩の表情はわかりませんでした。

「あの話ならもうたくさんよ。もうわたしにはそんなことどうでもいいの」

ハルナ先輩は顔を動かさずにそう言って、杖を持って立ち上がろうとしました。そして、わたしに背を向けて、杖で探りながら歩きはじめました。

ハルナ先輩は、どうしてあんなふうに簡単に背中を向けるんだろう。わたしは、拒絶されても、こうやって醜くハルナ先輩のあとをついていくしかないのに。

わたしがハルナ先輩を思う気持ちより、ハルナ先輩がわたしを思う気持ちの方がずっと小さいんだ、と思いました。

「待ってください。あの話じゃなくて……」

「なに？　今度はなんの話よ」

「わかってもらいたいんです」

「だからなにを？」

「わたしの気持ちです」

「興味ないわ」

「わたしにとって重要な話なんです」

「あなたにとって重要でも、わたしには関係ないでしょ?」

「でも、わたしの気持ちだってあるんです。それを理解してもらえないと」

「理解するって、いったいなにを理解すればいいの?」

「わたしが言いたいのは、わたしの気持ちのことなんです。わたしは自分の気持ちを伝えたかったんです」

「伝えてどうするの。あなたのことを理解してもしなくても、わたしはわたしで勝手にやる、あなたはそういうことがわかってない。結局あなたはわかってもらいたいんじゃなくて、わたしに言うことをきいてもらいたいのよ」

「でも、五分だけ聞いてください。否定されてもいいけど、理解されないまま否定されるのはいや」

「じゃあ、なんでもいいけどさっさと話したら?」

さっきまで頭のなかにぐるぐる回っていたものが急にきえてしまい、わたしはなにが言いたかったのかわからなくなってしまいました。

足元に目をやると、アスファルトの罅《ひび》がくっきりと際立ち、ずっと深く地面の底まで切り込まれていっているように見えました。

どうしてしまったんだろう。どうしてこんなふうに苦しい気持ちになったのだろう。はじめはただ話ができれば楽しかったのに。

わたしたちの関係ってなんだったんだろう。はじめのときに感じた、受けとめてもらえるかもしれない、という予感はなんだったのだろう。

「わたし、ハルナ先輩になりたかったんです」

わたしはゆっくりとそう言った。

「わたしになる？　なに言ってるの？」

「さびしいんです。ずっと、わたしの身体のなかにハルナ先輩がいる、そんな気がしてたんです。でも今は、ハルナ先輩はわたしとは関係ない他人になってしまった」

「関係ない、って？」

「混じりあえない、っていうか」

「そんなの、はじめから無理に決まってるでしょう」

ハルナ先輩はあきれたように笑いました。

「わたしはわたし、あなたはあなたでしょう？」

ハルナ先輩は、どうしてわたしをひとりぼっちにするようなことばかり言うんだろう。わたしはそれまで、ハルナ先輩と自分が、境界なくつながりあっていると信じていたのかもしれない。でも、ちがったのです。

わたしがハルナ先輩を欲するようには、ハルナ先輩はわたしを欲していない。ハルナ先輩は、そんなもの欲しくなかったのだろうか。それとも、わたしではダメだということなんだろうか。

もしかしたら、わたしは、いままでずっとハルナ先輩を憎んでいたのかもしれない。憎む理由は……。そう、ハルナ先輩がわたしではない他人だ、ということ。そのことが許せなかったのです。

「でも、わたし、ハルナ先輩をもっと理解して、いっしょにいたいんです」

「理解？　理解してどうするの。理解なんてできるわけないでしょう？」

ハルナ先輩は急に激しい口調になりました。

「あなたはわたしになりたいんじゃない。あなたは、わたしに、自分の思う通りに、ううん、あなたになってほしいのよ。それは理解じゃない。あなたはもうひとり自分が欲しいだけでしょう？」

「ちがいます。わたしは、ハルナ先輩といっしょにいたいんです」

「無理よ」

その響きが胸に突き刺さって、わたしはうなだれました。

「じゃあ、ハルナ先輩は、ひとりで生きていけるんですか」

わたしはうつむいたままそう言いました。ハルナ先輩の顔を見ることができませんでした。

「そんなことは言ってないでしょ。でも、自分が望んだ相手が、自分を望んでくれるかどうかわからない。もしお互いに望んでいても、その人とずっといっしょにいられるとはかぎらない。そういうものでしょう？」

「でも、ひとりだけなんです。ほんとうにいっしょにいられるのは、ひとりだけじゃないんですか。全部を受け入れあえるのは、ひとりだけでしょう?」

「だから?」

「ハルナ先輩じゃないとダメなんです。そうじゃなかったら、わたしは生きてる意味なんてないです」

「生きてる意味? そんなの、だれにもないのよ。生きる意味も死ぬ意味もない。人はただ生きて、生きるためになにかして、死ぬ。生きるってそういうことでしょう?」

「ハルナ先輩じゃないとダメなんです」

わたしは泣きました。

ハルナ先輩が、手のひらでわたしを探し、わたしの手首をつかみました。

そして、わたしの首のうしろに手を回して、わたしにキスしたのです。

ふわっと世界がわたしの前に広がって、わたしを包みました。わたしはそのなかに溶けていきそうになりました。

ごめんね、と言う声が聞こえたような気がしました。

まわりの世界なんかいらない。ただ、わたしのなかにハルナ先輩がいてほしい。わたしは息が詰まりました。

目を開くと、ハルナ先輩が泣いているのがわかりました。一瞬後、ハルナ先輩は、わたしの手を振り切って、なにも言わずに行ってしまいました。

あのとき、一瞬だけ、ハルナ先輩と溶けあった気がしました。でも、ハルナ先輩はなにを考えていたんでしょう？　あれは、ハルナ先輩にとってなんだったんでしょう？

二月八日。ハルナ先輩が久しぶりに学校にやってきました。

昼休み、わたしは、ハルナ先輩のあとをつけていきました。ハルナ先輩は、休みのはずの図書室にはいっていきました。わたしは戸のうしろに隠れて話を聞いていました。

「なんでそんな言い方をする？」

宮坂のいらいらした声が聞こえました。

「だって、わたしがいなかったら、書けなかったでしょ、あの小説」

「まさか、そのことで拗ねてるのか？」

宮坂はこもった声で話し続けています。

「でも、教師と生徒が……、っていうのがちょっとまずい、っていうことはわかるだろう？　少なくても今はね……。はいってくるお金だってたいしたことはない……。そのときに君の名前を出すなら……」

宮坂の声が途切れ途切れに聞こえました。なにを言っているんだろう？　小さくて、よく聞き取れませんでした。

「ただ、そんなことがそんなにうれしいんだ、と思っただけ」

急に、ハルナ先輩の高い声が聞こえました。笑い声と混ざっていました。

「いい加減にしろ」

がたん、という音がして、声は急に聞こえなくなりました。

入口の方に足音が近づいてきました。わたしはとなりの視聴覚室にさっと隠れました。

がらっ、と大きな音を立てて図書室の戸があいて、宮坂が出てきました。わたしは、視聴覚室のなかから耳をすましていました。足音は廊下を速足で歩いて、やがて階段をおりていきました。

しばらくすると、ハルナ先輩も図書室から出てきました。色のついた眼鏡をかけ、杖をついています。

わたしは視聴覚室を出て、ハルナ先輩の前に立ちました。

「ハルナ先輩、ちょっとお話があるんですけど」

話しかけると、ハルナ先輩は立ち止まりました。

「ねえ、屋上に行かない？」

ハルナ先輩があかるい声でそう言いました。むかしのような、やさしい声でした。わたしは思わず泣きそうになりました。

屋上に出ると、外はまぶしいくらいに晴れていました。

「あったかいわね、陽射しが」

ハルナ先輩は、扉のそばに立ったままそう言いました。気温はそれほど高くなかったのですが、たしかに太陽の光があたたかく感じられました。

「いい天気ですね」

「そう。よかった」

ハルナ先輩はそう言ってため息をつきました。そうだ、見えないんだった。わたしははっとして黙りました。

「わたしにとって、ハルナ先輩はすべてなんです。わたし、ハルナ先輩がいなかったら、生きていけない」

「そんなこと言ったって、わたしが卒業したらどうするの？」

「わかりません。でも、学校で会えなくても、どっかで会えますよね」

「無理ね」

「どうして？　わたしのこと、そんなに嫌いになってしまったんですか」

「嫌いになるもなにも、わたしはあなたのことばかり考えてるわけじゃない」

「わたしは、ハルナ先輩のことばかり考えてます」

「わたしはそうじゃない」

前は、ハルナ先輩はこんなじゃなかった。ハルナ先輩だけは、わたしにやさしくしてくれた。ハルナ先輩だけは、わたしのことを見てくれた。わたしの絵も、わたし自身も。

「でも、先輩、杉村先輩のこと、殺してくれたでしょう？　あれはわたしのためだったんじゃないんですか？」

「わたしのため？　まあ、そうとってもいいわよ。どっちにしたって、わたしにとってはたいしたことじゃない。前にも似たようなことはやったことがあるし」

「前にも？」

「言わなかった？　わたしの姉は死んでるの。自殺だった」

「まさか、それ、ハルナ先輩が」

「そうかもしれない。でも、別に突き落としたりはしてないわよ。わたしは姉の秘密を知ってた、ただ、それだけ」

「それって……」

「わたしたちには両親がいないの。わたしたちが小さいころ死んだのよ。わたしたちが殺したの。いっしょに」

「嘘」

「どう？　これでもあなたはわたしのことわかってると思う？　姉が死んで、わたしは悲しかったわよ。わたしは姉のこと好きだったの、でもどんなに好きでも、結局どうにもならなかった」

「わたしは、わたしは、ハルナ先輩のこと」

「わたしのことなんだって言うの。わたしには関係ないでしょ。あなたがどう思っててもわたしにとってはなんにもならない」

　ハルナ先輩が笑っているのが見えました。膝がふるえてがくがくしました。呼吸が速くなって、目の前の景色がだんだん色を失っていきました。

「ハルナ先輩がいなかったら、わたし……」

「じゃあ、どうするの。死ぬとでも言うの。わたしはかまわないけど」

「どうして、そんな」

「どうせできないんでしょ。じゃあ、もしわたしがここで死んだらどうする？　いっしょに死ぬ？」

「そんなこと……」

「できないでしょう。だったらそんなこと言うもんじゃない」

顔をあげると、ロープが目にはいりました。ハルナ先輩のまっすぐ前。工事中を示す黄色と黒のロープが張られていました。その向こうには、柵がありません。

「目が見えなくなって、思ったの。見えないことが怖いわけじゃない、って。今まで、なにもかも見えてると思ってた方がおかしいのよ。ほんとに見たいと思ってるものは見えてない」

「ほんとに見たいと思ってるものって？」

「あなただって思うでしょ？　自分には生きてる意味があるって。見るべきものがあるって。でもほんとはわたしたちは単なる生物で、ただ生きて、見て、死ぬだけ。ほんとに見るべきものなんて存在しないのかもしれない。でもね、わたしはあると思うのよ」

「先輩がほんとに見たいと思ってるものって……、なんなんですか」

「ねえ、橋口さん。死ってどんなものだと思う？」

「どんな、って？」

「だから、暗いと思う？　あかるいと思う？　冷たいと思う？　あったかいと思う？」

「暗くて、冷たい。なにも動かない、なんの音もしないところだと思います」

「そう？　わたしはちがう。わたしはね、死があかるいところのような気がするの。ここよりずっとあかるくて、なにもかもがある。そんな気がするときがあるの。ねえ、橋口さんはそう思わない？」

「バカなこと言わないでください。先輩にはわたしがいるでしょう？　死ぬことなんてないじゃないですか」

「死ぬなんて簡単なことよ。高いところから飛び下りちゃえばいいんだから。今ここでやってみせてあげようか。別にそんなことなんでもないのよ。ほら簡単なことよ」

「やめてください」

わたしは叫びました。

ハルナ先輩はふらふらと歩き出しました。柵がなくなっている方へ。

歩くのは遅かった。わたしはハルナ先輩に近づきましたが、ハルナ先輩は気づかずにどんどんまっすぐに進んでいきました。

わたしはいつのまにか、音を立てずにロープを結んだポールに近づこうとしていました。そんなことするつもりじゃなかった。でも、わたしの手は、ロープの結び目をほどいていました。

「先輩、わたしのこと、好きだって言ってください。必要だって」

「無理よ」

ハルナ先輩は笑いました。冗談のつもりだったのでしょう。目が見えなくても、柵があれば、絶対にぶつかる。柵がないところでも、その前に張ったロープに引っかかる。ハルナ先輩はそう信じていたのだと思います。

でも、ロープはないのです。ハルナ先輩はそれに気づかずに、どんどん進んでいきました。

「その気になればなんだってできる。でも、できるってわかってしまうと、なにもかも……くだらない」

なにを言っているのか、よくわかりませんでした。でも、横顔がにっこり笑ったように見えました。その瞬間、わたしはむかしのハルナ先輩のやさしい目を思い出しました。

「ああ、ほんと、はじめてだ、こんな気持ち。今やっと、わかる。ここがほんとの居場所だって」

「やめてください」

わたしはもう一度だけそう言いました。

ハルナ先輩がちょっとでもわたしの方を振り返ったら、力ずくでとめようと。

でも、ハルナ先輩はわたしの方を振り向こうともしませんでした。

もう、わたしなんかいらないんだ。

目に涙がにじんできました。

わたしはじっとハルナ先輩のうしろ姿を見ていました。

お願い、振り向いて。わたしは目を閉じて祈りました。

でも、次の瞬間、ハルナ先輩は、なにもなかったかのように、ふつうに次の一歩を踏み出すように、屋上から落ちていったのです。
「行こう、いっしょに」
最後にそんな声が聞こえた気がしました。
なにもかもなくなった、と思いました。
涙は出ませんでした。
死があかるいところのような気がするの。
ハルナ先輩の声が頭のなかに響いていました。

三月六日(水)

＊

海生はぼんやりしたまま学校に行った。頭には包帯を巻いている。教室で同じように包帯で巻かれている双葉を見たとき、月曜の屋上でのできごとが頭に一気によみがえってきた。

ほんとうに、橋口さんが宮坂を殺したのだろうか。授業中も、頭のなかから事件のことが離れなかった。そして江崎先輩も橋口さんが……？ ほんとうに？

もしそうだとして……。橋口さんはどうなるんだろう？ 十三歳の橋口さんが刑務所にはいったりすることはないって、岩田先生は言ってたけど……。

もし、わたしたちがいなかったら、橋口さんはつかまらなかったかもしれない。江崎先輩の死も、宮坂先生の死も、自殺ということになって、終わりだった。わたしたちがしたことで、橋口さんは警察につかまってしまったのだ。

とんとん、ととなりの双葉の背中が叩かれる。うしろの席の生徒から紙切れが回ってくる。双葉は机の下でこっそりメモを開いた。

噂の発端になったあのメモ、あれもこんなふうに教室のなかを回ったんだろうか。その様子を見ながら、海生はそう思った。

メモ……。噂……。はっきりとは思い出せないが、なにかおかしい。なんだかわからないけど、引っかかる……。なんだろう？　なにが気になってるんだろう？

「あ」

突然、海生は声をあげた。となりの双葉が海生の方を見た。

「どうしたの？」

双葉が小声でささやいた。

「思い出した。屋上でもみあったとき、橋口さん、わたしに、変な噂をばらまいて、って言ってた……」

「え？　なに？　どういうこと」

教師の視線を感じて、海生は、あとで、と小さな声で双葉に言った。

＊

「あのとき橋口さん、言ったんだよ。あなたはハルナ先輩のことなんか考えてない、好奇心むき出しで、無責任な噂を流してるだけだ、って」

授業が終わるとすぐ、海生は双葉に言った。

「噂を流す？」

「そう。それを聞いたとき、なんか変だ、って思ったけど、それどころじゃなかったんだ。でも、ついさっき思い出した。あの噂を流したのは橋口さんじゃない。橋口さんは、メモのことなんか知らなかったんだ」

「あの状態じゃ、嘘をついたとも考えられないよなあ……。たしかに、あたしたち、最初からあれもてっきり野枝の仕業だと思ってたけど、考えてみればおかしいよね」

「おかしい？」

「だって、野枝が噂を広める理由はない」

「あれは宮坂に小説の発表を取りやめさせるためだったんじゃ……」

「まあ、あのときはそう信じ込んでたけどね。野枝が、宮坂の小説があれだって信じてたとして、もし噂がない状態だったら、宮坂が小説を発表しても、江崎先輩の自殺と結びつける人はいない。野枝は、そもそも江崎先輩と宮坂のことを人に知られたくなかったんでしょう？ それならはじめから噂なんてばらまかなければいいじゃない？ あの噂が広まるまでは、そもそもだれも知らなかったんだから」

「そうか」

「宮坂が憎いっていう気持ちが先に立った、って言っても、それで江崎先輩の噂が流れるんだったら、本末転倒じゃない？」

「でもさ、メモはあったんでしょう？ あれはだれが入れたの？」

「わからない」

双葉はそう言って、首をひねった。

*

「橋口は、宮坂先生を殺したのは江崎ハルナだ、って主張しているらしい。でも、自分が江崎を殺した、とも言ってるんだ。本人が取り乱しているし、ケガもあるからとりあえず入院させて、少し落ち着いてからもう一度取り調べをってことになったらしい」

放課後、ふたりが図書室に行くと、高柳も図書室に来ていて、岩田と話しているところだった。

「橋口の部屋には手記もあったらしいんだ。彼女は江崎のことをかなり慕ってたみたいだな。江崎が死んだのは自分の責任だと」

「橋口さん、きのう屋上でも同じことを言ってました」

海生はそう言った。

「それにしても、あの小説のこと、どうもよくわからないなあ。橋口が勘違いしてたのはともかく、宮坂先生はなんでそのことを橋口に言わなかったんだ?」

「橋口さんが取り乱していて、それどころじゃなかったんじゃないですか?」

「それにしてもなあ……」

「そういえば、ほんとうの宮坂先生の小説ってどんなのだったんですか?」

双葉が訊いた。

「そうそう、その話をしてなかったわね。それが実はそっちにもいろいろ奇妙なことがあって……」

岩田はちらっと高柳を見た。高柳は出版社で聞いたことをかいつまんで説明した。

海音社には、掲載取り消しを依頼する手紙が二通届いていたということ。そのうち二通目の手紙は野枝が送ったものだけど、一通目を書いたのは宮坂自身だったということ。宮坂が発表を取りやめようとしていたのは、盗作がからんでいるらしいということ。

「宮坂先生の小説と、その広瀬透の小説って、そんなに似てるんですか」

「ああ、ちょっと待て」

高柳はカバンから茶封筒を取り出した。

「なかの原稿と雑誌、それぞれに付箋が貼ってあるところがあるから、そこを開いてみろ」

そう言って、紙の束と雑誌を双葉たちに手渡した。双葉はぱらぱらと両方をめくった。

「そこに赤ペンで印をつけてあるところがあるだろう?」

「あ、ありました」

海生と双葉は、高柳に指定された場所を見比べはじめた。例の、アルファベット・ビスケットのくだりだ。

「たしかに。これならだれでも盗作だって思いますよ。ふつう、盗作っていってももうちょっと変えませんか?」

双葉は呆れ声で言った。

「そこがわたしたちにもわからないところなの」

岩田が答える。

原稿の続きを読んでいた海生が首をかしげた。

「この文章、どこかで読んだことがある」

「どこで？」

「これって……」

海生はぼんやり上を見上げながらそうつぶやいた。

「そうだ、江崎先輩のクロッキー帳にこういう文があったんだよ」

「江崎さんのクロッキー帳？」

「そう、江崎先輩の家に行ったとき、部屋にたくさんクロッキー帳があったじゃない？ そのなかにこういうのがたくさん貼りつけてあったんです。文字はちがうけど、これと同じで、ふつうの紙にプリントアウトしたのが。そんなかに、これとおんなじのがあったと思うんだけど……」

みんな顔を見合わせる。

「ウミオ、ほんと？」

「うん、たぶん……」

「そのクロッキー帳をもう一度見てみるしかないわね」

岩田が言った。

「たしか、あのとき……、双葉、写真撮ってたよね？」

「撮ってた！　岩田先生、ちょっと待っててもらえますか？　あれ家から取ってきます」

＊

双葉が学校に戻ってくると、四人は高柳のパソコンの前に座った。

記録媒体を読み込むと、画面上に江崎ハルナの部屋の写真があらわれた。部屋のあちこちが次々に映され、やがてクロッキー帳の写真になった。

街には窓がいくつも並んでいる。そのひとつひとつに視線を持つ人々がいる。窓はいくつも続いていて、街全体に広がっている。

街には窓が多すぎる。透き通ったまま、どこを見ているわけでもない窓。透き通ったまま、だれに見られるわけでもない窓。わたしの目もあのいくつもの窓と同じように、開いたまま平べったく、宙に釘付けにされているしかないのだ。

なにもかも、なにもかもまぶしすぎる。

「これじゃないな。もっと先」

双葉はじれったそうにそう言って、高柳の手からマウスを奪い、勝手に操作しはじめた。

「これだよ」

何枚目かが映ったとき、海生が画面を指した。スケッチブックのようなものに貼られた紙に、ワープロの文字が印刷されている。

「もう少し拡大するよ。読みやすいように」

双葉がそう言って、拡大率を変える。文字が大きくなり、はっきりと読めるようになった。


階段をおりたところの近くに、「丸子の渡し」と書かれた小さな看板が立っている。むかし橋がなかったころは、ここで舟に乗って向こう岸に渡ったのだ。

川に映る、向こう岸の街灯。白い光がずっと遠くまで続いている。橋の上を通っていく東横線。電車の光が川面の上をするすると流れて、白いカーテンのようだ。

わたしは見ていた。こうしていつも川岸に立って。川に映るものや、川に浮かぶものを。ただじっと眺めていた。


「そう、これ。『丸子の渡し』って、前に行ったことがあったから覚えてたの。で、これと同じ文章が、たしかここらへんに……」

海生はそう言って、宮坂の原稿をめくった。

「ほら、ここ。やっぱり、まったく同じだ」

海生はそう言って、原稿のある箇所を示した。

「ほんとだ」

原稿をのぞき込んだ双葉もそうつぶやいた。

「どういうことだ？　クロッキー帳に貼ってあったということは、江崎はこの文章を知ってた、ということだよな。やっぱり宮坂先生の原稿を前もって読んでいた、ということか？」

高柳が首をかしげた。

「でも、宮坂先生の原稿は縦書きですよね？　いつでも縦書きで打ち出してる。茶封筒のもそうだったし」

岩田が言った。

「そう言われてみれば、図書室の茶封筒にはいっていた草稿も縦書きだった。宮坂先生は国語の先生だし、縦書きにすることにこだわりがあったのかもしれない」

高柳はもう一度宮坂の原稿を確認しながらそう言った。

「じゃあ、宮坂先生にメールかなんかでもらって、自分で打ち出したんじゃないですか？」

双葉が言う。

「それはない。宮坂先生はパソコン使えないんだ」

「ええっ！　今どきそんな人いるんですか？」

「いるよ。まあ、たしかに宮坂先生の年の男としてはめずらしいかもしれないけどさ。お前らのなかにだって自転車乗れないやつとかいるだろう？」

「まあ、そりゃそうですけど……。だとすると、どうしたんだろう？」

「いや、そうじゃないかもしれない。これは宮坂先生の原稿じゃないのかも……」

高柳はそう言った。

高柳は職員室から緑のパソコンを持ってきて、立ち上げた。かつての緑のサイト『ヘビイチゴ・サナトリウム』のファイルを開く。

「なんですか、これ？」

双葉が訊ねた。

「宮坂先生の亡くなった奥さん、緑さんのサイトだ」

「へえ」

「亡くなる前、緑さんは自分のサイトを持ってたらしいんだ。そのなかに日記みたいな、エッセイみたいな、詩みたいな短い文章をアップしてるページがあった。そのページの名前が『alphabet biscuits』っていうんだよ」

「でも緑さんって亡くなってずいぶんたってるでしょ？　まだ見られるの？」

「いや、もうウェブ上では見られない。これは緑さんのパソコンだ。このなかにソースがそっくり残ってたんだ」

「へえ」

双葉はそう言って、緑のパソコンの画面をじっと見た。『ヘビイチゴ・サナトリウム』のトップページが表示された。

「あ、ここ。ここ見せて」

双葉は目次のなかの「about me」を指さした。

なまえ：ヘビイチゴ（早春に黄色の花を開き、果実は球状で紅色。非食用）
特技：ミシン、平泳ぎでずうっと泳ぐこと（運動苦手だけどこれだけはできる）
趣味：散歩、ぼーっとすること、夢を見ること
好きなもの：ゼリーやふるふるした食べ物、川べり、緑色
好きな小説・映画：ブルーノ・シュルツ、タルコフスキー、クエイ兄弟、広瀬透、そのほか
　不思議な感じの映画や小説全般

「ああ、ブルーノ・シュルツか。それで『ヘビイチゴ・サナトリウム』ね」

　画面を見た岩田がうなずきながら言った。

「なに？　どういう意味です？」

「ここに書かれたブルーノ・シュルツっていう作家、ふたつめの短編集のタイトルが『砂時計《クレプスイドラ》サナトリウム』っていうんですよ。たぶん、そこからとったんですね、このサイト名」

「それ、どんな作家なんですか」

　海生が訊く。

「ポーランドの作家よ。カフカに似てる、って言われてるの。この緑さんていう人の趣味はたしかに一貫してるわね」

「まあ、それはともかく」

高柳は笑いながら、目次にもどって、「alphabet biscuits」を指した。

「これなんです。これが緑さんの日記みたいな、断章集なんですけど。もしかしたら、このクロッキー帳に貼られてる文章は、『alphabet biscuits』のものかもしれない。長さや感じが似てる気がするんだ」


ベランダから空を見ている。鉢植えのアイビーやポトスに水をやっていると、その緑色の葉一枚一枚が自分の身体のように思えてくる。だれとも話さないでこうしているとき、世界はわたしの庭になる。

部屋のなかで物音がするのが聞こえ、わたしは身体をすくめる。夫が起きたらしい。わたしは夫の声を思い出して、身体じゅうの神経が凍りついていくのを感じる。聞きたくない。ふつうに聞けば他愛ないおしゃべり、愚痴、噂話。そんなものに耐え難いほどの息苦しさを感じるようになったのは、いったいいつからだろう。


「alphabet biscuits」は、この文章からはじまっていた。

「ええと、どこだろう?」

海生は「alphabet biscuits」を読み進み、さっきの文章を探した。

「あ、あった!」

「ほんとだ」

全員がディスプレイに顔を近づけた。さっきデジカメの画像で見た文章と同じものが次々に見つかった。

「つまり、江崎は、緑さんのサイトからこの文章をコピーしてたわけだ」

高柳が言った。

「でも、江崎は知ってたんだろうか。緑さんが宮坂さんの奥さんだってこと。それとも偶然見つけたのかな？」

「ちょっと待ってよ」

急に双葉がそう言うと、マウスを奪って画面をスクロールさせた。

「あった。これだ」

双葉が手をとめた。

「なに？」

「ほら、さっきの、宮坂先生と広瀬っていう人の小説ですごく似てたとこ」


わたしは箱のなかからひとつひとつビスケットを出す。アルファベットの形をしたそれをテーブルの上に並べる。

アルファベット・ビスケット。箱のなかからひとつひとつビスケットを出し、机の上に並べて単語を綴る。自分の名前。これまで出会った人たちの名前。胸がかきむしられる。わたし、なんで生きてるんだろう。

並べたアルファベット・ビスケット。つまみ上げる。綴りは崩れてゆく。口に入れ、嚙み砕く。ひとつひとつ。じゃりじゃりと音を立て、ビスケットは砕け、溶けてゆく。粉っぽく甘いアルファベット。嚙み砕かれ、溶けてゆく名前。


「似てる」

海生が言った。

「たしかに。つまりこれがおおもとのアルファベット・ビスケットってことだな」

高柳が画面を睨みながら言った。

「ちょっと、感じちがうね」

双葉がつぶやいた。

「そうだね。一人称だし。でも、なんか……。わたしは、こっちの方が好きだけど」

海生が画面を眺めながら言う。

「とにかく、これがもとなんだな、やっぱり。広瀬透は、緑さんの文章からエピソードだけ借用して使った。だから、少し変えてるんだ。その広瀬透の小説を、宮坂さんが盗用した……」

高柳はそう言って、ひとりでうなずいた。

「でも……。ちょっと待って」

双葉はみっつの文章を順に眺めた。

翠子《みどりこ》は箱のなかからひとつひとつビスケットを出す。アルファベットの形をしたそれを、なんとなくテーブルの上に並べる。

アルファベット・ビスケット。箱のなかからひとつひとつビスケットを出し、机の上に並べて単語を綴る。自分の名前。これまで出会った人たちの名前。

あの人の名前。綴ろうとして、胸がかきむしられる。わからない。あの人の名前すら、わたしは知らない。

あの人の声を思い出す。あの人のうるんだ目。あの人の頰の感触を思い出す。汗で湿った髪を。なぜ、あのときあの人と出会ってしまったんだろう?

わたしは……。何もできなかった。くやしかった。

並べたアルファベット・ビスケット。つまみ上げる。綴りは崩れてゆく。口に入れ、嚙み砕く。ひとつひとつ。じゃりじゃりと音を立て、ビスケットは砕け、溶けてゆく。

粉っぽく甘いアルファベット。嚙み砕かれ、溶けてゆく名前。

「これが、広瀬透の文章、それで、こっちが……」

翠子《みどりこ》は箱のなかからひとつひとつビスケットを出す。MASAHITO、TAKASHI、KENJI。アルファベットの形をしたそれを並べて、名前を綴る。

アルファベット・ビスケット。

スーパーで偶然見つけて、なつかしくなって買った。箱のなかからひとつひとつビスケットを出す。机の上に並べて単語を綴る。DOG、CAT、BOOK。自分の名前。これまで出会った男の名前。

見下ろす。

記憶がよみがえってくる。夜中にわざわざ外に出て、暗い公園で電話をかける。電話をかけないでください、と言われた相手の電話番号を押して、すぐに切る。

だれかにかからなかったら、別のだれか。そのだれかにもつながらなかったら、また別のだれか。電話番号を押しているうちに胸がかきむしられる。わたし、なんで生きてるんだろう。

並べたアルファベット・ビスケット。MASAHITO、TAKASHI、KENJI。つまみ上げる。綴りは崩れてゆく。口に入れ、嚙み砕く。ひとつひとつ。じゃりじゃりと音を立て、ビスケットは砕け、溶けてゆく。

粉っぽく甘いアルファベット。嚙み砕かれ、唾液に溶けてゆく名前たち。

何人も何人も。翠子は綴り、食べる。

「で、これが宮坂先生、と。うーん……。あれ？　そうか、やっぱり」

双葉は文章を比べながらなにかぶつぶつつぶやいている。

「ちょっと見てみてください」

双葉が言った。

「なに？」

「ほら、たとえばここに、『わたし、なんで生きてるんだろう』っていう文章があるでしょう？」

双葉は宮坂の原稿を指して言った。

「うん」

「これは、緑さんの文章のなかにもある。でも、ほら、こっちを見て。広瀬透の文章にはない」

「ほんとだ」

「いったんなくなった文が、偶然まったく同じ形で復活するってことなんてありえないでしょう？　つまり、宮坂先生の文章は、広瀬透の文章じゃなくて、緑さんの文章を写して書いた、ってことなんじゃないですか？」

双葉は言った。

「どうやって？」

高柳が訊ねる。

「どうやって、って……。別に簡単じゃないですか。緑さんのパソコンから切り貼りすれば……あ、そうか、宮坂先生、パソコン使えないのか」

さっきの話を思い出して、双葉はそこでとまった。

「でも、ほんとは使えるんじゃないですか。緑さんが死んで時間がたってからのぞいてみたとか」

「無理なんだよ。緑さんのパソコンは、宮坂先生の家じゃない、緑さんの実家にあったんだ。緑さんが自殺だったこともあって、宮坂先生は緑さんの実家とは縁が切れてる」

「でも、緑さんが生きてるうちに、コピーしとけば……」

「なんのために？　将来、小説に使うかもしれないからか？　それに何度も言うようだが、宮坂先生はパソコンが使えない」

「待って……。もしかして、江崎先輩の部屋にあった文章が……」

海生が口をはさんだ。

「そう！　そうだよ、そうだった。つまり、ウミオが言いたいのはこういうことでしょう？　江崎先輩が緑さんの文章を保存してたんです。そして、それを宮坂先生に渡した。宮坂先生はそれを小説に使った」

「なんのために？」

高柳が口をはさむ。

「そんなことわかりませんよ。でも、そうとしか考えられないでしょう？」

双葉はそう言い張った。

「なんか、頭がこんがらがってきた」

海生が情けない声を出す。

「つまり、宮坂先生は、江崎先輩を経由して緑さんの文章を手に入れ、それを自分なりにリミックスして、自分の小説のなかに組み入れたんです」

双葉が言った。

「それはわかったが、問題はなぜ江崎がそんなことをしたか、ってことだ」

「だからさっきも言ったでしょう？　そんなのあたしは江崎先輩じゃないからわかりませんてば」

「でも、わけがわからないじゃないか。なんだってそんなことを……」

「でも、ちょっと思うことはあります。つまり、野枝の場合と同じだったんじゃないか、って」

「どういうことだ？」

「野枝に見せた方の原稿も、江崎先輩が書いたわけじゃない。絢先輩の小説をダウンロードして、名前だけ置き換えた。騙した証拠をはっきりと残すためです。宮坂先生の場合は、わざと緑さんの小説を渡したんじゃないでしょうか」

「どうして？」

「宮坂先生に、緑さんの文章を盗用させるためです」

「だから、なんで……？」

「それは、あたしにはわかりませんけど。江崎先輩は宮坂先生にいくつかの文章を渡した。宮坂先生は、それがどこかからの引用だと気づかずに、それをそのまま自分の小説のなかで使った。そのなかに、広瀬透の使ったエピソードも混ぜておいた。それが雑誌に発表されているからです。自分の死んだ奥さんのホームページの文章を流用しただけならだれにも訴えられないでしょうけど、もうすでに雑誌に掲載されている他人の文章を流用したら、盗作だって言われるに決まってる」

「罠ってことか？」

「そうですね」

「なぜだ？　なんで江崎はそんなことをしたんだ？」

高柳は苦悩の表情を浮かべた。

「さあ、それは……」

「江崎は宮坂先生になんか恨みがあったのか？」

「それはよくわからないですけど……。でも、とにかく、そう考えるとすっきりするっていうか」

「それに、そもそもどうして緑さんのサイトを知ってたんだ？　それに、緑さんはサイトでは本名も出してないし、なんでそれが宮坂先生の奥さんだってわかったんだ？」

「まあ、それもよくわかんないですけど……。江崎先輩がサイトを見て、メール出したりして、交流があったとか、いくらでもあるじゃないですか、可能性は」

＊

みんなの話を聞いているうちに、海生の頭のなかにぼんやりと、最後に階段ですれちがったときの江崎ハルナの顔が浮かんだ。無表情のような、あきらめたような、不思議な表情。あのとき、江崎先輩はいったいなにを考えていたんだろう……。

ハルナ先輩を殺した……。

たしかに、あのとき、野枝はそう言った。

ハルナ先輩は、死ぬなんてなんでもないって言って……。笑って、どんどん屋上の縁の方に歩いていった。先輩の目が見えないのは知ってました。だから、ロープをはずしたんです。ロープがなければハルナ先輩がそのまま気づかずに落ちていくってわかってたから。

海生の頭のなかで、野枝の声が響いた。

急に、あの日の江崎ハルナの姿があざやかによみがえった。

まわりの会話がふと遠のいた。

あの日、最後にハルナとすれちがった踊り場……。

あのとき……。はっとした。あのとき、わたし、なにか変な気がした。なに？　なんだろう。

海生はあのときの記憶をたどりはじめた。

階段の下の方からだれかがのぼってきて……。海生の頭のなかに、映像がよみがえる。

江崎先輩……。

すれちがった瞬間、ハルナの杖と眼鏡に目が行く。

「江崎先輩」

海生はハルナを追いかけて階段をのぼり、下から、踊り場にいるハルナに呼びかけた。

「あの」

「なに？」

ハルナは素っ気ない口調でそう言った。久しぶりのせいか、海生は緊張してしまった。なんだったっけ、なにか話さなければならないことがあったはずなのに。頭のなかが真っ白になってしまった。

「部のこと？」

「え、あ、はい、三月八日、クラブの送別会があるんです。葉書送ったと思うんですけど、返事がなかったので」

葉書、と言ってしまってから、海生は硬直した。葉書……。今の江崎先輩には葉書なんて読めないかも……。

「あ、ごめんなさい。忘れてたの。そうね、行けたら行くわね」

海生の緊張をよそに、ハルナはさらっとそう言った。

「はい。あ、楽しみにしてます」

「じゃあね」

ハルナは素っ気なくそれだけ言うと、片手を手すりにかけて背中を向け、階段をのぼりはじめた。振り返らずにどんどん階段をのぼっていってしまう。

変なの。海生はハルナのうしろ姿を見ながら、そう思った。以前からハルナはものしずかだったが、あんなではなかった。なにもかもどうでもいい、みたいな感じ。捨て鉢な感じさえなくて、なんだか、もうほんとうはここにいないみたいな。

なにかが引っかかっている。

あのとき……。

海生が呼びかけると、ハルナは顔をあげた。あの、と問いかけると、なに、と返された。

あの、と問いかけるとすぐ、なに、と返された……。だれ、ではなく、なに、と。そして、部のこと、って。

わたしがだれか確認しなかった。江崎先輩が部活に出てこなくなってから、江崎先輩とはまったく話していなかった。もう一年近く。

江崎先輩は、声だけでわたしだとわかるだろうか？

もしかして、見えていたの？　海生の心臓がどくどくいいはじめる。

あのあと、屋上に行った。江崎先輩が落ちた場所に残っていた足跡……。屋上の縁ぎりぎりのところにそろった爪先……。

「もしかして、見えてた……？」

海生は思わずつぶやいた。

見えてたんだ。落ちたとき、江崎先輩の目、見えてたんだ。

橋口さんは、江崎先輩が目が見えてないってわかったから、ロープをはずした、って言った。

でも、江崎先輩の足跡、屋上のいちばん縁に爪先がぴったり合ってた……。

スタートラインにぴったり爪先を合わせるみたいに。無意識のうちに、足をそろえてしまったのだ。ほんとに見えてなかったら、そうはならない。

見えていて、自分でわかっていて、落ちた。橋口さんがロープをはずすのも見えていた。彼女がロープをはずすのを確認して、わざとそこから落ちた。ほんとうは、ほんとうに自殺だったんじゃ……。

でも、どうして？　なぜ知っていて、橋口さんにそんなことをさせた？　なぜわかっていて落ちた？　海生は自分の目の前にぽっかり大きな闇があいていくような気がした。

「ウミオ、どうしたの」

双葉が海生の肩を叩いた。

「見えてたんだ、江崎先輩は。あのとき。階段ですれちがったとき。今思い出した。江崎先輩、わたしのことすぐにわかったんだ。一言、声をかけただけで。見えてたんだよ」

海生は下を向いたままそう言った。

「見えてた……？」

「よく考えてみれば、柵がなかったのは、ほんの数メートルでしょ。なにもない屋上で、ほんとに目が見えなかったら、必ずしも縁の方に向かって歩くとはかぎらない。でも、橋口さんの話だと、江崎先輩は、まっすぐに柵のない場所に歩いていった。それは見えてたからだよ。それにわたし見たんだ。あのあとすぐに屋上に行って。江崎先輩の足跡、屋上のいちばん縁に爪先がぴったり合ってた……。ぴったり。飛び込み台から飛び込むときみたいに。完璧な視力じゃなかったかもしれない。でも、屋上の縁がどこにあるかくらいは見えてたんだ。見えてたから、無意識に歩幅を合わせたんだよ」

「じゃあ、江崎先輩は……」

「ほんとうに、自殺だったのかも……。橋口さんをわざわざ屋上に連れていって、わざと橋口さんを怒らせて、ロープをほどくのを確認して、自分で落ちた」

海生はそう言って、いったん口ごもった。

「橋口さんは、宮坂先生の小説をあれだと思ってた。だから、発表するのをやめさせようとした。でも、それだって、もともと江崎先輩がそう思わせるように仕組んだことでしょう？　で、宮坂先生の方は、だれかに盗作がばれたと思った。それで、ふたりが出会った。話が嚙み合わないまま、ふたりは衝突した……」

海生はぼそぼそとつぶやき続けた。

「ウミオ、なにが言いたいの？」

「つまりね、江崎先輩は、橋口さんと宮坂先生をわざと衝突させようとしたのよ」

「つまり……」

双葉はぐっと言葉を吞み込んだ。

「江崎先輩は、そのために自殺した、ってこと……」

なにかにとりつかれたように海生はそう言った。

「まさか」

双葉はそう言い、黙った。

「まさか、そんなことが……」

高柳は啞然とした表情だ。

「そうかもしんない……。そっか……。あのメモを入れたのも、江崎先輩だったのかも」

突然、双葉が遠くを見ながら言った。

「江崎先輩が？　そんなこと、どうやって？」

海生は目を白黒させる。どうやって自分が死んだあとにメモを入れることができるんだ？

「別に、死んだあとじゃなくていいんだよ。よく考えてみ。江崎先輩が死んだあと、視聴覚室はずっと使われてなかった、って言ったでしょ。だから、江崎先輩でもいいんだよ。死ぬ直前にあれを入れて、それから死ねば」

「そうか、メモが一週間以上たってから見つかったのは偶然で、自分が死んだあとなら、メモがいつ見つかってもよかったんだ」

海生はため息をついた。

＊

突飛だ。突飛すぎる。みんなが帰ったあと、高柳はひとりでそうつぶやいた。

じゃあ、なにもかも江崎ハルナがやったというのか？　橋口を操って、宮坂さんを殺した、と？　そのために自殺までした、と？

でも、そんなのあまりにも不自然だ。橋口が騙されたとしても、宮坂さんを殺すところまでいくかどうかなんて、わからないじゃないか。橋口が宮坂さんを憎むことはあっても、それで殺そうとまで思うかどうかはわからないし、そこまで思いつめたとしても、実際にそれが成功するかどうかもわからない。

なぜそんな不確定な方法を選ばなければならなかったんだ？

理由は知らないが、自分が死んでもかまわないほど憎いんだったら、自分で殺した方がよっぽど確実だ。そのあと自殺すればいいんだ。橋口に殺させたかったのか？　それにしても、生きていて見届けなければ、なんの意味もないじゃないか。

そのとき、電話が鳴った。高柳あてに外線がはいっているという。出ると、相手は「小説海音」の編集者、森田だった。

「お忙しいところをすみません。たいしたことじゃないかもしれないんですけど、あとで広瀬透の担当編集者に会って話を聞いて、ちょっと気になったんでお電話したんです」

「それは、わざわざすみません。それで、どんな？」

「実は、広瀬透は、女だったんですよ」

「女？」

高柳は一瞬ぽかんとした。

「透なんていう名前だからてっきりみんな男だと思ってたし、世の中的にもそう思われてたんですけど、ほんとうは女性だったらしいんです。広瀬透自身もまったく表に出ないタイプで、うちのその担当編集者くらいしかそのことは知らなかったみたいです」

「意図的に男だと思わせてたんでしょうか」

「そうみたいですね。別にどこかに男って書いてあるわけじゃないけど、業界の人もみんな男だと思ってたみたいで。内容も性別を感じさせるものじゃなかったし。まあ、もう少し有名になって、いろいろなところから関心が集まるようになればばれたかもしれませんけど、なにしろ新人でしたからね」

「じゃあ、もちろん読者も男だと思っていたっていうことですね」

「ええ、たぶん。僕だってそう思い込んでたくらいですから」

森田はそう言って笑った。

三月九日(土)

＊

あの夜のこと、いまでもはっきり覚えてる。

ハルナ先輩が来てくれたんだ。そして、わたしのことを助けてくれた。見下ろすと遠くに宮坂の身体が見えた。小さかった。

あのときと同じ……。ハルナ先輩が死んだ、あのときと。そのとき、これまでいちばん、ハルナ先輩がそばにいる、と思った。はじめてほんとうにハルナ先輩とつながった、って。

殺してはいけない、とだれもが思っている。でも、なぜ殺してはいけないんだろう？ 生きているということ自体、いいことかどうかわからない。いいも悪いもない。わたしたちはただ生きているから生きているだけだ。

宮坂の顔。怖いくらい空っぽに見えた。人のなかに心が詰まってるなんて、嘘なのかもしれない。あんなやつは死んで当然だ。

そのとき、わたしはわかった。人は強くならなければいけない、って。大切なものを守るためには、闘わなくちゃいけない。宮坂が死ぬのは当然だ。あいつはハルナ先輩の名誉を汚したんだから。

＊

高柳は野枝のいる病院に向かった。野枝は、とりあえず病院に入院させられていたが、明日退院して、もう一度取り調べを受けるらしい。

病院に着くと、入口のあたりに岩田が立っているのを見かけた。

「岩田先生」

「あ、ああ、高柳先生」

「岩田先生も来てたんですね」

「ええ。ちょっと心配で」

「俺はどうもまだ今回のことが腑に落ちないんですよ」

高柳は言った。

「あれから、新木たちにちょっとおかしなことを聞きましてね」

「おかしなこと？」

「ええ。彼女たちは、江崎ハルナの祖母から聞いたらしいんですが。江崎ハルナの姉、シオンっていうんですが、その子も自殺してるらしいんです」

「ええっ？」

「二年前、彼女が大学生のときだったそうです」

「そんなこと、知らなかった」

「ええ。それで、気になって、あのあと江崎ハルナの家に行って話を聞いたんです。シオンは都立高校で、白鳩の卒業生じゃなかった。学校にも、姉が死んだ、という話はいちおう届けられたんでしょうが、自殺とまでは知らされてなかった。ハルナもだれにも言わなかった。だから俺たちは知らなかったんです」

「それで、そのことが？」

「ええ。シオンが亡くなった時期なんですが、二年前、つまり、緑さんが亡くなったのと同じ時期なんです」

「あ、ああ、そう言われてみれば」

「しかも、話をくわしく聞いていて思い出したんですが、シオンが亡くなったのは、緑さんの死んだ次の日なんですよ」

「え……」

「それでね、思ったんです。シオンと緑さんのあいだになにか関係があったんじゃないか、って。ハルナはシオンとかなり仲がよかったらしいんです。ハルナが緑さんのためになにかするのはおかしい気がするが、シオンのためにするんだったら、それほどおかしくないんじゃないか、って」

「で、関係あったんですか？」

「いえ。ただ、シオンと宮坂さんのあいだには接点があることがわかりました」

「宮坂先生と？」

「ええ。シオンが行ってたのは西桜大学です。国文だった。つまり宮坂さんの後輩になる。しかも江崎のお祖母さんと俺の記憶を照らしあわせてみると、どうやら同じゼミに所属してたみたいなんです。もちろん年はずいぶん離れてますけど。宮坂さんは卒業してからも、何度もOBとしてゼミの飲み会に出てた、って話があったでしょう？　緑さんが亡くなってからはそれもぱったり行かなくなったみたいですが、そのころまで、つまりシオンがいたころは頻繁に顔を出していたはずです」

「でも、だからって……」

「もちろんなにかあったとはかぎりません。でも、可能性はある。たとえば恋愛、片思いでもいいわけですが、シオンは宮坂さんのことが好きだった。宮坂さんの身のまわりのことを調べていて、緑さんの存在を知った。それで、嫉妬したかもしれないし、緑さんになりたいと思ったかもしれないし、とにかくなにがしかの感情を持った。あるいはもっと直接的に、ゼミの集まりかなにかに宮坂さんが緑さんを連れてきて、そこで緑さんとシオンのあいだにつながりが芽生えたとか」

高柳はため息をついた。

「まあ、でもそれだけじゃ……」

岩田はそう言って、病室に向かって歩きはじめた。

「そうそう、実はもうひとつ聞いてほしい話があるんです」

高柳は歩き出さずにそう言った。

「なんですか」

岩田は足をとめて振り返る。

「実はですね、例の広瀬透という作家なんですが……。あとで電話が来てわかったんです。広瀬透は、女だったんですよ」

「女……」

「そう。女です。それで思ったんです。なんとなく、そのとき。広瀬透がいなくなったのは、緑さんが死んだころです。これは偶然でしょうか？　それで、思いついたんです。別になんの根拠もないですよ。もしかして、広瀬透は緑さんだったんじゃないか、って」

「え？」

岩田は首をひねった。

「どういうことです？　だって……。緑さんのパソコンには広瀬透とのメールがあったじゃないですか。緑さんは『ヘビイチゴ・サナトリウム』を運営してて、そこで使われたエピソードを借用したい、って、広瀬透が……」

「ええ、たしかにあのときはそう思いました」

「じゃあ、どういうことです？　もしかして、そういうことすべて緑さんつまり広瀬透のひとり芝居だった、って言いたいんですか？」

「いえ、そうじゃありません。ヘビイチゴはたぶん別にいた。岩田先生、あのパソコン、不自然だったと思いませんか？」

高柳は言った。

「パソコンって、緑さんのパソコンのことですか？」

「ええ。サイトのソースは残っているけど、ほかのものはほとんど消されてる。死ぬって決めたから、いろいろ処分したのはわかるけど、残し方がわざとらしい。考えてみれば、あとでだれかが送ってきたものなのであって、あれがもともと緑さんのものだなんて保証するものはなにもないんです」

「でも、じゃあ……。緑さんがヘビイチゴじゃないんだったら、だれが……」

「江崎ハルナの家に行ったとき、ハルナのパソコンも調べたんですよ。そしたら、そこにあったんです、『ヘビイチゴ・サナトリウム』のソースがそっくりそのまま」

「それはだから、シオンがコピーしたものをハルナがそのまま受け継いだんじゃ……」

「え、ええ。はじめはそう考えました。でも、実はもっとほかのものも見つかりましてね」

「え？　なんです？」

「メールです」

「メール？」

「そう。ヘビイチゴから広瀬透に宛てたメールです。緑さんのパソコンからは二通しか見つからなかったメールが、何通も出てきたんです」

「どういうことですか？」

「おかしいでしょう？　サイトの方はネットからダウンロードすればいいけど、他人のメールを盗むなんて、そう簡単にはできない。それでね、思ったんです。もしかしたら、全然考え違いをしてたのかもしれない、って。ほんとに『ヘビイチゴ・サナトリウム』は緑さんのサイトなんだろうか？　ほんとうにヘビイチゴは緑さんなんだろうか、って」

「どういうことです？　あれが緑さんのサイトじゃないんだったら、だれのサイトだって言うんですか」

「シオンです」

「ええっ？」

「ヘビイチゴはシオンだったんです。そして、広瀬透は緑さん。シオンはあるとき、緑さんが広瀬透だって知った。そして、緑さんにメールを送った。自分が宮坂さんがいたゼミの後輩だったことは隠し、現実の緑さんの素性はなにも知らないふりをして」

「そんな……」

「ハルナのパソコンの記録を見ると、どうやらヘビイチゴと広瀬透は、直接接触しているようなんです。そこでなにかが起こり、緑さんもシオンも死んだ。そして広瀬透は消えた」

「待ってください。広瀬透が緑さんなら、宮坂先生も広瀬透のことを知ってたはずでしょう？　それなのに、広瀬透の文章を見てあわてたっていうのはおかしくないですか？」

「いいえ。宮坂さんは知らなかったんです。緑さんは、宮坂さんに隠れて作家活動をしてたんだと思います。理由はよくわかりませんが」

「でも、そんなことが可能でしょうか」

「そこなんです。広瀬透はあまり表に出てこない作家だったって、あの編集者も言ってました。だからみんな広瀬透が女だって知らなかった。でも、いくらなんでも編集者との連絡は必要だ。印税の振込先とか、郵便物とか……。それで考えた。緑さんには協力者がいたんじゃないか、って」

「協力者？」

「ええ。緑さんの代わりに交渉を引き受けてくれる人です。広瀬透は緑さんだった。緑さんは亡くなり、広瀬透は筆を折り、出版の世界から姿を消した。でも、だれも死んだとは言っていない。それはつまり、みんな姿を消した代理人の方を広瀬透だと思ってたからなんじゃないでしょうか」

高柳はそう言って、岩田をまっすぐに見た。岩田はなにも言わず黙っている。

「それでね、そのときふっと思ったんです。あの雑誌、だれのだったんだろう、って」

「雑誌って……？」

「『小説海音』ですよ、あの朝、オースターの本といっしょに書庫にあった……。広瀬透の作品が載ってたでしょう」

「え、ええ」

「宮坂さんの遺書はもともと遺書じゃなかった。あれはだれかに宛てた手紙だったんです。本を返すための手紙だったんですよ。宮坂さんはだれかにこの本を借りていた。それがけっこう長い期間になってしまった。だから、『長いあいだありがとうございました』って書いたんだ」

「ええ」

「じゃあ、どの本をだれに返すつもりだったんだろう？　そう考えてみると、あそこに積んであったなかで、図書室の本じゃないのは、『鍵のかかった部屋』と『小説海音』だけだ。だからそのなかの一冊か、もしくは両方を返すつもりだったんだ、と思いました」

「なるほど」

「では、だれに返すつもりだったんでしょう？　そう考えて、思った。あの本は書庫に置いてあった。あんな手紙、別にわざわざ前もって書くようなものじゃないでしょう？　とすると、宮坂さんはもともとはあの本をそのままあそこに残して帰るつもりだったんじゃないか、って思ったんです。それで最後にぱらぱらめくっているうちに、広瀬透の文章を見つけた。それであわてて出版社に手紙を出した」

　高柳は岩田を見た。岩田はじっと黙って話を聞いている。

「では、手紙と本を図書室の書庫に置いておいて、受け取るのはだれでしょう？　それはあなたしかいない。あの本は岩田先生、あなたの本なんじゃないか、って思ったんです。でも、あなたは本をいっしょに見たとき、そのことを言わなかった。なぜです？」

　岩田は黙ったままだった。

「これは単なる勘でしかないんですけど……。もしかして、岩田先生、あなたが緑さんの協力者だったんじゃないですか」

　岩田は無表情でその場に立っていた。肯定もしないが、否定もしない。

「なぜです？」

高柳はそう言って、岩田の目を見た。

「それは……。その通りです」

岩田はあきらめたようにそう言った。

「なぜ隠してたんです？　もしかして、岩田先生、あなたはすべて知ってたんじゃないですか？」

「それは……。ちがいます」

それだけ言って、岩田はまた黙った。

「そもそも、緑さんはどうして作家活動を宮坂さんに隠してたんですか？　それに、どうしてあなたは緑さんに協力することにしたんです？」

岩田は黙っている。

「この学校に赴任したのも、宮坂さんが勤めてるって知ってたからですか？　あなたも宮坂さんを恨んでたんですか？」

「ちがいます」

「ちがう？」

「わたしが恨んでたのは、宮坂さんじゃなくて、シオンです。シオンは突然やってきた厄病神みたいなものだったんです」

「厄病神？」

「あるとき、緑のところにシオンからメールが来ました。緑はなにも考えずに、返信を出しました。そうしてメールでの交流がはじまったんです。はじめは他愛のないものでした。でも」

「なにかあったんですか」

「そのうち、シオンは緑の生活をのぞき見して、自分が緑になりすまして、自分のサイトで日記をアップするようになったんです」

「緑さんになりすまして？」

「そうです。広瀬透ではなく、現実の緑です」

「もしかして、それが……」

「ええ。『alphabet biscuits』です。ああいう形態ですから、別にはっきりと自分が緑だと書いてるわけじゃない。実際、ヘビイチゴは、自分の日記としてそれを書いていたわけです。でも、ときどき出てくる部屋とか、歩いた場所とか、どう考えてもわたしの生活をのぞいてるとしか思えない、って緑は言ってました」

「いわゆるストーカー行為ってことですか？」

「ええ。しかもそれがシオンの作った架空の世界と混ざっているんです。実際の緑の生活と、シオンの妄想のなかの緑の生活が混じっていて……。緑はただでさえ神経質ですから、それを読んでるうちにだんだんおかしくなってしまって。自分を見失ってしまったんです」

「そんなに強烈なものだったんですか？」

「内容はそれほど……。でも、わたしも読んでみましたが、たしかに、だんだん変な気持ちになってくるんです。緑とは似てるけどちがうもうひとつの緑の人生が、そこで勝手に展開されてるんですから。まあ、それだけだったら実害はない。別に緑の私生活のまずい部分を暴露しているわけじゃないし。でも、緑は、ひどく混乱してしまって……」

「なるほど」

「そのうち電話がかかってくるようになりました。緑はどんどん不安定になって、小説も書けなくなった。様子から見て、緑とシオンは会うようになってたみたいです。そのうち緑はわたしとの連絡も拒むようになって……。そして死んだんです」

「それで、どうしたんです？」

「シオンを探しました。わたしはサイト上のヘビイチゴのキャラクターに縛られていたので、てっきりシオンも緑と同じくらいの年の既婚者だと思っていました。まさか大学生とは思わなかった。それを知ったときは驚きました」

「どうやって探し当てたんですか」

「緑のアドレス帳からです。そこにヘビイチゴの連絡先が載ってた。ヘビイチゴのうしろにカッコをして、江崎シオンって名前が書いてあった。思い切ってその番号に電話をかけました。携帯の番号でした。でも、出たのはシオンじゃなかった。妹だったんです。彼女は言いました。姉は死んだ、って。死んだのは、緑が死んだ次の日でした」

「それがつまりハルナだったわけですね？」

「そう。そのときは名前も聞かなかったけど。ハルナはわたしがだれでなんのために電話をかけてきたのかも知らなかった。わたしも、この学校に来ても気がつかなかったんです。江崎さんが、江崎ハルナが、シオンの妹だってことに。気づいたのは彼女が死んでからです」

「それで？」

「とにかく、電話を切って呆然としました。もうシオンはいないんです。恨む対象もいない。これからどうすればいいのか、わからなくなった。そんなとき、白鳩の司書の募集を知りました。緑の夫、つまり宮坂先生が白鳩に勤めていた、ってことを思い出して。それで、宮坂先生とだったら、緑の話ができるかもしれない、って思ったんです」

「それで白鳩を受けたんですか？」

「ええ。受かると思ってたわけじゃないんです。ただ、なにかきっかけが必要だったんです」

「ところが試験を受けたら受かった」

「そうなんです」

「それで、学校に来て宮坂さんと会ったわけですよね」

「はい。でも、緑の話はしませんでした。いえ、できなかったんです。会った瞬間、なにかちがう気がした」

「ちがう？」

「ええ。実は、緑から、彼の話はいやになるほど聞かされてたんです。彼はわたしのことをまったくわかってない、彼といっしょにいると頭が痛くなる、って。でも、よく聞く話だと思って、あまり深刻に受けとめていませんでした。よくある話ですし、緑の性格にも問題があると思ってましたし」

「問題?」

「ええ。わたしが緑とはじめて会ったのは、英文学のある作家の講演会で……。偶然となりの席になったんです。彼女もわたしも英文科の出身で、なんとなく言葉を交わして、帰り、いっしょにお茶を飲みました。緑は、こんなに自分のことを話せたのははじめてだって、興奮した顔で言ってました」

「それからつきあいがはじまったんですね」

「ええ。ちょっと困ってしまうくらい、緑はわたしになついてきました。勝手にわたしをいい人って決めつけて、頼ってくるようになったんです。わたしが学校の司書の仕事をしていると言うと、自分の夫も学校で教師をしていると言って、私生活のことを際限なく話すようになりました」

「なるほど」

「そういう話はちょっと苦手で。話を聞くかわりに、彼女に小説を書くことを勧めたんです。彼女は人とのつきあいに満たされていない。その気持ちを小説の形にしたらどうか、って」

「緑さんはそれで小説を書くようになった……」

「そうです。その話をして、何ヶ月もたたないうちに彼女は小説を一編書き上げてきたんです。読んでみたらおもしろくて、新人賞に応募したら、って言ったんです。そして入選した。ところが、彼女は受賞を知らせる電話で、受賞パーティーに出たくない、と言い出したんです」

「なぜですか?」

「宮坂先生に知られたくない、って。以前から、彼女、宮坂先生にだけは自分の作品を読まれたくない、とは言ってたんです。もともと彼女の小説は、現実とはかけはなれたものです。別にそれとわかる形でまわりの人が登場するわけではない。でも、彼に読まれるのだけは絶対いやだ、って言い張って」

「なぜ?」

「それが、わたしにもよくわからないんです。しかも、その拒み方が尋常じゃなかった。強迫観念みたいになってしまっていて」

「それで代理人を?」

「そうです。緑の人格のことはともかく、わたしは彼女の作品を読んで、世に出すべきだと思ったんです。人前に出るのが苦手という理由でメディアに顔を出すのは避けましたが、それでも出版社との最低限の交渉は必要だった。電話や手紙、打ち合わせ、それらをすべてわたしが引き受けました」

「そんなことが……」

「ええ。ふつうはできないと思います。でもわたしはそれができるくらい広瀬透の作品を読み込んだんです」

「それで、宮坂さんがちがう、っていうのは?」

「あまりにも自閉的で近づけなかった。緑の死にショックを受けているのはわかったんですけど、なんていうか、あの人の目は自分しか見てない、そんな気がしたんです。考えてみれば、緑もそういうところがありました。そういうふたりだったんだ、って気がつきました」

「話をしても通じないって思ったんですね」

「そうかもしれません。でも別にあきらめたわけじゃなかった。何度か話をしようと思ったことはあるんです。あのオースターの本を貸したのももうずいぶん前のことです。ほんとに貸したかったのは『小説海音』でした。宮坂先生が、広瀬透の名前を知っているのかどうか確かめたかったんです。でも、あれをいきなり貸す理由がない。それで、共通の話題を作るために、『鍵のかかった部屋』を貸したんです。そして事件の起こる数日前に、あの雑誌を貸しました。オースター特集号だから、って言って。でも、広瀬透の名前が載っている表紙を見ても、宮坂先生はなにも反応しませんでした。それでわかったんです。宮坂先生はほんとになにも知らないんだ、って」

「緑さんの仕事の痕跡は、パソコンのなかにしかなくて、宮坂さんはパソコンの操作ができない。だから気がつかなかった……」

「まあ、そういうことですね……。はじめにすべて言ってしまうべきだったんです。でも、時間がたつにつれてどんどん言いにくくなってしまって。ああ、高柳先生、そろそろ行きませんか」

岩田はそう言って、廊下を歩きはじめた。高柳はあとを追って、病室にはいった。

野枝は薬のせいかぼんやりした表情のままで、なにを話しても、理解しているのかどうかわからなかった。

「そろそろ帰りましょうか」

釈然としないまま、高柳はそう言った。

「高柳先生」

高柳の方を向いて、岩田が小声で言った。

「もうちょっとだけ橋口さんと話したいんですが」

「わかりました。じゃあもう少しだけ……。俺はちょっとトイレに行ってきます」

高柳はそう言って、扉に向かって歩き出した。

「ねえ、橋口さん。橋口さんが江崎さんを大切に思ってたのはわかるわ。江崎さんが亡くなってショックだったのも……。でもね、江崎さんは、そう、亡くなったのよ。だから、あなたが見たのは、幻だと思うの。辛いかもしれないけどそのことは認めないと……」

岩田は窓の外をぼんやり眺めている野枝の横顔を見つめながら言った。

「いいえ」

野枝がはじめて口を開いた。高柳は思わず振り返った。

「あれはたしかにハルナ先輩だったんです。わたし、絶対にハルナ先輩を守ります。あのとき、わたしを守ってくれたから」

ため息をついて、高柳は部屋の外に出た。

廊下を歩きながら、高柳はぼんやり考えていた。

窓の外では、夕日が沈んでいくところだった。ビルの隙間に大きなオレンジ色の太陽が、どろっとした液体のようにぶるぶるふるえている。

看護婦の話だと、橋口の母親は朝早くに来て、あわただしく帰っていくのだそうだ。父親は仕事が忙しいらしく、一度も顔を見せたことはない。

お母さんの方は、一生懸命元気づけるようなことを言ってるんですけど、本人は上の空って態度ですよ。まるでそこに母親がいないような感じで。看護婦はそう言っていた。

「きゃあっ」

高柳が病室の前まで戻ってきたとき、部屋のなかから叫び声が聞こえた。

高柳が部屋に飛び込むと、窓が大きくあいていて、岩田が床にうずくまっていた。

窓から下をのぞくと、野枝のものらしいガウンが地面の上に広がっている。なにもかも、夕日で赤く染まっていた。

三月十九日（火）

＊

女の脳はほかのことではぼやけていても、苦痛や自分だけの傷、失われた夢といった限られた一点ではぱっと燃え上がる。すると、すべての愛しいものも、後景に退いてしまう。とてつもなく大きな流氷の彼方で、小さな手を振る黒い点に縮んで、もう声も聞こえなくなる。そうなると、梁《はり》にロープを引っかけたり、偽りの長い生命線が刻まれた掌に睡眠薬を振り出したり、窓を大きく開けたり、オーブンのガス栓を開いたりすることになるのだ。彼女たちは自らの狂気のうちにぼくらを巻き込んだ。というのは、ぼくらは彼女たちの足跡を踏みなおし、彼女たちの思考をたどりなおさずにいられなかったからだ。彼女たちの誰一人として、ぼくらのほうを向いてはこないということがわかったからだ。（『ヘビトンボの季節に自殺した五人姉妹（The Virgin Suicides）』ジェフリー・ユージェニデス）

*

あしたは終業式だ。

海生と双葉、紫乃、悠名は美術室で自分たちの荷物の整理をしていた。双葉は紫乃や悠名に事件の経緯を話している。

「え？　あれ、桑元先輩だったんじゃないの？」

メモの話になったとき、突然紫乃がそう言った。

「え？」

「てっきりそうだと思ってたんだけど……。桑元先輩、杉村先輩が死んだの、江崎先輩のせいだと思ってたみたいだし」

「あ、ああ、たしか高柳もそんなようなこと言ってたな。野枝の手記のなかに、江崎先輩が自分のために杉村先輩を殺してくれた、みたいな文章があった、とかなんとか。半分野枝の妄想だって思われてたみたいですけど……」

「杉村先輩は江崎先輩にずっと嫉妬してた、って。自分が負けてると思ってたんだ、って」

「でも、そんなことくらいで死なないでしょ？」

「そうなんだけど……。実は杉村先輩には大学生の彼氏がいて。江崎先輩がその彼氏を取っちゃったらしいんだよね」

「ええっ？」

「杉村先輩、それがすごく悔しかったみたいで。夏休み、江崎先輩がちらっと来て、大ゲンカになったことがあったじゃない？　あのときの原因ってそれだったんだよ。杉村先輩が死んだのって夏休み明けてすぐでしょ？　だから桑元先輩、それが原因だってずっと思ってて……」

「ふうん」

「で、旅行から帰ってきて、ほら、双葉と悠名が、幽霊の話、してたときがあったでしょう？」

「うん」

「あんとき、覚えてるかな、双葉、言ったんだよ、杉村先輩の死と江崎先輩の死に関係があるんじゃないか、って」

「ああ……。言ったかも、しんないです。けど、それが？」

「あんとき、たまたま自分の荷物整理しに、桑元先輩美術室に来てたんだよ。それで、双葉の言葉を聞いた。杉村先輩の死のことで江崎先輩を恨んでた人が、江崎先輩を殺したんじゃないか、みたいな話」

「ああ、そんなこと、言ったかも……」

「で、俄然あせったってわけ。それって自分のことを言われてるんじゃないか、って。いつかみんなにそう思われるかも、って。それで、どっかに目をそらさなくちゃ、って考えた」

「で、あのメモを捏造した、と？」

「そうそう」

「でもさ、なんで宮坂なんですか？」

「それはよくわかんないけど」

紫乃は言葉に詰まった。

「まあ、そういう可能性もなくはないかも。でも、メモ書いたの、あたしはやっぱり江崎先輩だと思うなー」

双葉はしぶしぶそう言った。

「で、ちなみに、その彼氏ってどうなったんですか？」

悠名が言った。

「さあ、それっきりだったみたい」

「江崎先輩はその人とつきあい続けたわけじゃないんだ？」

「そうみたいだよ」

「ふうん」

「でも、よく考えてみると、むかしは江崎先輩と杉村先輩って、仲よかった気がする。あたしが中一だったころは……。桑元先輩はまだいなくて、杉村先輩っていつも江崎先輩にくっついてた気がするなあ。まだ性格もそんなに悪くなくて……」

＊

「あれって、単に杉村先輩に嫌がらせしたかった、ってことなんだろうな」

　紫乃たちが帰ってふたりきりになると、双葉はぼんやりそうつぶやいた。

「あれ、って？」

「だからさ、大学生の彼氏がどうとか」

「あ、ああ」

「だって、杉村先輩が死んだらすぐお払い箱だったんでしょう？　江崎先輩は別にそいつのことなんか最初から好きでもなんでもなくて、ただ杉村先輩を痛い目にあわせたかっただけなんじゃない」

「そうかも。江崎先輩ならやりかねない。ゲームだったのかもしれない。でも……、ほんとにそんなことくらいで死ぬかな、杉村先輩も」

「さあ。杉村先輩もそいつが好きだったからじゃなくて、江崎先輩に負けたのが悔しかったのかも」

「うーん、まあ、たしかにプライド高かったから……」

「なんか、だんだん怖くなってきたよ」

「なにが？」

「江崎先輩って人がさ。だって、江崎先輩、杉村先輩のそういうところ知ってて、わざとやったんでしょう？」

「鋭いよね」

「鋭いっていうか……。むかしは仲よかったんでしょ、杉村先輩とも……。その躊躇のなさが怖い。ふつう、思いついてもやんないじゃん、やっぱ。それを踏み越えちゃうとこがさ」

「踏み越える、か」

海生はそう言ってため息をついた。

「なに？」

「みんな、自殺だったんだよね。緑さんも、シオンも、杉村先輩も、江崎先輩も、橋口さんも。みんな飛び下りて死んじゃった。なんでだろう？　ふつう、死のうと思っても死なないよ。だって、怖いもん。ためらうでしょ、ふつう」

「連鎖反応みたい」

そう、みんな引きずられるようにして、自分で飛び下りて、そして死んだ。

「あ、そうそう、あたしさ、高柳に頼んで、宮坂の小説借りたんだ」

双葉はそう言って、カバンのなかから厚い紙の束を出した。

「読んだの？」

海生は言った。

「うん。変な感じだった。死んだ奥さんの小説を代わりに発表していく男の話なんだよ。奥さんの残した断片を自分でつないで小説にして、それを発表しようとしてるんだから」

「それって、現実の宮坂と……」

「そう、同じ。しかも、最後に男は死ぬんだ。殺されるの」

海生は呆然とした表情になる。

「宮坂がこの小説を投稿したのって……」

「そうだね、あの雑誌の新人賞の要項を見ると、締め切りは半年以上前」

「自分がこれからどうなるか、予言してたみたい……」

「ちがうんじゃないかな。予言じゃなくて、計画だったんじゃない？　この小説、宮坂が書いたってことになってるけど、筋書きを考えたのはちがうかもしれない」

「まさか、江崎先輩？　じゃあ、江崎先輩は半年前から……」

「そうだとしてもおかしくない」

なにか言おうとしたが言葉にならない。

もしかしたら。海生はふと思った。ハルナの目の事故。あれももしかして事故なんかじゃなくて、自分でやったんじゃないか。自分の目を自分で……。なぜそう思うのかはわからないけど。

目……。そういえば。海生は、野枝が描いた絵のことを思い出した。文化祭に出した、野枝そっくりの女が描かれた油彩……。どっかにあったはずだ、あれ。海生は部屋の隅に立て掛けられた部員たちの作品のところに行った。

「ウミオ、どうしたの？」

双葉が不思議そうな顔をする。

「うん、ちょっと待って」

海生は次々に作品を出し、ようやく目的の絵を見つけた。

「あった」

海生はそう叫んだ。

絵のなかの女がこっちを見つめてきた。空っぽのレンズのような目。じっと見ていると、そのふたつの穴の向こうから、見つめ返されているような気持ちになる。

江崎ハルナだったのだ。そのとき海生は直感した。これは江崎先輩を描いたものだったのだ。でも……。この目は江崎先輩の目でもなく、野枝自身の目でもない。なんだろう？　なにか別の、おそろしい穴のような気がした。

頭のなかの野枝の顔がハルナのものとだぶる。

そういえば、江崎先輩のお姉さんも自殺したって言ってたな。野枝の前で江崎先輩が屋上から落ちたように、江崎先輩のお姉さんは、江崎先輩の前で歩道橋から落ちた。

ハルナの家で見た、ふたりの写真が頭をよぎった。シオンを追いかけるハルナの姿を。

ハルナは、シオンのことをすごくすごく好きだったんじゃないか？　だから……。

ハルナの目の前で、落ちていったシオン。そして、ハルナは野枝の前で落ちた。ハルナは、シオンになろうとしたんじゃないか？

「ああ、これ」

双葉が絵を横から見て言った。

「たしか野枝が描いた……」

「そう。橋口さんの描いた絵。わたし、てっきりこれって橋口さんの自画像だと思ってたんだけど……。ちがったんだと思う」

「そうか、これ……。江崎先輩か……」

双葉がうなずく。

「わからない。どっちでもあるし、どっちでもない」

海生はぼんやりそう言った。双葉はじっと絵を見つめている。

わたしの見た江崎先輩と、橋口さんの見た江崎先輩は、同じ人だけど完全に同じじゃない。ほんとの江崎先輩は、たぶんそのどちらともちがうだろう。海生はそう思った。

絵をしまおうとしたとき、古い画板が出てきた。

あ、これ、わたしのだ。むかしの。中学にはいったころ使ってたやつだ。

海生が大きな画板を開くと、ふわっと、古い石膏デッサンがあらわれた。

これは……。海生は、はっとした。これはわたしがいちばんはじめに描いたやつだ。そう、マルスだ。

一生懸命似せようとして、目や鼻の位置関係をきちんと写し取ったつもりだった。でも、今見ると、全然似てない。

これは、お父さんの顔だ。海生はそのことに気づいた。

あなたのデッサンは、いつもどことなくあなたに似てる。気づかない？　無意識にあなたはその顔を追いかけてる。石膏像を正確に見ているつもりでも、手はいつもちがう顔を求めてるのね。あなたというか、あなたによく似ただれか……。

ハルナ先輩に言われた言葉が頭によみがえった。わたしは、お父さんの顔を追い求めてたのか。

ハルナ先輩は正しい。それ以外のどんな部分があろうと、ハルナ先輩はそういう人だったんだ。

＊

放課後、高柳が図書室に行くと、岩田はいなかった。

がらっと音がして、入口の方を見ると、海生の姿があった。

「西山、どうしたんだ？」

「別に、本返しに来ただけですよ」

「へえ。なになに、なんて本だ？」

「『ヘビトンボの季節に自殺した五人姉妹』。この前、岩田先生に薦められたんですよ」

海生は表紙を高柳の目の前にかざして、そう言った。

「ほおお」

高柳は本の表紙をのぞき込んだ。

「自殺した五人姉妹、ってみんな自殺するのか？」

「そう」

「なんで死ぬんだ？」

「それはよくわかんない。そこんところがこの本のいちばんキモなんですよ」

「はあ。わかったような、わからんような」

高柳は海生の手から本を取り上げた。

「まあ、いいですよ、わかんなくても。でも、本って不思議ですよね」

「不思議？　なんでだ？」

「だって、本に書かれてるのって、単なる文字でしょ？　形も、匂いも、味もない。それなのに、読んでると自分がそのなかにいるみたいな気になる。書いた人のことなにも知らなくても、その人の作った世界が、ほかの人たちに伝えられてくじゃないですか？　人って死んだらふつう忘れられてくでしょ。その人を知ってる人がみんないなくなったら、この世から消えちゃう。でも本はちがうんですよ」

「なるほどねえ。多感な少女時代ってとこか」

高柳はぱらぱらと本をめくりながら、そう言った。

「まあ、しかし、なんにしても、お前は安心だな」

海生の方を見て高柳は言った。

「なにがですか？」

「いや、今度の事件さ。緑さん、シオン、杉村、江崎、橋口。合計五人の女性が次々に自殺したわけだから。お前や新木まで感化されたら、って一瞬思ったんだけどな、まあ、それはないか、と」

「連鎖反応?」

「あ?」

「いえ、双葉が言ったんです。今度の事件のこと。自殺の連鎖反応、って。そう、そういえば、この話もまさしくそういう話なんですよ、実は。外からはわからない理由で、みんな死んじゃう」

連鎖反応。高柳は、海生のその言葉に妙に引っかかるものを感じた。自殺の連鎖。この物語と同じ? なにかちがう。この本で死ぬのは五人姉妹らしいけど、実際の事件で死んだのは姉妹じゃない。いや、大事なのはそんなことじゃない……。

そう、自殺の連鎖では、余ってしまうんだ、宮坂さんが。あれだけは自殺じゃない。それに男だし。

この事件のなかで、なんだったんだ? 宮坂さんの死は。江崎がすべてを仕組んだのだと新木は言っていたが……。

「あ、じゃあ、先生、わたし帰ります。下で双葉が待ってるんで」

そのとき、海生がそう言って、図書室を出ていった。

＊

「ねえ、双葉」

帰り道、坂をおりていく途中、海生が言った。

「なに？」

「ありがとう」

「え？　なにが？」

「屋上で、助けてくれたでしょ、わたしのこと」

「うん、いや、それはまあわかるけど、なんでそんな、唐突に？」

「いや、別にさ。ただ、死ななくてよかった、って」

「ははは……」

双葉の笑いは乾いていた。

「あのとき、見えたんだ、わたし。あれ、走馬灯っていうの？」

「うわ、走馬灯はやばいよ」

「でも見えたんだ。お父さんのこととか、お母さんのこととか」

「うわー、そりゃ本物だわ。あれ、お父さん？　そういえば、ウミオのお父さんってなにしてる人だっけ？」

「今はいないんだ」

「え？」

「出てっちゃったんだ、むかし」

「出てっちゃったって……？」

「わたしが小学校三年のときかな。お父さん、写真やってたんだよね。それで、自分は芸術をやりたいとかなんとか勝手なこと言って。それっきり会ってない」

「そうだったんだ……」

「でも、あのとき、見えたんだ。屋上でもみあって、もうダメだ、っていうとき」

「見えた、ってなにが？」

「暗室の、光」

「暗室の？」

「引き伸ばし機ってあるでしょう？　知らない？　印画紙に現像するとき使うの。フィルムに光を当てて、印画紙の上にその光を落とすの。小さいころ、お父さんにときどき見せてもらったことがあるんだ。あのとき、見えたんだ、その光が」

「そうか」

双葉はうなずいて黙った。

「とにかくよかった、双葉がいてくれて」

「そう？」

「うん」

「まあ、まだ死ぬには早いよ」

「うん」

＊

ほんとうに、あの子が宮坂さんを窓から落としたのだろうか。あんな子どもが……。高柳は、橋口の幼い、頼りない顔を思い出した。

橋口は自殺した。岩田が病室の隅の水道の方へ行ったときのことだった。それは、同じ部屋にいた看護婦の証言からもあきらかだった。罪悪感からの自殺、と警察は判断したようだ。もっとも、宮坂先生殺しについては善悪がわかる状態だったか怪しいですが、と遠山という刑事は言った。

橋口の部屋からは手記のほかに、おびただしい数の江崎の写真やスケッチが見つかった。さらに、江崎と同じ髪形のウィグも。たぶんあれで江崎になりすまして、自分の部屋でひとり芝居をしてたんじゃないでしょうか、と遠山は言った。そうやっているうちに、だんだんほんとうに江崎ハルナがいるような気がしてきて、自分と江崎の区別がつかなくなったのではないか、と。つまり、宮坂殺しのとき、橋口が見たのは、ほかならぬ自分自身だったのではないか。まあ、すべてが演技だったのかもしれませんよ。自分がやったとわかっていて、そんな作り話をしたのかも。いずれにしても、犯人はまちがいなく橋口でしょう、と彼は言った。

辻褄は合っている。どこが腑に落ちないのか、高柳は自分でもよくわからなかった。

橋口の父と母は、ふたりで小さな健康食品の店を経営しているらしい。有名企業でリストラにあい、夫婦で起業、父親も母親も仕事一本で、家には野枝の居場所がなかったのかもしれない、と担任も言っていた。

屋上での一件のあと、深夜、岩田とふたりで野枝の家を訪ねたときも、父親はいつまで待っても帰ってこなかったし、母親もただ信じられないと繰り返すばかりで、なにが起こっているのかさっぱりわかっていないようだった。

だからこそ、江崎ハルナとの関係にそこまでのめり込んだのだろうか。復讐のために人を殺すくらいまで。それはもしかしたら、幼いからこそそのことだったのかもしれない。

橋口はどうやって宮坂さんを窓から落としたんだろう？

橋口が死んでしまったせいで、検証は行われず、犯行のときなにが起こったのか、くわしいことはわからずじまいだった。犯行時について橋口が言ったのは、変な音がして、そのあと江崎が窓際にいた、ということだけだ。

変な音？　そう、きいきいという変な音……。もしかして、それは宮坂さんを運ぶ音だったんじゃないか。もしかして……。

キャスターのついた椅子？

そうだ、きいきいというのは車輪の音にちがいない。でも……。

なにかが引っかかった。カウンターのところにある椅子のことを思い出す。椅子。新しい椅子……。

そうだ、あの椅子、あのあと買い替えたんだ。古くなってて、ようやく買い替えた、たしか岩田先生がそう言ってた。図書室には、キャスターつきの椅子はあれしかなかったはずだ。

あのときは、気にしてなかったけど、椅子を買い替えたのはもしかして、事件の直後じゃないか？

あれは……。待てよ。正確にはいつだ？　たしか宮坂先生の事件があったあとすぐ図書室に行ったとき……。

あのときの椅子はがたがたしてた。すぐキャスターがはずれて……。つまり、事件のときは、椅子はこれじゃない、前のぼろい椅子だったたってことだ。

この椅子、もう寿命なんです。あのとき、たしか岩田先生はそう言った。

たしかに椅子はボロかった。でもこれまでそれでやってきたのに、なぜ急に買い替えたんだ？　高柳の頭のなかに奇妙な不安がよぎった。

窓から宮坂さんを落としたあと、橋口は窓を閉め、遺書を捏造し、サンダルを持って外に出た。そして屋上にサンダルを置いて……。

おかしい。それじゃあ、辻褄が合わないじゃないか。

そうか。あれは密室じゃないか。

橋口じゃない。

高柳は確信した。

三月二十日(水)

＊

　終業式のあと、高柳は岩田といっしょに屋上にいた。ぼんやり空を見上げる。ふわふわと風が吹いている。すっかり春っぽい、少し土の匂いのする風だ。

　岩田は、橋口の事件のあとすぐ辞表を出して、今学期で学校を去ることになっていた。親の看病のため。表向きの理由はそうなっていた。

「それにしても、結局江崎ハルナはなにをしたかったんですかね？　こんな方法で橋口が宮坂さんを殺すとほんとうに思ってたんでしょうか？」

　高柳はぼんやりと言った。

「どっちでもよかったんじゃないですか」

　岩田が遠くを見ながら、ぼそっと言った。

「え？」

「橋口さんの手記を読んで思ったんです。江崎さんは、単に、人に人を殺させたかったんじゃないか、って」

「人に人を？」

「ええ。自分が死んだあと、宮坂先生と橋口さんが衝突する、そこで、どっちかがどっちかを殺せばそれでよかった。どっちがどっちを殺すんでもいい、って」

「でも、それじゃあ、シオンの復讐は?」

「わたし、思ったんですよ。ハルナっていう子は、ふつうの人間とはどっかちがってたんじゃないでしょうか。たとえば、こんなことだって考えられる」

岩田はちょっと間をおいて、空を見上げた。

「たとえば、両親が死んだのも、シオンが死んだのも、ほんとにハルナのせいだったのかもしれない。ハルナは、シオンが緑のストーカーをしていることも、そのせいで緑が死んだことも、なにもかも知ってた。それをシオンに向かって暴き立て、それでシオンは死んだ。人を殺せることをそのとき知った。杉村さんの自殺だって、ほんとに自殺じゃないのかも」

「まさか……?」

「実際に突き落としたりしなくても、橋口さんの手記にあった通り、ハルナが死に追い込んだのかもしれない」

「あれは橋口の妄想……。いや、江崎の作り話を信じこんでただけ、というべきか」

「まあ、これもわたしの勝手な想像ですから。とにかく、それで今度は、ほかの人にだれかを殺させようと思った。復讐なんていう、まともな理由じゃなくて、どうやったらごくふつうの人間が、もうひとりのごくふつうの人間を殺すのか、彼女はそれを実験するつもりだった」

「でも、だとしたら、彼女は死んでしまったんですよ、実験の結果がわかる前に」

「結果なんて確かめられなくてもよかったんじゃないですか。結果には興味がなかった」

「そんなのって……」

高柳は苦しそうに答えた。

「真剣に考えないでくださいよ。あくまでもこれはわたしの勝手な想像ですから」

そう言って、岩田はくすっと笑った。

「まあ、でも、つまり、その筋書きで行くと、江崎ハルナの試みは成功した、ってことですね」

高柳は言った。

「そうですね。たしかに、橋口さんは宮坂先生を殺してしまったわけですから」

岩田は遠くの空に視線を向けた。

「いいえ、それなんですけどね、実は俺、それはちがうんじゃないか、と思ってるんです」

「え？」

高柳はゆっくりと、岩田の横顔に向かって言った。

岩田が振り返る。

「たしかに橋口は宮坂さんと争いになった。でもほんとうに殺したのは彼女じゃない」

「なにが言いたいんです？」

「鍵の問題です」

「鍵？」

「図書室の鍵ですよ。図書室の鍵はかかっていた。でも、鍵は宮坂さんのポケットにあった。鍵はもちろん部屋の外からしかかからない。はじめは、宮坂さんが外に出て鍵をかけて、屋上に行き、そこで飛び下りた、ということになっていたから、辻褄は合ってた」

「ええ」

「でもね、宮坂さんは図書室の窓から落ちたんですよ。突き落としたのが橋口だったとして、鍵は宮坂さんといっしょに下に落ちてしまった。橋口はどうやって鍵をかけたんでしょう？」

「鍵は最初図書室のなかにあったんじゃないですか？　それで鍵をかけて、下におりて、宮坂先生のポケットに入れたんじゃ？」

「それはできませんよ。覚えてませんか？　宮坂さんの死体は校舎と貯水槽の細い隙間に挟まれて、うつぶせになっていた。宮坂さんの胸のポケットに鍵を入れるには、あそこから引きずり出して、ひっくり返さなければならない。でも、そんな痕跡はなかった。警察の話では、宮坂さんの死体は、傷の具合から考えて、落ちたときの状態そのままだろうっていう話だった。それに、死体を引きずり出すのはたいへんな作業ですよ」

「なるほどね。それで？」

「窓から落ちた宮坂さんに触れることはできない。だから、宮坂さんの死体は図書室の窓から、人が出入りできないチューブでつながっているようなものなんですよ。つまり、部屋のなかにあったのと同じなんです。部屋は外から鍵をかけられていて、鍵は部屋のなかにいる宮坂さんのポケットのなかにあった。おかしいでしょう？　外から鍵がかかってるのに、鍵はなかにある。鍵のかかった図書室から窓の外までのびた、糸電話みたいな密室のなかに、です。図書室の窓は、図書室のなかにいた橋口でも閉められる。だけど、宮坂さんが持っていた鍵を使って外から鍵を閉めることは橋口にはできないんです」

高柳はそこでいったん言葉を切った。

「でも、鍵が別にあったと考えたら？　実際に、合鍵はあった。あなたの机のなかにね」

高柳は岩田の顔をじっと見た。

「職員室のマスターキーもある。でも、これはケースに鍵がかかっているから、どっちにしろ教師でないとあけられない。橋口には無理なんです。でも、あなたなら？　あなたなら合鍵で鍵を閉められたんじゃないですか。それに、椅子のことも……」

「椅子？」

「キャスターのついた椅子ですよ。気を失った橋口は、ぼんやりとなにかの音を聞いた。ききいっていう音。それは、椅子に乗せた宮坂さんを運ぶ音だったんじゃないでしょうか。橋口が殺したんならそんなわけのわからないことを言うでしょうか？　岩田先生、事件のあとすぐに椅子を買い替えたのはなぜですか。橋口が見たのは、幽霊でも、自分自身でもない。ほんとうにだれかがあそこにいたんです。つまり、あなたが」

「じゃあ、わたしが宮坂先生を突き落とした、と？」

岩田は笑った。

「まあ、あくまでも仮定ですよ。あなたはあの日、図書室に宮坂さんを残して帰った。だからあなたは宮坂さんがあそこにひとりでいることを知ってた。それでなにかあると思ったんじゃないですか。あなたは夜になって、もう一度図書室に戻った。そこで見たんじゃないですか、橋口と宮坂さんが争ってるのを」

「それで?」

「あなたは宮坂さんを殴った。橋口を助けるためだったのかもしれない。宮坂さんは倒れて、意識を失った。橋口もたぶん意識を失っていた。あなたは宮坂さんを椅子に乗せて突き落とした。そのとき、たぶん、橋口が意識を取り戻しそうになった。あなたはあわてて図書室を出た。橋口が江崎だと思っていたのは、あなただったんです」

岩田は高柳から目をそらし、手すりにつかまって遠くを眺めた。

「そして、しばらくして、あなたはもう一度図書室に帰ってきた。橋口は姿を消していた。遺書を偽造したのがどちらかはわからない。でも、あなたはそれでは不十分だと思った。図書室をよく調べられたら、格闘のあとが出てきてしまうかもしれない。だから、宮坂さんがほかのところから飛び下りたことにしようと思った。図書室の窓を閉め、雨で濡れていた床を拭き、そこに落ちていた宮坂さんのサンダルを手に入れた。これを屋上に置いておけば、飛び下りた場所は屋上だと思われる、とあなたは思った。そして、鍵のことを思いついた。あなたはたぶん知ってたんでしょう。鍵が宮坂さんの胸のポケットにはいっていたのを。それとも、最初からそのつもりで、宮坂さんを突き落としたときに、宮坂さんのポケットに鍵を入れておいたのかもしれない。だからあなたは自分の合鍵で、鍵をかけたんです。そうすれば宮坂さんが図書室を出たことの、つまり図書室以外のところから飛び下りたことの裏付けになるからだ」

岩田がわずかに笑ったように見えた。

「おかげで、みんな自然に宮坂さんは屋上から飛び下りた、と思ってしまった。まあ、飛び下り自殺なら屋上からの方が自然ですし。でも、考えすぎでしたね。宮坂さんが屋上から飛び下りて自殺。この筋書きのときは、鍵の問題は辻褄が合ってた。でも、橋口が犯人で、突き落とされたのが図書室から、ということになると、鍵が宮坂さんのポケットにあったことは、どうしても説明がつかなくなってしまうんですよ。鍵はかけるべきじゃなかった」

「さあ。でも、鍵なんていくらでも合鍵は作れるでしょうし。もう今となっては椅子もありませんし、橋口さんもいませんしね」

岩田はおだやかにそう言った。

「たしかにそうです。もうなにも残ってない。これは単なる想像ですよ。さっきのあなたの話と同じだ」

高柳はそう言って、岩田の顔をじっと見た。

「でも、高柳先生、そう思ったんだったら、なぜさっきのわたしの話で、江崎ハルナの試みが成功した、って言ったんです？　失敗じゃないですか。結局、あのふたりは、どっちも相手のことを殺せなかった、ってことですから」

岩田は冗談のようにそう言った。

「ちがいますよ、岩田先生。あなたはあのとき、江崎は、だれかにだれかを殺させたかったたんじゃないか、って言ったんです」

岩田の目がはっと見開かれた。

「どういうことです？」

「あなたは、宮坂さんと会うために、うちの学校に赴任してきた。あなたはハルナがシオンの妹だと気がつかなかった、と言った。でもほんとにそうだったんでしょうか？　あなたは気づいてたんじゃないですか？　それで、江崎ハルナに近づいたんです。そしてあなたはハルナといっしょにある計画を立てはじめた」

「計画？」

「宮坂さんを陥れる計画です」

「なぜ？　わたしは別に宮坂先生のことは憎んでませんよ」

「ええ。少なくとも表面的には。もしかしたらハルナの方がもちかけたことだったのかもしれませんね。悪ふざけのつもりだったのかもしれない。あなたは、宮坂さんがいつか小説を書きたいと思っていることを知ってた。いや、すでに小説のようなものを書いていることに気づいていたのかもしれない。それで、小説の枠組みのヒントになるようにオースターの小説を渡して宮坂さんを導いたんです。ハルナはハルナで宮坂さんに近づき、自分が書いたと偽って緑さんやシオンの文章を宮坂さんに渡した。だが、宮坂さんはいつまでたっても、自分が流用している文章が緑さんやシオンの書いたものだと気づかなかった」

岩田は黙って遠くを見ていた。

「あなたは最初は小説が完成するとさえ思ってなかったのかもしれない。でも、宮坂さんは小説を完成させ、しかも賞まで受賞してしまった。そして、すべてを自分の力だと思いはじめた。それで、あなたは広瀬透の文章が載っている『小説海音』を宮坂さんに渡し、発表をとりさげるように仕向けたんです」

高柳は岩田の横顔をじっと見た。

「そして、あなたは宮坂さんを殺した。それは、橋口を守るための行動だったのかもしれない。だけど、ほんとにそれだけでしょうか。あなたはほんとに宮坂さんを恨んでなかったんですか？　あなたは心のどこかで宮坂さんを憎んでたんじゃないんですか。緑さんの文章だということに気づかない宮坂さんを」

岩田の表情は変わらなかった。

「だれかにだれかを殺させたい。あなたは江崎がそう思ったんじゃないか、と言った。あなたは、もしかしたら、江崎からほんとうにその言葉を聞いたのかもしれませんね。だれかにだれかを、つまり、橋口が宮坂さんを殺すのでも、宮坂さんが橋口を殺すのでもよかった。もっと言えば、あのふたりでなくても別によかったんです」

岩田はまばたきもせずに、高柳の顔を見返した。

「橋口や宮坂さんが操られたんだとしたら、あなただって同じですよ」

岩田の表情が固まった。

「それとね、あなたはヘビイチゴがシオンだって言ったでしょう？　でもあなたはヘビイチゴがだれか知らなかった。会ったことがなかった。たしかにヘビイチゴは、緑さんにシオンと名乗っていたかもしれない。でもほんとにシオンだったんでしょうか？　ハルナだってよかったんじゃないですか？　あるいは、ヘビイチゴはほんとにシオンだったのかもしれない、でも、緑さんが会っていたのがシオンだとはかぎらない、と俺は思うんですよ」

高柳はすうっと息を吐いた。

「つまりね、緑さんが死んだのも、すべてハルナが原因だったのかもしれない」

岩田は一瞬うつむいたが、やがて顔をあげ、遠くを見つめた。

「もう、行きます。職員室と書庫の私物を片づけなくちゃなりませんから」

岩田はそう言って、にっこり笑った。

「どうするんですか、これから」

「言ったでしょう、親の看病だって。郷里に帰るんです。いいところですよ。高柳先生もいつか遊びに来てくださいね」

三月二十一日(木)

＊

「あれ？　お前、なんか変わったな。髪切ったのか？」

双葉に向かって史明が言った。

「切ってないよ」

「おかしいな？　きのうまでとなんかちがうような気がするんだけど」

「きのうまでは包帯巻いてたんだよ」

双葉は面倒臭そうに答えた。

「包帯？　そーいやそーだったかな。でもなんで包帯なんか巻いてたんだ？　コスプレか？　包帯はちょっと古いんじゃないか？」

「ケガしたんだよ」

「いつ？」

史明はびっくりしたような顔になった。

「いつ、って。気づかなかったの、お兄ちゃん。あの日だよ、ほらお兄ちゃんと小説の原稿のこと話した日、あのあとあたし、出かけたでしょ、それからたいへんだったんだけど」

「そうだったのか。夜中、いやにがたがたしてると思ったら、あれ、お前だったのか」

「そうだよ。でもさ、なぜ今まで気づかない？」

「いや、忙しかったし。お前、昼間は学校行ってるしさ」

「でも、何度も会ってるでしょう？」

「仕方ないだろう、俺はそういうヤツなんだから。だいたい、ケガしてんだったら自分でそう言えよ。もう大人なんだから、それくらいできるだろう？」

「わかった。わかった」

「ところで、なにかあったのか？」

「なにか、って？」

「だから、さっきたいへんだったとか言ってたじゃないか」

「ああ。まあ、全部終わったことだから。それにお兄ちゃんに話すの、面倒臭いし」

「気になるじゃないか、言えよ」

双葉はしぶしぶ事件のことを説明した。史明はふんふんうなずきながらおとなしく双葉の話を聞いていた。めずらしいな、と双葉は思った。こいつがこんなに長く人の話を聞くとは。

「なるほど。なにが起こったのかはいまひとつはっきりしないが。そりゃ……、たいへんだったな」

「のんびり言うけどさ。まじでたいへんだったんだよ？　人が死んだんだし」

「で、お前たちは、その江崎っていう死んだヤツが犯人だって思ってるわけ？」

「まあ。それしか考えらんないし」

「そうか?」

「どういうこと?」

「いや、それってなんか荒唐無稽な話なんじゃないかな、って思って。まあ、操り殺人とか、推理小説ではあるらしいけど……」

「たしかに、江崎先輩がなんでそんなことしたか、っていうか、ほんとにそんなことできんのか、っていう疑問はあるよ。でもさ、そう考えるとなにもかも辻褄が合うんだよ」

「辻褄っていうのは、まちがってても合うんだよ」

「え?」

「内部で矛盾がないことイコール真実ってわけじゃない。そんなのあたりまえのことだろう? たいていのことは、まちがった前提からでも辻褄が合うように話を組み立てられるんだ。たとえば宇宙が三角形だとかさ。人類はずっとそうやって勘違いの歴史を歩んできたんじゃないか。いい加減に学んでほしいよ、まったく」

双葉の頭のなかを、メモのことがよぎった。あれは、だれがやったことだったんだろう。江崎先輩かもしれないし、紫乃先輩が言ってたみたいに、桑元先輩がやったのかもしれない。どっちともとれるんだ。

「じゃあ、お兄ちゃんはだれが犯人だと思うのよ?」

「そんなの、わかるわけないだろう? 俺に推理力を期待するな。ただほかの可能性がないわけじゃないだろって、ちょっと思っただけだよ」

「またテキトーなことを」

「ま、そんなことより、そういうことがあったときは、今度は出かける前にちゃんと俺に言えよ」

「え？　あ、うん。でも、あんな危ないことになるなんて、思ってなかったからさ」

こいつでも人を心配することがあるのか。かわいいとこもあるじゃないか。

「心配してくれたんだ」

「あたりまえじゃないか。お前、俺に人を心配する能力がないと思ってたんだろう？　それは見方が甘いな。俺は、そういう能力だってちゃんと持ってる」

「わかったよ」

「まあ、俺は腕力はないが、人を説得することには自信があるから。俺がいれば、その橋口っていう子だって、説得できたかもしれん」

「あ、そう」

説得……。ほんとにこの人、わかってんのかなあ？　人の複雑な感情とか。まあ、いいけどさ。

＊

「ねえ、お母さん。わたし、こないだ死にそうになったとき、お母さんとお父さんが頭に浮かんだんだ。お母さんもお父さんも、若くて、わたしと同じくらいで、これじゃあきょうだいみたいだ、って思うの」

食事が終わったとき、海生はそう言った。不思議なくらいするっと言葉が出てきた。由里子ははっとしたように黙った。

「海生、わたしね、お父さんのことどう考えたらいいか、ずっとわからなかった」

しばらくして、由里子はゆっくりと言った。

「でも、自分のことはわかった。たぶん、わたしは生きるためにお父さんと別れたんだ、って。お父さんとわたしは生きる道がちがってた。だから別れたんだと思う」

「うん」

海生の頭のなかに一瞬あの光が浮かんだ。自分が、由里子の言っていることをちゃんと理解しているかどうかわからなかった。でも、なんとなくわかる気がした。

「まちがってたかも、って思ったこともあったよ。海生にも悪いことしたな、って思うし。それでも、よかったと思うんだ、今こうやっていることが」

海生はゆっくりうなずいた。

「そのときね、やっぱりわたしにとっては、お父さんがお父さん、お母さんがお母さんなんだ、って思った。そのことは否定できないんだ、って」

言ってしまって、少し怖くなった。自分がむき出しになった気がした。

「お父さんはお父さん、わたしはわたし。海生は海生。でも、海生がお父さんとお母さんから生まれたのは、いつまでもほんとだし、そこからは逃げられない」

由里子が言った。海生はうなずきながら、わたし、いつかお父さんに会うときが来るのかな、と思った。

エピローグ

一学期最後の日になった。授業のために借りていた本を返しに来た高柳は、だれもいないがらんとした図書室に立って、春の出来事をぼんやり思い出していた。

岩田は学校をやめた。終業式のとき以来、会っていない。春休みにはいってから、ほかに学校を去るもうひとりの教師といっしょの送別会が催されたが、岩田は姿をあらわさなかった。

結局あれ以上はなにもできなかった。なんの証拠もない。だが、高柳は、やはり岩田と江崎ハルナは共謀していたと確信していた。いや、岩田もまた江崎ハルナに操られていた、というべきか。

けれども、だれにもなにも話さなかった。双葉と海生のふたり組にも。なぜなのかはわからない。でもこれからもずっと、この話は自分の胸だけにしまっておくことになるだろう、と高柳は予感していた。

結局のところ、俺たちだって操られたのかもしれない。江崎ハルナは意図的にあちこちに証拠をばらまいたんだ。計画が成功したときに、あとからだれかが自分にたどりつくように。

江崎ハルナっていうのは、いったいなんだったんだろう？

「高柳先生」

戸があく音がして、うしろから声がした。

海生と双葉だ。海生たちは高一になり、もう高柳の受け持ちクラスではない。しかしふたりは同じクラス、同じ美術部のようで、相変わらずふたりでくっついているようだ。

「たいへんだよ、広瀬透っていたじゃない？　あの、緑さんが憧れてたとかいう作家。あの、失踪してたっていう」

「あ、ああ」

高柳はぼんやり答えた。高柳は、ふたりに岩田との会話の話をしていなかった。だからふたりは、広瀬透が緑さんだということも、緑さんと岩田先生の関係も、ほんとうに宮坂さんを殺したのがだれなのかも知らないのだ。

「復活したんですよ」

双葉が言った。

「え？」

頭がぼうっとする。広瀬透は、緑さん自身なんだ。それが、なぜ？　高柳は喉まであがってきたその言葉を呑み込んだ。

「今月の『小説海音』に新作が載ってるんです」

「ほんとか」

高柳は言った。思わず声がふるえる。

「ほんとですよ。雑誌だって持ってるんですから。きょうの朝新聞で見て、さっきわざわざ駅前の本屋で買ってきたんです、ほら」

双葉はカバンのなかから雑誌を取り出しながらそう言った。

「広瀬透の新作、新境地開拓！　ミステリ中編連作だって。しかも第一回目のタイトルが、『ヘビイチゴ・サナトリウム』！」

双葉はそう言いながらページをめくった。


晴れた朝、いつもの長い坂道をのぼっている。のぼりきった。目の前に急に空が広がる。坂道をのぼりきると、そこはT字路になっている。左に曲がるとすぐ学校の門がある。

門をはいってすぐのところにある白い南校舎。高等部の校舎だ。わたしは校舎の角を曲がり、花壇を見ながら中庭をゆっくり歩く。

ここに倒れていたのだ。芽が出たばかりのチューリップたちの横に。わたしは花壇を見ながら思い出す。花壇を囲むブロックは水で洗われてなんのあともなくなっているが、今でも血がにじんでくるような気がしてしまう。

わたしは校舎を見上げた。空気が澄んで、建物がいつもよりくっきりと見える。建物に中身があることを忘れてしまいそうになる。光る大きな面が、ただ青い空にのび上がっていくように見えた。

広瀬透の小説はそうやってはじまっていた。

「ヘビイチゴ・サナトリウム」。学園もの。女子校。自殺。高柳の背中にすうっとひんやりしたものが伝った。汗なのか冷や汗なのか、わからなかった。

ハルナ……。思わずつぶやきそうになった。帰ろうとして、ハルナが死んでいた花壇の近くを通りかかったときのことだった。一瞬はっとしてよく見ると、似ていると思ったそのうしろ姿は、ハルナとはまったくちがっていた。

僕は、ハルナが死んだことを信じられないでいることに気づく。制服というのはおそろしい。学校のなかに何百人もハルナの幽霊がうろうろしているのだ。

坂をのぼりきったところに正門があるので、朝はいつも遅刻ぎりぎりの時間に息を切らして駆け上がってくる生徒がいる。そのかわり、帰りは下り坂だ。とぼとぼと駅に向かって歩いていると、うしろから自転車が何台も追い越していく。

「先生、さようならー」

中等部の生徒たちが口々にそう叫び、あとは振り向きもしないで一直線に坂を下っていく。ずいぶん遠くまで離れても、笑い声だけが響いている。

小説は、ふたりの人物の一人称で進むようだ。ひとりは「わたし」で、ひとりは「僕」……。

「わたし」はたぶん橋口、そして「僕」は宮坂さん……。

もしかして、まちがいだったんじゃ……？

なにもかも、勘違いしてたんじゃ……？

わけのわからない言葉が高柳の頭のなかを行ったり来たりした。

ほんとうに江崎ハルナがすべてを操ってたんだろうか？　高柳の頭のなかで、問いがしだいにはっきりした形をとりはじめる。

宮坂さんの小説。最後、ユミは男を殺し、完成した作品をキミコの名で発表する。

完成した小説をキミコの名で発表する。

キミコが広瀬透、つまり緑。男が宮坂さん。じゃあ、ユミは？

この小説を発表したのは？

ユミは何度もキミコの夢を見る。キミコを食べる夢。ユミはキミコを愛していると感じる。

そして完成した作品をキミコの名で発表し、「ようやくひとつになった」とつぶやく。

まさか。

高柳の背中に汗がすべっていった。すべてはじめから筋書きは決まっていた……。

たしかにヘビイチゴはシオンかハルナのどっちかだったんだろう。シオンと緑さんがどうして死んだのかはわからないが。そして宮坂さんが書いたといつわって、橋口にニセの小説を見せていたのは江崎だろう。橋口自身が屋上でそう言っていたんだからまちがいない。

でも、ヘビイチゴと広瀬透の文章を宮坂さんに渡していたのは、ほんとに江崎だったのか？ハルナの部屋にヘビイチゴの文章の断片があったと聞いたとき、俺たちはハルナが宮坂さんにそれを渡していたんだと思い込んでしまった。そして、俺は岩田先生とハルナが共謀して宮坂さんに小説を書かせたんだと推測した。

でも、よく考えてみれば、共謀なんて必要ないんだ。ヘビイチゴの文章のデータは、岩田先生だって持っていたのだから。宮坂さんが小説を書くよう仕向けるのも、ヘビイチゴの文章を渡すのも、岩田先生ひとりでよかった。

いや、待て。たしか橋口は、江崎と、宮坂さんが小説のことで言い争うのを盗み聞きしてたんじゃ……。じゃあ、やっぱり江崎が……？

ちがう、ちがうじゃないか。そうだ、橋口はそんなことはしゃべっていない。あれは、手記のなかにあったんだ。

そういわれてみれば、あの橋口の手記には、江崎が橋口に見せていたニセの小説の話がなかったな。あれだけあの小説にこだわってたっていうのに……。なぜだ？

あれはほんとに橋口が書いたものだったのか？　プリントアウトだから筆跡もないし、あの部屋にはいれればだれだってそこに置いておくことができる。

あの屋上の事件があった日、岩田先生といっしょに橋口の母親を送って、橋口の家に行った。たしかあのとき、岩田先生は、トイレを借りたいと言って席をはずしたんじゃなかったか？

なぜ手記に宮坂さんのニセの小説の話が出てこないか。それは、知らなかったからだ。あの手記を書いた人は、あの時点でそのことを知らなかった。

あれは岩田先生が書いたものだったんじゃないか？　つまり、全部創作だった……。もちろん真実も含まれているだろう。でも全部真実であるかどうかはわからない。

新木は体育館で宮坂さんがうわごとで江崎の名前を言っているのを聞いている。それは新木だけじゃない。だから、宮坂さんと江崎のあいだに関係があったのは事実だろう。だからこそ江崎は橋口を騙して、宮坂さんを憎ませようとしたのだ。だけど、シオンと緑さんの原稿を宮坂さんに渡したのは、江崎じゃない。

岩田先生だったんだ。岩田先生が宮坂さんに小説の合作をもちかけ、筋書きも細部を提供した。宮坂さんはその筋書き通りに小説を書いた。

宮坂さんが死んだ日、下校時間ぎりぎりに西山が図書室にやってきた。本を借りて、岩田先生と西山は帰った。つまり、西山がやってくる前、図書室には宮坂さんと岩田先生がふたりきりだったということになる。そのとき、宮坂さんと岩田先生はなにを話していたんだろう？

そうか……。

もしかして緑さんが宮坂さんに小説を見せたくないと言っていたのは……。

彼女は宮坂さんと同じ文芸サークルにいた。彼女は一度も作品を発表しなかったと葬式であった彼女の友だちは言った。緑は、書く力はいちばんあったのに、と。

でもそうじゃなかったのかもしれない。彼女は書いた。彼女の作品は宮坂さんの名前で発表され続けていたんだ。だから彼女は宮坂さんに作品を見られたくなかった。書けばまた盗作される、と思って。

そして、緑さんはあるプロットを考えた。男が妻の小説を盗み、妻は死ぬ。そしてさらにだれかがその小説を盗み、男を殺すというあらすじだ。

岩田先生は、そのプロットを緑さんから聞いて知っていた。そしてそれを宮坂さんに渡し、宮坂さんはそのプロットから「DOTS」を組み立てた。

それと同時に、岩田先生は、現実の世界でも緑さんのプロットを実現しようとしていたのだ。この事件自体が作品だった。

緑さんのプロットで宮坂さんに小説を書かせ、できあがった作品を彼個人の名前で賞に応募させた。そうして、彼を殺した。緑さんと岩田先生が合作した作品は見事に完成した。

そう、幽霊……。橋口の部屋からはウィグも見つかったという話だった。だから俺たちは幽霊も橋口だと思った。でも、ほんとに橋口だったのか？

いつだったか新木はメモが橋口の仕業であるはずがない、と言った。橋口はむしろあんな噂、広まってほしくなかったはずだから。

それなら幽霊も同じはずだ。宮坂さん個人を脅すのはわかる。でも、校内の噂にする必要はない。幽霊騒動とメモがなかったら、だれも宮坂さんの死が江崎ハルナの死と関係があるなんて思わなかった。あれはそう思わせるためにわざわざ仕組まれたものだったんじゃないか？

つまり、メモも幽霊も犯人は岩田先生だった。岩田先生は幽霊に扮するためにいつも黒髪のウィグを隠し持っていたんだろう。宮坂さんの事件のとき、岩田先生はそれをつけていた。そして橋口に見られた。だから橋口は岩田先生のうしろ姿を見て、ハルナ先輩、と呼んだんだ。岩田先生はまずい、と思った。だが、橋口が江崎を慕っているのは使えると考えた。江崎の死でおかしくなった橋口が宮坂さんを殺した、そういう筋書きのために手記を捏造した。

でもどうして屋上での江崎と橋口のやりとりを描くことができたんだろう。……もしかして、見ていたのか？　ロープをはずす橋口を。よく考えてみれば、事件のあとロープはちゃんとかかっていた。倒れて、立入禁止の役割は果たしていなかったが、ロープの両端はポールに結ばれていた。結ばれたまま倒れていたんだ。だから江崎が誤って倒したんだと思われた。もしあれがほどけていたら、警察はもっと調べたかもしれない。

ほどいたロープをもう一度結び、ポールを倒す。江崎が落ちた直後の橋口にそんなことができただろうか……。

そして、もうひとつ別の作品、江崎と橋口と宮坂さんの物語、つまりこの「ヘビイチゴ・サナトリウム」ができあがったんだ。

ガラス窓の外から蝉の声が聞こえた。宮坂さんの落ちたあの窓から。強い陽射しが射し込んで、窓の下の床を照らしていた。

あとがき

『ヘビイチゴ・サナトリウム』が単行本になったのは二〇〇三年のこと。今回、再文庫化のお話をいただき、もう二十年も前のことなのか、という感慨がありました。最初に本になった作品でもあり、わたしにとってはかけがえのない一冊です。

二〇〇七年に最初に文庫化されたときのあとがきで、わたしは次のように書きました。

＊

コンピュータのなかの言葉ってなんなんだろう？

この物語を書いているあいだ、そんなことをよく考えていたような気がします。

ワープロを打つのは、話すのとはちがうけれども、書くのともちがうのかもしれない。手書きや印刷の文字はモノとして実体がある感じがしますが、コンピュータのなかにあるのはデータで、実体がありません。そこに記録されているのは、これまで文字と呼ばれていたものとはちがう、なにか新しいものなんじゃないか、と。

この物語のなかにもいろいろな文書が出てきます。手書きのもの、印刷されたもの、プリントアウトされたもの、パソコンに保存されたもの。怪しい文書ばかりですが、そうじゃなくても文書というのはどれも怪しい。あれもこれもニセモノかもしれない。モノからデータになることで、本物というのがなんなのかさえ、よくわからなくなってきた……。

でも、考えてみれば、言葉というのはもともとそういう怪しいものなのでしょう。しかも、書き手が死んだあとも存在し続けていたりして、なんだか不気味でもあります。

わたし自身も最初にこの物語の原型を書いたときは、手書きとワープロ併用でした。でも今はすべてワープロで書いていて、それがあたりまえのようになっています。そういう移り変わりの時期だったからこそ、そんなことを感じたのかもしれません。

＊

最初の文庫化からも十七年が経ち、インターネットやコンピュータに関する記述はずいぶん古びてしまっています。いまはワープロ専用機の存在を知らない人も多いと思いますし、個人サイトというのも一般的ではないでしょう。

ここ数十年でネット環境が大きく変わったことをあらためて感じました。スマートフォンがある現在なら、話の流れも大きく変わっていたかもしれません。すべてを現代に寄せて修正したら話が成立しなくなってしまうので、そのままの形で出すことにしました。二〇〇三年に書かれたものだと思って読んでいただければと思います。

内容についても、わたしのいまの作風とはかなりちがうので、読んで驚かれた方も多いかもしれません。当時は小説という人工の世界を愛しつつも、それが人工のものであるということに抵抗を感じていたように思います。

物語の世界が広がったあと、作者の力によって閉じていくことに不満を感じていました。だから、閉じない物語を書きたいと思っていました。当時のわたしなりに試行錯誤を重ね、次への扉が開き続ける物語を目指しました。


単行本が出た五年後からわたしは大学で小説創作の授業を持つことになり、その後、小説で卒業論文を書く専門ゼミも担当するようになりました。卒業論文では多くの人が長編と呼べる長さの作品を書きます。

卒論指導では、「(仕掛けのある物語の場合は) 書きはじめる前に人物や出来事を整理し、プロットを組みましょう」、「(明確な意図がないかぎり) 視点人物はひとりにしましょう」、「ジャンルを意識しましょう」、「登場人物 (とくに若い人物) を無闇に死なせないようにしましょう」などともっともらしくお話しししていますが、この作品はひとつも守っていません (この作品だけでなく、初期の作品はみなそうです)。

登場人物の死についてはミステリなので仕方がないのですが、プロットを組んでいないためこの形になるまでかなり試行錯誤しましたし、視点人物が多いせいでわかりにくいとよく言われます。ジャンルについてもひとつにしばられるのがいやで、当時の作品は「あれかと見せかけてこれ、これかと思うとさらにちがって」というような構造になっているため、盛りこみすぎと言われることも多々ありました。ひとつひとつの作品が成功していたかはわかりませんが、そうした格闘がわたしの小説創作の根幹になっているように思います。

というわけで、卒論や創作講座での指導は自戒をこめたものと思っていただければうれしいです。ただ『ヘビイチゴ・サナトリウム』は構想から完成まで十年近くかかっていますし、それはつまり、不器用でも創作技法を守らなくても（気力さえあれば）作品を完成させられるということなので、内心では「それぞれ自分の書きたいように思う存分格闘してくれ」と思っています。

『ヘビイチゴ・サナトリウム』は書くことをめぐる物語でもあります。そして、自分とはなにかという問いをめぐる物語でもあります。答えのない問いではありますが、そこに近づこうとした格闘のあとを感じていただければさいわいです。

探偵小説と「自分と他人の境界のくずれ」

笠井　潔

『ヘビイチゴ・サナトリウム』の作中で、白鳩学園の司書を務める岩田塔子は数学教師の高柳の質問に答えて、ポール・オースターのニューヨーク三部作を次のように紹介する。「三部作といっても、ひとつひとつ別の話ですよ。大雑把に言うと、探偵小説の枠組みを借りた文芸小説っていうところかな。どの作品にもそれぞれ謎が仕掛けられているんだけど、ミステリーみたいに謎が解決されるわけじゃない。謎の究明というよりは、自分と他人の境界がくずれていく、そういう感覚を追求することの方が主眼になっている」。

『ヘビイチゴ・サナトリウム』という作品は、この評言と微妙に親和し、また微妙に違和する。「自分と他人の境界がくずれていく、そういう感覚」を描いている点でオースター作品と共通するが、中高一貫の女子校で起きた連続墜死事件は「ミステリー」的に究明され、謎は最終的に解体されるからだ。

他者との距離感を失った恋愛感情から、ようするに「自分と他人の境界のくずれ」から、しばしばストーカーは誕生する。「シオンは宮坂さんのことが好きだった。宮坂さんの身のまわりのことを調べていて、緑さんの存在を知った。それで、嫉妬したかもしれないし、緑さんになりたいと思ったかもしれない」。江崎シオンは宮坂の妻の緑に執拗につきまとい、精神的に不安定になった緑が自殺すると、その跡を追うように自分も歩道橋から高速道路に飛び下りて死ぬ。またシオンの妹ハルナは、「ハルナ先輩だけは特別でなければならない」と思いこんだ後輩の橋口野枝に、一方的な憧憬や愛情を押しつけられる。白鳩学園の連続墜死事件とも無関係でない野枝の錯乱的な行動は、一種のストーキングだろう。シオンおよび野枝というストーカーの運命を通じて、作者は「自分と他人の境界のくずれ」を描き出そうとしている。

作品の冒頭で、美術部員で高校三年の江崎ハルナが校舎の屋上から墜死する。ハルナは不慮の事故で視覚を失っていたし、屋上は工事中で柵の一部が外されていた。目の見えないハルナが、柵の切れ目から誤って転落したのだろうか。あるいは画家としての将来に絶望し自殺したのか。ハルナの墜死に先行し、同じ美術部員の杉村梨花子も屋上から投身自殺していた。二人の墜死事件に美術部の後輩の西山海生は疑問をもち、同級の新木双葉とともに真相の究明に乗り出す。墜死事件はさらに続いた。生徒のハルナとつきあっていたという国語教師の宮坂、ハルナにつきまとっていた野枝が第三、第四の犠牲者となる。また宮坂には、ハルナの幽霊を見て怯えていたという目撃談もあった。

四人の連続墜死を、海生は「みんな飛び下りて死んじゃった。なんでだろう?」と問い、双葉は「連鎖反応みたい」と応じる。連鎖反応的な死もまた、「自分と他人の境界のくずれ」がもたらしたものだ。

『ヘビイチゴ・サナトリウム』で謎として提起されるのは、白鳩学園の連続墜死事件だけではない。宮坂が新人賞を受賞した小説『ＤＯＴＳ』の謎もまた、物語を駆動するための原動力となっている。オースターの『鍵のかかった部屋』に影響されて書かれた『ＤＯＴＳ』だが、この作中作の主人公は「長い間作品を書けずにいた小説家で、その作品で復帰を果たす。(略)しかし、実際には、その小説の作者は、男の妻キミコだった。キミコはその作品を遺して自殺してしまっていた」。しかも『ＤＯＴＳ』という小説の成り立ち自体に、その内容を思わせるところがある。宮坂は、ハルナが書いた断片を繋ぎあわせて『ＤＯＴＳ』を完成した。「小説のかなりの部分をハルナの文章が占めていたとはいえ、それはもちろん文章の問題だ。小説の作者は僕だ。だが、そう言い切ることはできなかった。あれは僕とハルナの合作といってもいい」と宮坂は述懐する。

　ところが宮坂は、雑誌に掲載されていた広瀬透という新人作家の小説に、『ＤＯＴＳ』と同じ文章を発見して狼狽する。「答えはひとつだ。僕の小説のもとになっている文章が、そもそも盗作だったということだ」。ハルナは広瀬透の小説から文章を抜粋し、宮坂に渡していたのではないか。新人賞の受賞を断念した夜、宮坂は校舎から墜死する。

『ＤＯＴＳ』という場所では、宮坂、ハルナ、広瀬という三人の「作者」が交錯し、半ば溶解している。ここにも、「自分と他人の境界のくずれ」が見出される。

『ＤＯＴＳ』をめぐる謎は、さらに紛糾の度を増していく。同僚の墜死事件を調べはじめた高柳は、宮坂の自殺した妻の実家から、緑が愛用していたパソコンを借りる。パソコンには「ヘビイチゴ・サナトリウム」というホームページのデータがあった。ホームページには小説の断片のような文章が載せられ、また広瀬透からの**「この前の、アルファベット・ビスケットのエピソード、とてもおもしろかったので、次の小説で貸していただいてもいいでしょうか」**というメールも残っていた。緑が書いた断章を広瀬が自作に取り込み、広瀬の小説からハルナが文章を抜粋し、それを元にして宮坂が『DOTS』を書いた、という前後関係なのだろうか。とすれば宮坂は、まさに『DOTS』に描かれているように、自殺した緑の文章を「盗作」していたことになる。

『DOTS』の作中で、死んだ妻キミコはパソコンを使って原稿を書いていた。「手書きの原稿であれば、キミコの直筆が残る。だが、デジタルデータでは、キミコが書いた文字と、あとから男が書き足した文字のあいだになんのちがいもない。表面的にはすべてがなめらかにつながってしまう」。原稿を破棄したいといいはじめた男を、編集者のユミが殺害し、今度はユミが小説を書き換え続ける。「最後、ユミは完成した作品をキミコの名前で発表し、『ようやくひとつになった』とつぶやく」。

作中作の『DOTS』という小説それ自体が、「自分と他人の境界のくずれ」を中心的な主題にしていた。作中の現実でも、『DOTS』の成り立ちをめぐって「自分と他人の境界のくずれ」は執拗に反復される。素人探偵に志願した海生や高柳は、一方で連続墜死事件の真相を、他方で『DOTS』成立の真相を解き明かそうとする。「連鎖反応」めいて見える連続墜死事件に計画的な殺意を見出すことは、「自分と他人の境界」が形もなく崩落した不透明な世界に、輪郭鮮明な個人の欲望や意思や行為を再発見する結果にも通じるだろう。

同じように、もしも『ＤＯＴＳ』というテキストを断片に分解し、断片ごとの「作者」を特定しうるなら、「自分と他人の境界のくずれ」そのものであるような「表面的にはすべてがなめらかにつながって」いる世界に、固有の名前ある個人を復活させることも可能となるに違いない。

この一点で『ヘビイチゴ・サナトリウム』は、オースター的な「謎が仕掛けられているんだけど、ミステリーみたいに謎が解決されるわけじゃない」、「謎の究明というよりは、自分と他人の境界がくずれていく、そういう感覚を追求することの方が主眼になっている」小説世界から離脱していく。

第一次大戦で塹壕を埋めた匿名の凡庸な大量屍体が、大戦間の英米探偵小説の起源にはある。探偵小説を二〇世紀的な小説形式たらしめた匿名、凡庸、大量の屍体とは、「自分と他人の境界のくずれ」を体現するものではないだろうか。近代小説の主人公を演じてきた輪郭鮮明な近代的個人の危機と解体を、『贋金つくり』や『ユリシーズ』から『嘔吐』や『時間割』まで、二〇世紀小説は一貫して探究してきた。その末流として、オースター作品を位置づけることもできる。しかし、探偵小説的なキャラクターやモチーフやテーマを御都合主義的に流用した類の現代小説はつまらない。

「自分と他人の境界のくずれ」を前提に、真犯人として名前のある個人を再発見しようとするところに、探偵小説形式の固有性がある。この点からいえば、探偵小説を駆動する欲望は一九世紀的あるいは「反動的」である。しかも探偵小説は、輪郭鮮明な個人の再発見が擬制的にしか可能でない事実を暴露してしまう結果、先鋭な二〇世紀小説に転化する。

　物語の前半、サスペンス小説的な雰囲気で二つの謎を追究する『ヘビイチゴ・サナトリウム』は、後半で一転、密室殺人を焦点とした本格ミステリに変貌する。作中には、オースター作品のタイトルを引用して「鍵のかかった部屋」という章がある。「ロックト・ルーム＝密室」である。探偵役の高柳は、エラリー・クイーンの国名シリーズなら「読者への挑戦」が挟まれるだろう箇所の直前で、「そうか。あれは密室じゃないか」と呟く。「連鎖反応」めいた連続墜死事件から密室殺人が発見され、謎が解明されると同時に、『DOTS』の真の「作者」もまた判明する。複数の「作者」が交錯し融合して、固有の作者など特定しがたいと思われた『DOTS』にも、自己同一的な「作者」は存在していたのだ。複数の「作者」を巧妙に操作し、『DOTS』を創造した最終的な「作者」。

『ヘビイチゴ・サナトリウム』は、この作品世界それ自体が、後期クイーン的ともいえる究極の「操り手《マンピュレーター》」によって内側に閉じられてしまうところで終わる。二〇世紀小説としての探偵小説の精髄を、作者は的確に捉えているというべきだろう。

＊

篠田真由美『琥珀の城の殺人』（第二回）や貫井徳郎『慟哭』（第四回）をはじめ、受賞は逸したものの出版され高い評価を得た作品が、鮎川哲也賞の最終選考作には少なくない。『ヘビイチゴ・サナトリウム』もまた、第十二回鮎川賞（二〇〇二年）の最終選考作である。ほしおさなえ氏の、今後の活躍を期待したい。

「あのころ」のわたしに還って

久美沙織

「あなたはもう死んでしまったかもしれないと思って
わたしもこのままうずくまって死んでしまおうと思ったら
暗闇もなにもこわくなくなって
楽しいことだけ思いかえされてきたの」

『いちご物語』大島弓子　より

『ヘビイチゴ・サナトリウム』。

この印象的なタイトルを見たとたん、おのずと蘇ってくるのは「あのころ」だ。

冒頭にかかげた大島弓子のマンガも、まだ荒井由実だったユーミンがばんばひろふみに書き下ろした楽曲『「いちご白書」をもういちど』も、サンリオのキャラクター「いちごの王さま」も、みな、ぴたりと一九七五年産である。

療養所《サナトリウム》もので有名な『風立ちぬ』（堀辰雄）は戦前の作だが、山口百恵主演映画が七六年。ウムつながりの萩尾望都「11月のギムナジウム」は雑誌掲載こそ七一年だが、当時まだ斬新だったマンガ文庫になって多くのひとに発見されたのが、やはりこのころ。

ことばの連なりは『バナナブレッドのプディング』とも似ている。「実物知らないけどなんとなくわかる気がする」「非日常的で衒学的《げんがく》で、おしゃれ！」なのが、少女マンガがいちばんトンガッていたころの雰囲気をよくつたえている。

ヘビイチゴは日本中どこにでもよくはえているバラ科の多年草。目にはいっても気にとめてもらえない、名前をおぼえてもらえない、雑草のたぐい。実は一見真っ赤でかわいいが、まずくて食えたものではない。これはつまり、ダメなイチゴ、いわばイチゴの贋物である。

『ヘビイチゴ・サナトリウム（食えないいちごの療養所）』とは、とある登場人物が自作文芸を発表するためにひらいたウェブサイトの名称だという。

「わたしはショートケーキにのっかっている真っ赤なイチゴなんかじゃない。あんたたちがどう思おうと。そんなふりしてみせもするけれど。ほんとうは違う。しかもビョーキ！」

ああー。

こういう女子いるよなぁ。いたよなぁ。

ていうか……（頰を赤らめつつ）……わたしもこうだったかも……。

世間は、年端のいかないムスメっ子は、無害で愛くるしいものだと思いたがる。おとめも十四や十五になれば生殖可能年代なのだが、親も教師も多くのオトナも、そういう事実からは目をそむける。認めたくない。汚れを知らずにいて欲しい。

生めよ殖やせよの戦中や、十九で年増と呼ばれた江戸の風情を色濃く記憶にとどめながらも、昭和終盤の少女たちは長すぎる春を強いられた。高度成長時代の親たちが余計なことを心配せずに働けるよう、学園という放牧場に囲い込まれた。はやくおとなにならぬよう、社会という荒野に出ていかぬよう。受験という（あとで考えてみるとかなりどうでもいい）目標をあたえられ、そのエネルギーを吸い取られた。

中高一貫女子校は、純潔を保護し、無垢なヒツジを教え導く場として設定された。交われば孕む身体を、オオカミどもから隔離するためにこそあった。年若い女子は、愚かで享楽的で、自主性や刻苦勉励性に乏しいから、きびしく指導し正しい道に方向づけてやらなくてはいけない。さもないと、迷って不良になってしまう。

ところがどっこい、ヒツジたちは、そうそうおとなしく沈黙していない。囲われるほど、出たくなる。禁じられれば、したくなる。守られているからこそ、冒険にそそられる。たった一度の人生だ。若い時間は短い。周囲がウルサイなら、バレないように、こっそりやればいいだけのこと。ネコならぬヒツジをかぶってメー演技である。

平成にはいると大多数の少女のスカート丈が理解不能な短さになり、メイクやヘアカラーもあたりまえになり、プチ家出援助交際などの検挙率もあがった。早熟な子やグレる子が増えたように見えるし、都会といなかの差も縮まったかもしれない。いまどきの若い女の子たちはひどく自由奔放だ。だからといって少女であることがラクになったようにはまったくみえない。楽しそうだが、なんだかせきたてられてませんか？

むしろ「枠組」に押し込められ抑圧されていた頃のほうが……ちょっとはみだしたり、ふらついてみたり、傷ついてみせたりするだけで、自分だけの達成感や解放感があじわえて、幸福だったりしたところもあるかもしれない。イチゴはイチゴらしくしなさい、と、言ってもらえた頃のほうが、どうせあんたらへビイチゴだろ、と、見限られてしまっているよりは。

白鳩学園の少女たちは古風である。中高一貫女子校の生徒であるとは、選良であるということ。みな、甘くて美味しい粒よりのイチゴたちだということ。温室で大事に育てられ、けっして傷がつかないようきれいにならべて飾られる運命。そこらにウジャウジャ生えて世間の荒波に踏みにじられる雑草のへビイチゴではない。

だからこそ、自分は、どうも他のイチゴたちとうまくいかない、このままイチゴをやっていていいのだろうか、などと思ってしまう。自信がない。もしかすると自分だけ三流のイチゴ、いや、へビイチゴなのかもしれない……と落ち込むのである。嘆きすら香り高く、悩みすら甘く、戦いはほの酸っぱいのだが。そう、まっとうなイチゴなら、潰れてもちゃんとジャムになるんである。——**私の名前は邪夢。甘くとろけるストロベリージャム**——（「たそがれは逢魔の時間」）ちなみにこの邪夢ちゃんは中年おじさんを翻弄する中学生女子ですが……うーんやっぱり大島弓子だ。

古風な彼女たちは、なんともこそばゆく懐かしいことを多々おっしゃる。

「あなたはわかってもらいたいんじゃなくて、わたしに言うことをきいてもらいたいのよ」

「相手がなにをしても、自分が腹をたてたり嫉妬したりしている、ということを認められないたちで、自分のなかで空回りしてしまうらしいんです」

「あの人がもう少し他人のことを考えることができる人だったら、こんなふうにはならなかった」

「権利なんてない。みんな動物みたいにやりたいことをしてるだけです。生きてる権利なんてない、わたしたちはただ生きてるから生きてる、それだけですよ」

「離して。越えるんだから。……こんな身体、意味ないのに」

思い出すというよりも、遠く去ったはずの「あのころ」にテレポートしたように感じた。こういったことがらを、わたしもいっしょうけんめい考えていたことがある。それどころか、こういうヒリヒリした思考こそがその頃は、自分のすべてだった。生きかたについて、人間について、人生について、これからについて。他人の性格や言動はみな、刃のようにつきつけられた課題だった。別の少女たちの小面憎さは、ほかならぬ自分の卑小さだった。

肉体は、ああでもないそうでもないとひたすら思い悩む貧弱な魂からぶらさがったとっくに干からびた臍《へそ》の緒であるにすぎないはずなのに、そうであるべきなのに、なにやらなまぐさく重厚なそれ自体やたら意味深で自分にとっても不可解なものとして、どっくんどっくんとたくましく息づいて匂い立ってしまっているのであった。

たぶん少女たちは（そうしてそういう少女たちが少女たち同士とばかり交わって暮らしている特殊な環境と時間の中では）たがいがたがいの合わせ鏡になってしまうのだろう。自分を意識し、他者を意識し、他者の目にうつった自分を意識する。意識すると目がそらせなくなる。集団にうちとけて多の中のひとつになってしまいたい欲求と、あくまで個として屹立したい欲求、自分らしい自分でありたい欲求とに、千々に引き裂かれる。

内をむけばどこともしれぬ奈落に無限に落ち込んでいき、目をあげればさまざまに独特な角度にまじわった万華鏡の中にうつりこんだ多くの朋輩の姿と眼差とに二重に閉じ込められているのである。どうにも緊張のゆるみようのない、せっぱつまった状態になるのがわかると思う。

笠井先生がお書きになっておられるような彼我の境界線の喪失も、つまりはこのせいではないかと思う。

そうでなくとも処女は魔女。自分の能力をもてあます。

処女性をなくそうが、年齢を重ねようが、一生魔力を失わない女もたまにいるようだが、とりあえず、若くてまだなにものにも縛られていない女はみんなバケモノだと言っておけばまちがいない。

そんな少女たち、若い女たちを、わんさかあつめて封じた学校など、沸騰している鍋のようなもの。魔物が出ないわけがない。事件や、怪奇現象がおこらないわけがない。白い（清純な）鳩（平和の象徴）学園だなどと、これでもか的にやさしげな、おとなしげなイメージを付与しようとしているあたりがかえってアヤシイ。ほんとうはヤバいもの、邪悪なものに、せめておとなしい名前をつけて封印のお札にしているというか、言霊の力でなんとか弱体化するようねがっているかのようである。

この物語の主要な語り部のひとりは、西山海生という。一五〇センチに満たない身長、ふたつに結った髪は小学生のように見えてしまうという設定。中学三年生。彼女はあいかたから「ウミオ」と呼ばれている。

「みお」といったら、「水の流れる道」あるいは「航跡」。「澪標《みおつくし》」は、「水脈《みお》の串《つくし》」だが古来和歌などで「身を尽くし」にかけて用いられる。「みお」は、演歌調の女性、「誰かのあとに従ってついていったり、誰かのために自分を犠牲にしたりするタイプ」を想起させる。そのみおをウミオにすると、いきなりガラっと変わる。男子っぽくなる。三音めが、男子名称の末尾の「お」に聞こえてくる。海のオトコにしろ、生み出すオトコにしろ、もともとの文字そのままの「うみをうむ」にしろ、「みお」よりは、だいぶポジティヴで主体性があるように響く。彼女は実際、教員である母親が疲れてかえってくるのに食事のしたくをしておいてやれる、一人前の生活人である。

そのあいかたの新木双葉はといえば、ショートカットのボーイッシュ少女だ。五歳年長の兄の史明は東大生だそうだから、同じ遺伝子を受け継いでいる以上、理知的なタイプということになろう。頭脳明晰さというのは世間がふつう若年女子にはあまり期待しないものである。じかも新しい木にはえたまだ芽が出たばかりの双葉だというのだから、清新なイメージ、若々しくてすがすがしい感じだ。

このふたりは、たぶん「疑似少年」、あるいは「名誉白人」のような意味での「名誉少年」なのだろう。少女や女の澱《おり》を漉《こ》した、「うわずみ」のようなものである。女子でもないが、まして男子ではない。

（オジサンはまだしもほんものの年若い男子は、こんなおそろしい物語には、とうてい参加できない。巨大ロボの操縦ができるか、なんとかライダーが憑依でもしないかぎり、少年たちはあまりにもやさしくておだやかでイイヤツすぎて、たよりにならない。セーラー服やスクール水着で世界を救うおさななじみを、ひそかに愛しかつ欲望しながら、遠くから携帯電話ごしに応援したり、包帯をとりかえたりしてやるのがせいいっぱいだったりする。だから、いまどきの若者のひとりである双葉の兄はあくまで安楽椅子から動かず、遠くから見解だけを述べることになる)。

女の園でいかにもヘビが隠れていそうなジメジメしたところで魔女の坩堝《るつぼ》で、処女数百人の念力がどろどろ渦巻いているデンジャラスゾーン、名にし負う『白鳩学園』に、おそれげもなく切り込んでいくことができたのは、このウミオと双葉、つまり「まだ目覚めていない」少女たち、実をつけていないどころか咲いてないほころんでいないつぼみのイチゴ、少女というより少年にちかい女の子たち、だったわけだ。

しかし……

彼女たちはまだ中学三年生。

この学校に、あと三年も在学するのである。

その三年の間に、いったいどんなふうに変わっていくか。どんな高校生になり、先輩になっていくのか。

……高柳先生、目をまわさなければいいけど。

著者紹介 1964年東京都生まれ。95年「影をめくるとき」が第38回群像新人文学賞小説部門の優秀作に選ばれる。2002年『ヘビイチゴ・サナトリウム』が第12回鮎川哲也賞の最終候補作となる。著書に〈活版印刷三日月堂〉〈銀河ホテルの居候〉シリーズなどがある。

ヘビイチゴ・サナトリウム

2007年6月15日　初版
新版　2025年2月21日　初版

著者　ほしおさなえ

発行所　(株) 東京創元社
代表者　渋谷健太郎

162-0814 東京都新宿区新小川町1-5
電話　03・3268・8231-営業部
03・3268・8201-代表
URL https://www.tsogen.co.jp
組版　フォレスト
暁印刷・本間製本

ISBN978-4-488-47102-6　C0193